COLLECTION JULES VERNE

COLLECTION JULES VERNE
BAND 57

Kein Durcheinander

Pawlak Taschenbuch Verlag, Berlin, Herrsching

Nachdruck mit freundlicher Genehmigung des
Verlages A. Hartleben, Inh. Dr. Walter Rob, Wien I.
Die Vorlagen für die Umschlagillustrationen der
Collection Jules Verne sind Jules Verne Bänden,
erschienen im A. Hartleben's Verlag, Wien, entnommen.
Umschlaggestaltung: Bine Cordes, Weyarn
Die Orthographie wurde der heutigen Schreibweise angeglichen.

Gesamtherstellung: Elsnerdruck GmbH, Berlin
Printed in Germany
ISBN: 3-8224-1057-8

Inhalt

Erstes Kapitel

Worin die »North Polar Practical Association« einen Aufruf an die Alte und die Neue Welt entsendet

»Sie behaupten also, Herr Maston, daß eine Frau noch niemals imstande gewesen sei, den Fortschritt mathematischer oder experimenteller Wissenschaften zu fördern?«

»Zu meinem größten Bedauern, Mistreß Scorbitt, sehe ich mich dazu gezwungen«, antwortete I. T. Maston. »Ich gestehe gerne zu, daß es wohl einmal, speziell in Rußland, einige vorzügliche Mathematikerinnen gegeben hat oder auch noch heute geben mag; schon die weibliche Gehirnbildung aber ist Hindernis genug, daß eine Frau jemals ein Archimedes und noch weniger ein Newton werden könnte.«

»O, Herr Maston, erlauben Sie mir, dem zu widersprechen im Namen unseres Geschlechtes ...«

»Eines desto liebenswürdigeren Geschlechtes, Mistreß Scorbitt, weil es nicht dazu geschaffen ist, sich transzendentalen Studien hinzugeben!«

»Ihrer Ansicht nach, mein Herr Maston, hätte also kein Weib beim Anblick eines herabfallenden Apfels das allgemeine Gesetz der Schwere entdecken können, wie das dem berühmten englischen Gelehrten zu Ende des 17. Jahrhunderts gelang?«

»Beim Anblick eines fallenden Apfels, verehrte Mistreß Scorbitt, hätte eine Frau nur den einen Gedanken gehabt ... ihn zu essen ... getreu dem Beispiele unserer Mutter Eva.«

»Gehen Sie! Ich sehe, Sie sprechen uns jede Anlage zu höherer Spekulation ab.«

»Jede Anlage? ... Nein, Mistreß Scorbitt; nichtsdestoweniger muß ich Ihnen bemerken, daß sich, solange Menschen, also auch Frauen, auf der Erde leben, noch kein weibliches Gehirn gefunden hat, dem man eine Entdeckung gleich denen eines Aristoteles, Euklides, Kepler oder Laplace im Gebiete der Wissenschaften zu verdanken hätte.«

»Ist das ein Beweis, und verpflichtet die Vergangenheit unwiderruflich für die Zukunft?«

»Hm! Was seit mehreren Tausenden von Jahren nicht vorgekommen ist, wird wohl auch später nicht geschehen ... nein, sicherlich nicht!«

»Nun, ich sehe schon, daß ich für unsere Partei in die Bresche springen muß, Herr Maston, und wir sind auch wirklich gut ...«

»Nur um gut zu sein!« unterbrach sie I. T. Maston.

Er sagte das mit jener liebenswürdigen Galanterie, über welche nur ein mit Xen vollgepfropfter Gelehrter verfügen kann. Auch Mrs. Evangelina Scorbitt war nahe daran, sich dabei befriedigt zu fühlen.

»Nun, Herr Maston«, fuhr sie fort, »jedwedem auf dieser Erde ist ja sein Los zugefallen. Bleiben Sie der außerordentliche Rechenmeister wie bisher! Widmen Sie sich mit Leib und Seele den Problemen jener großartigen Werke, der Sie und Ihre Freunde die ganze Existenz zum Opfer bringen! Ich – ich werde die ›gute Frau‹ sein, wie es meine Pflicht ist, indem ich an jenem Werke mit meiner – Geldhilfe teilnehme ...«

»Und wofür wir Ihnen ewige Dankbarkeit bewahren werden!« schloß I. T. Maston.

Mrs. Evangelina Scorbitt errötete entzückend, denn sie hegte – wenn nicht für den Gelehrten im allgemeinen – so doch mindestens für I. T. Maston eine ganz besondere Sympathie. Das Herz des Weibes ist ja ein unerforschlicher Abgrund.

Es war in der Tat ein großartiges Werk, dem die reiche amerikanische Witwe mit ihrer Geldunterstützung beizuspringen entschlossen war.

Dieses Werk und das Ziel, welches seine Urheber zu erreichen strebten, bestand in folgendem:

Die eigentlich sogenannten arktischen Länder umfassen nach Maltebrun, Reclus, Saint-Martin und nach den anderen angesehensten Geographen:

1. Nord-Devon, d. h. die eisüberpanzerten Inseln des Bassinsmeeres und des Lancasterfundes;

2. Nord-Georgien, bestehend aus dem Bankslande und zahlreichen Inseln, wie Sabine, Byam-Martin, Griffith, Cornwallis und Bathurst;

3. den Archipel Bassin-Parrys, der verschiedene Teile des den Pol umgebenden Festlandes einschließt, wie Cumberland, Southampton, James-Sommerset, Boothia Felix, Melville und andere fast unbekannte Gebiete.

In diesem Kreise, den der 78. Grad nördlicher Breite begrenzt, betragen die Landmassen vierzehnhunderttausend und die Meeresflächen siebenhunderttausend (englische) Quadratmeilen.

Innerhalb jenes Parallelkreises ist es unerschrockenen Entdeckungsreisenden gelungen, bis zum 84. Breitengrade vorzudringen, wobei sie einzelne, hinter der hohen Kette des Packeises verlorene Küsten aufnahmen und den Kaps, Vorgebirgen, Golfen und Buchten dieser ausgedehnten Gebiete, welche man das arktische Hochland nennen könnte, Namen gaben. Jenseits des 84. Breitengrades aber wohnt noch das Geheimnis, das unerfüllbare Desideratum der Kartographen, und bis heute weiß niemand, ob es Länder oder Meere sind, welche die unüberwindlichen Eismassen des Nordpols auf dem Raume von sechs Breitengraden um diesen verbergen.

Da hatte im Jahre 1897 die Regierung der Vereinigten Staaten den sehr unerwarteten Gedanken, die gerichtliche Versteigerung jener noch unentdeckten zirkumpolaren Gebiete in Vorschlag zu bringen – Gebiete, für welche sich eine amerikanische Gesellschaft, die sich in der Aussicht, jene arktische Kappe der Erdkugel zu erwerben, gebildet hatte, um die Zuteilung bewarb.

Seit einigen Jahren hatte zwar die Berliner Konferenz ein Spezialgesetz erlassen zum Besten der Großmächte, welche sich unter dem Vorwande der Kolonisation oder der Eröffnung von Handesverbindungen das Besitztum anderer anzueignen wünschten; allem Anscheine nach erlitt dieses Gesetz aber unter vorliegenden Verhältnissen – da das Polargebiet ja noch unbewohnt war – keine Anwendung. Obwohl nun, was niemandes Eigentum ist, ebenso aller Welt gehört, so wollte die neue Gesellschaft doch keineswegs etwas »nehmen«, sondern es »erwerben«, um etwaigen späteren Einsprüchen aus dem Wege zu gehen.

In den Vereinigten Staaten kann es kein so kühnes, sogar kaum durchführbares Projekt geben, das nicht Leute fände, ihm praktische Seiten abzugewinnen und die Geldmittel zu seiner Inangriffnahme aufzubringen. Das hatte sich ja schon verschiedene Jahre früher bewahrheitet, als es der Gun-Club in Baltimore unternahm, ein Geschoß nach dem – Monde zu entsenden, in der Hoffnung, eine direkte Verbindung mit unserem Satelliten zu eröffnen. Oder waren es nicht unternehmungslustige Yankees, welche die ungeheueren, zu diesem interessanten Versuche benötigten Summen lieferten? Und wenn derselbe ausgeführt wurde, verdankte man das nicht zwei Mitgliedern genannter Clubs, welche es wagten, den Gefahren dieses übermenschlichen Unterfangens zu trotzen?

Mag ein Lesseps eines Tages vorschlagen, einen breiten Kanal quer durch Europa und Asien, vom Atlantischen Ozean bis zum Chinesischen Meere auszuheben – mag ein findiger Brunnengräber empfehlen, die Erde zu durchbohren, um bis zu den in Schmelzfluß befindlichen Silikatschichten einzudringen und aus diesen am Herde des Zentralfeuers zu schöpfen – mag ein unternehmender Elektriker die auf der Erdoberfläche verstreuten Stromschlingen einfangen wollen, um sie zur unerschöpflichen Licht- und Wärmequelle umzuformen – mag ein weitsichtiger Ingenieur den Gedanken ausbrüten, den lästigen Überschuß der Sommertemperatur in ungeheueren Sammelgefäßen aufzuspeichern, um diesen im Winter an die von Frost heimgesuchten Gegenden wieder abzugeben – mag ein fantasiereicher Hydrauliker die lebendige Kraft der Gezeiten auszunutzen versuchen, um nach Belieben Wärme oder Arbeit zu erzeugen – ob sich nun anonyme Gesellschaften oder Kommanditgesellschaften zusammentun, um hundert weitfliegende Pläne dieser Art auszuführen – immer werden es Amerikaner sein, die man unter den Subskribenten obenan findet, und Ströme von Dollars werden sich ebenso in die Gesellschaftskassen ergießen, wie die großen Wasserläufe Nordamerikas sich im Busen der Ozeane verlieren.

Es erscheint demnach sehr natürlich, daß eine hochgradige Erregung entstand, als sich die – mindestens seltsame – Neuigkeit verbreitete, daß die arktischen Länderstrecken unter den Hammer kommen und dem letzten Bieter zugeschlagen werden sollten. In der Aussicht auf diese Erwerbung hatte man eine öffentliche Subskription vermieden, da die nötigen Kapitalien schon zur Hand waren. Das wollte man der Zukunft anheimgeben, wenn es sich um die Ausnutzung jener Gebiete handelte, nachdem dieselben in das Eigentum der neuen Erwerber übergegangen waren.

Die arktischen Gebiete »ausnutzen«! Wahrlich, eine solche Idee konnte nur in den Schädeln von Narren keimen!

Und doch bestand dieser Plan in vollem Ernste.

In der Tat wurde ein Schriftstück an die Zeitungen beider Halbkugeln, an die Europas, Afrikas, Ozeaniens, Asiens und selbstverständlich auch Amerikas eingesendet. Sein Inhalt lief darauf hinaus, eine Enquête wegen des Pro und *Contra* seitens der Beteiligten zusammenzurufen. Der New York Herald brachte dasselbe zuerst in seinen Spalten. Die unzähligen Abonnenten Gordon Bennetts konnten in der Nummer vom 7. November folgende Mitteilung lesen – eine Mitteilung, welche sich lauffeuerähnlich in der gesamten gelehrten und industriellen Welt verbreitete, aber freilich sehr verschiedene Beurteilung fand.

»Mitteilung an die Bewohner der Erdkugel.

Die Umgebungen des Nordpols, gelegen innerhalb des 84. Grades nördlicher Breite, sind bisher noch unerforscht aus dem sehr stichhaltigen Grunde, daß sie noch nicht entdeckt wurden.

Die äußersten von Forschungsreisenden verschiedener Nationen erreichten Punkte sind nämlich folgende:

82° 45′, erreicht von dem Engländer Parry, im Juli 1847, auf dem achtundzwanzigsten (westlichen) Längengrade, nördlich von Spitzbergen.

83° 20′ 28″, erreicht von Markham gelegentlich der englischen Expedition des Sir John Georges Nares, im Mai 1876, auf dem fünfzigsten (westlichen) Längengrade, im Norden des Grinnel-Landes.

83° 35′ n. Br., erreicht von Lockwood und Brainard, von der amerikanischen Expedition unter Lieutenant Greely, im Mai 1882, auf dem zweiundvierzigsten Grade westlicher Länge und nördlich von Nares-Land.

Man kann also das Gebiet, welches vom vierundachtzigsten Breitengrade bis zum Pole, d. h. über einen Raum von sechs Breitengraden hinaufreicht, als eine unter die verschiedenen Staaten der Erdkugel noch unverteilte Ländermasse betrachten, welche deshalb ganz besonders geeignet erscheint, durch öffentliche Versteigerung in Privatbesitz überzugehen.

Nach Rechtsgrundsätzen ist nun nichts bestimmt, herrenlos zu bleiben. Gestützt auf dieses Prinzip, wollen nun auch die Vereinigten Staaten von Amerika dazu verschreiten, diese Gebiete jemandem zuzuteilen.

In Baltimore hat sich deshalb eine Gesellschaft unter der sozialen Firma *North Polar Practical Association* gebildet, welche offiziell den amerikanischen Staatenbund vertritt. Diese Gesellschaft beabsichtigt, obengenannte Gebiete zu erwerben, und zwar aufgrund einer regelrecht erlassenen Akte, welche ihr das unumschränkte Besitzrecht einräumt auf die Festlandmassen, Inseln, Eilande, Felsen, Meere, Seen, Ströme, Flüsse und überhaupt Wasserläufe oder -ansammlungen jeder Art, aus welchen das arktische unbewegliche Gut heutigen Tages besteht, ob dasselbe nun von ewigem Eise bedeckt oder zur Sommerszeit von letzterem frei ist.

Ganz besonders ist dabei ausgemacht, daß dieses Eigentumsrecht nie hinfällig werden kann, selbst nicht in dem Falle, daß in den geographischen oder den meteorologischen Verhältnissen der Erde Veränderungen – irgendwelcher Art – eintreten sollten.

Durch Kenntnisgabe des Obigen an alle Bewohner

der beiden Welten werden die Mächte hiermit gleichzeitig aufgefordert, an der Versteigerung teilzunehmen, welche dem letzten und besten Bieter den Zuschlag bringen wird.

Als Zeitpunkt der Versteigerung ist der 3. Dezember laufenden Jahres bestimmt und als Lokal der Saal der ›Auktionen‹ in Baltimore, Maryland, Vereinigte Staaten von Amerika.

Wegen allem Näheren beliebe man sich zu wenden an William S. Forster, provisorischer Agent der *North Polar Practical Association, 93 High-Street,* Baltimore.«

Zugegeben, daß diese Bekanntmachung für unsinnig gehalten werden konnte; an Bestimmtheit und Offenheit – das wird jedermann zugeben – ließ sie nichts zu wünschen übrig. An ernsthafter Bedeutung gewann sie übrigens dadurch, daß die Bundesregierung der Gesellschaft schon die Zuteilung versprochen hatte, für den Fall, daß die Versteigerung sie zur endgültigen Besitzerin machen würde.

Alles in allem waren die Anschauungen sehr geteilte. Die einen wollten in der ganzen Geschichte nichts als einen jener gewaltigen amerikanischen »Humbugs« erkennen, der über die Grenzlinien der gewöhnlichen Puffs hinausging. Andere wieder meinten, daß diese Anregung ernsthaft erwogen zu werden verdiene. Die letzteren versteiften sich besonders darauf, daß die neue Gesellschaft ja keine Ansprüche auf den Geldbeutel der Allgemeinheit erhebe, sondern sich mit ihren eigenen Kapitalien in Besitz der arktischen Gegenden zu setzen strebe. Sie ging also offenbar nicht darauf aus, den dicken Geldsäcken die Dollars, Banknoten, das Gold und das Silber zu entlokken, um damit die eigene Kasse zu mästen; nein, sie beabsichtigte, das unbewegliche arktische Gut mit eigenen Mitteln zu erwerben.

Leuten, welche zu rechnen wissen, schien es freilich, daß genannte Gesellschaft nichts weiter als das Recht des ersten Besitzergreifers geltend zu machen brauche, indem sie sich in dem Gebiete festsetzte, daß jetzt erst zum Verkauf gestellt wurde. Hierin lag aber wieder die eigentümliche Schwierigkeit, daß dem Menschen bis heute der Zugang zum Pole selbst versagt schien. Auch wollten die Konzessionäre, wenn die Vereinigten Staaten das betreffende Gebiet erwerben sollten, einen regelrechten Kontakt haben, damit ihnen später niemand ihr Anrecht streitig machen könnte. Es wäre unrecht gewesen, sie deshalb zu tadeln. Sie gingen mit Klugheit vor, und wenn es sich darum handelt, Verbindlichkeiten in einer Sache wie dieser zu übernehmen, kann man sich gar nicht genug durch gesetzliche Maßregeln sicherstellen.

Übrigens enthielt das Dokument eine Klausel, welche zukünftigen Besitzstörungen wehren sollte. Diese Klausel sollte Anlaß zu einander sehr widersprechenden Auslegungen geben, denn ihr richtiger Sinn entging auch mehrfach den scharfsinnigsten Geistern. Es war das die letzte; sie stellte fest, daß »das Eigentumsrecht nie hinfällig werden könne, selbst nicht in dem Falle, daß in den geographischen oder meteorologischen Verhältnissen der Erde Veränderungen – irgendwelcher Art – eintreten sollten«.

Was bedeutet dieser Satz? Welchen Eventualitäten sollte er vorbeugen? Wie konnte die Erde jemals einer Veränderung unterliegen, welche die Geographie oder die Meteorologie in Mitleidenschaft zog – vor allem, was die zur Versteigerung gestellten Gebiete betraf?

»Offenbar muß hier etwas darunter stecken!« meinten die klugen Leute.

Den Auslegungsgelüsten war also ein breiter Raum gegeben, und dieser Umstand reizte ebenso den Scharfsinn der einen wie die Neugier der anderen.

Eine Zeitung, der »Ledger« von Philadelphia, brachte zuerst folgende kurzweilige Notiz:

»Zweifelsohne haben gelehrte Berechnungen den zukünftigen Erwerbern der arktischen Gegenden die Gewißheit gegeben, daß ein Komet mit hartem Kern in der nächsten Zeit mit der Erde, und zwar so zusammenstoßen werde, daß der Stoß die geographischen und meteorologischen Veränderungen herbeiführen muß, mit denen sich die in Rede stehende Klausel schon im voraus beschäftigt.«

Dieser Satz erscheint etwas lang ausgezogen, wie es ja jeder Satz sein muß, der sich als wissenschaftlich ausgibt, aber er erklärte leider nichts. Übrigens konnten ernsthafte Leute die Wahrscheinlichkeit des Zusammenstoßes mit einem derartigen Kometen nicht wohl zugeben. Jedenfalls war nicht anzunehmen, daß die Konzessionäre sich mit einem so zweifelhaften kosmischen Ereignis beschäftigt hätten.

»Sollte die neue Gesellschaft« – sagte das »Delta« von New-Orleans – »etwa auf den Gedanken gekommen sein, daß das Fortschreiten der Nachtgleichen jemals Veränderungen bewirken könne, welche der Ausbeutung ihrer Gebiete günstig sein könnten?«

»Und warum nicht« – ließ sich der »Hamburger Korrespondent« vernehmen – »da diese Bewegung die Achse unseres Sphäroids beeinflußt?«

»Gewiß« – erwiderte die »Revue Scientifique« von Paris –. »Hat Adhémar in seinem Werke ›Die Revolutionen des Meeres‹ es nicht ausgesprochen, daß das Fortschreiten der Nachtgleichen in Verbindung mit der säkularen Bewegung der Achse der Erdkugel nach langem Zeitraume eine Veränderung der Mitteltemperatur verschiedener Punkte der Erde und ebenso der an beiden Polen angehäuften Eismassen bedingen müsse?«

»Das steht noch nicht fest« – erwiderte die »Edinburgh Revue« –, »und selbst wenn es der Fall wäre, so bedarf es mindestens einer Zeit von zwölftausend Jahren, bis die Vega infolge jener Erscheinungen unser Polarstern werden und die Verhältnisse der arktischen Gebiete sich in klimatischer Hinsicht verändern könnten.«

»Sehr schön« – meinte dazu das Kopenhagener »Dagblad« – »nach zwölftausend Jahren wird es Zeit sein, Geld in die Sache zu stecken. Vor diesem Zeitpunkte aber eine einzige ›Krone‹ daran wagen? Niemals!«

Selbst zugegeben, daß die »Revue Scientifique« mit ihrem Adhémar recht hatte, war es doch sehr unwahrscheinlich, daß die *North Polar Practical Association* jemals auf diese durch das Fortschreiten der Nachtgleichen bedingten Veränderungen gerechnet hätte.

In Wahrheit wußte noch kein Mensch, was diese Klausel des berühmten Schriftstückes eigentlich bedeute, ebensowenig, auf welche kosmische Umwälzung in der Zukunft dieselbe hinzielte.

Um das zu erfahren, hätte es vielleicht genügt, sich an den Verwaltungsrat der neuen Gesellschaft und vorzüglich an dessen Vorstand zu wenden. Der Vorsitzende war aber unbekannt. Unbekannt ebenso der Schriftführer wie die Mitglieder genannter Gesellschaftsbehörde. Man wußte nicht einmal, wer jenes Dokument verfaßt hatte. Nach der Redaktion des »New York Herald« war es gebracht worden durch einen gewissen William S. Forster aus Baltimore, einen sehr ehrenwerten Agenten für Stockfische, die er für Rechnung des Hauses Adrinell & Cie. in Neufundland vertrieb – das war offenbar nur ein Strohmann. Ebenso stumm über obige Frage wie die in seinen Magazinen lagernden Fischleichen, konnten weder die neugierigsten noch die schlauesten Reporter etwas Näheres über die Sache aus ihm herauslocken. Kurz, diese *North Polar Practical Association* war so anonym, daß sich überhaupt kein Name mit ihr in Verbindung bringen ließ. Die Anonymität war hier auf die Spitze getrieben.

Wenn die Schöpfer dieses industriellen Unternehmens aber dabei beharrten, ihre Personen in undurchdringliches Dunkel zu hüllen, so wurden Ziel und Absicht derselben doch durch das zur Kenntnis der Bewohner beider Halbkugeln gebrachte Schriftstück ebenso bestimmt wie klar gekennzeichnet.

Es handelte sich in der Tat um die vollständige Erwerbung desjenigen Teiles vom arktischen Gebiete, der kreisförmig vom vierundachtzigsten Breitengrade umschlossen wurde und dessen Mittelpunkt der Nordpol selbst war.

Ganz unbestreitbar waren unter den neuzeitlichen Entdeckern die, welche sich diesem unzugänglichen Punkte am meisten genähert hatten, nämlich Parry, Marckham, Lockwood und Brainard, noch unterhalb jenes Parallelkreises geblieben. Die übrigen Forscher im nördlichen Eismeere hatten schon in weit niedrigeren Breiten haltgemacht, z. B. Payer, 1874, auf 82° 15′ im Norden von Franz Joseph-Land und Nowaja Semlja; Beout, 1870, auf 72° 47′ oberhalb Sibiriens; de Long, gelegentlich der Expedition der »Jeanette«, 1879, auf 78° 45′, an der Küste der Inseln, welche seinen Namen tragen. Die Übrigen, welche über Neu-Sibirien und das Kap Bismarck hinauskamen, hatten doch den sechsundsiebzigsten, siebenundsiebzigsten und neunundsiebzigsten Grad nördlicher Breite nicht überschritten. Indem die *North Polar Practical Association* nun einen Streifen von fünfundzwanzig Bogenminuten Breite zwischen dem Punkte – 83° 35′ – auf den Lockwood und Brainard den Fuß gesetzt, und dem vierundachtzigsten Breitengrade, wie das Dokument angab, frei liegen ließ, so verletzte sie auf keinen Fall die Rechte früherer Entdecker. Ihr Projekt umfaßte ein ganz jungfräuliches Gebiet, das noch keines Lebenden Fuß betrat.

Der Umfang dieses, vom vierundachtzigsten Breitengrade nach Norden hin eingeschlossenen Teiles der Erde berechnet sich wie folgt:

Vom vierundachtzigsten bis zum neunzigsten Breitengrade sind sechs Grade, welche, je zu sechzig (See-) Meilen, einen Radius von dreihundertsechzig Meilen haben. Der Umfang des Kreises beträgt danach rund zweitausendzweihundertsechzig Meilen und die Oberfläche desselben in runder Zahl vierhundertsiebentausend Quadratmeilen.*

Das ist etwa der zehnte Teil von ganz Europa – ein ganz erkleckliches Gebiet!

Das Dokument wies auch darauf hin, daß diese Land- und Meeresflächen, welche geographisch noch unerforscht waren, niemandem und infolge dessen der ganzen Welt gehörten. Daß der größte Teil der Mächte keinen Anspruch darauf erheben würde, ließ sich wohl von vornherein annehmen. Dagegen war vorauszusehen, daß wenigstens die nächsten Nachbarstaaten jene Gegenden als die nördliche Fortsetzung ihres Gebietes ansehen und sich folglich ein gewisses Recht auf die betreffenden Teilstrecken zusprechen dürften. Das schien übrigens um so mehr

*Da eine Seemeile 1855,1 Meter lang ist, entspricht diese Fläche etwas über 108 Millionen Hektaren, d. h. etwas über 1,9mal soviel wie das Deutsche Reich umfaßt.

berechtigt, da die in dem gesamten arktischen Gebiete gemachten Entdeckungen vorzugsweise mutigen Landeskindern derselben zu verdanken waren. Die durch die neue Gesellschaft vertretene Bundesregierung forderte sie deshalb direkt auf, ihre Rechte sozusagen einzuschätzen, um dieselben mit den durch die Versteigerung erzielten Summen je nach Verhältnis abzufinden. Auf jeden Fall wurden die geheimen Mitglieder der *»North Polar Practical Association«* daneben aber nicht müde, zu erklären, daß jene Gebiete noch unverteilt seien und folglich niemand sich der Lizitation und Zuteilung derselben an die späteren Erwerber widersetzen könne.

Die Staaten, deren Ansprüche als Grenznachbarn – wenn auch als indirekte – nicht zu bestreiten schienen, waren der Zahl nach sechs: Amerika, England, Dänemark, Schweden und Norwegen, Holland und Rußland. Doch auch andere Staaten konnten wohl noch die Entdeckungen ihrer Seeleute und Reisenden ins Feld führen.

So hätte Frankreich intervenieren können, weil einige seiner Söhne an den zur Erforschung der zirkumpolaren Gebiete entsendeten Expedionen teilgenommen hatten. Hier wäre zum Beispiel der mutige Bellot zu erwähnen, der 1853 in der Nähe der Insel Beechey seinen Tod fand, und zwar bei der Fahrt des »Phönix«, der zur Aufsuchung John Franklins ausgesendet war. Auch Dr. Octave Parry ist nicht zu vergessen, der während des Aufenthaltes Greelys am Fort Conger 1884 nahe dem Kap Sabine seinem Eifer zum Opfer fiel. Ebenso ist die Expedition, welche Charles Martins, Marmier, Bravais und deren wackere Begleiter 1838 bis 1839 bis in die Meere von Spitzbergen geführt hatte, wenn man gerecht sein will, auch zu erwähnen. Trotzdem dachte Frankreich nicht daran, sich in dieses mehr industrielle als wissenschaftliche Unternehmen einzumischen und gab seinen Anteil an diesem Polarbesitz, an dem sich die anderen Mächte die Zähne ausbeißen mochten, bedingungslos auf. Vielleicht hatte es damit recht und tat wohl daran.

Was Deutschland anging, besaß dieses auf der Seite seiner Aktiven schon seit 1671 die Polarfahrt des Hamburgers Friedrich Martens nach Spitzbergen, und 1860 bis 1870 die von Karl Koldewey und Hegemann geführten Expeditionen der »Germania« und der »Hansa«, welche längs der Küste von Grönland bis zum Kap Bismarck vordrangen. Trotz dieser vorausgegangenen glänzenden Entdeckungen glaubte das Deutsche Reich doch nicht, sich durch ein Stück Land am Nordpole vergrößern zu sollen.

Dasselbe war der Fall bezüglich Österreich-Ungarns, obgleich dieses eigentlich schon Besitzer des im Norden der sibirischen Küste gelegenen Franz Joseph-Landes war.

Italien, welches kein Recht zu einer Intervention hatte, intervenierte nicht – so unglaublich das auch auf den ersten Blick scheinen mag.

Nun gab es zwar noch die Samojeden Nordsibiriens, die Eskimos, welche vorzugsweise in den hochnördlichen Gebieten Amerikas hausen, die Eingeborenen von Grönland, Labrador, dem Bassins-Archipel und der zwischen Asien und Amerika sich hinstreckenden Aleuten-Inselgruppe, und endlich noch die Stämme, welche unter dem Sammelnamen der Tschuktschen das früher russische, seit 1867 amerikanisch gewordene Alaska bewohnen. Diesen kleinen Völkerschaften – den eigentlichen Eingeborenen, den unbestreitbaren Autochthonen der nördlichsten Länder – sollte bei dieser Angelegenheit keine Stimme eingeräumt werden. Wie hätten diese armen Teufel ein, wenn auch noch so kleines Gebot bei dem durch die *»North Polar Practical Association«* angeregten Verkaufe tun können? Und womit hätten die armen Leute wohl bezahlt? Mit Muscheln, mit Walroßzähnen oder mit Tran? – Immerhin hatten sie doch, kraft des Rechtes des ersten Besitzergreifenden, einen gewissen Anspruch auf das Gebiet, welches zur Versteigerung gelangen sollte. Aber Eskimos, Tschuktschen, Samojeden ... die fragte man einfach gar nicht!

So geht es einmal in der Welt!

Zweites Kapitel

Worin die englischen, holländischen, schwedischen, dänischen und russischen Abgesandten sich dem Leser vorstellen

Das Dokument verdiente eine Antwort. Erwarb die neue Gesellschaft jene hochnördlichen Gebiete, so gingen dieselben damit in den endgültigen Besitz Amerikas, oder richtiger, der Vereinigten Staaten über, deren lebenskräftiger Bund sich unaufhörlich zu vergrößern strebt. Bereits seit einer Reihe von Jahren hatte die Abtretung des nordwestlichen Teiles Amerikas von der nördlichen Kordillere bis zur Behringstraße seitens Rußlands jenen ein hübsches Stück der Neuen Welt hinzugefügt. Es war demnach zu vermuten, daß die anderen Mächte diese Annexion der arktischen Gebiete durch die Bundesrepublik nicht eben gerne sehen würden.

Dennoch standen, wie erwähnt, die Staaten Europas und Asiens davon ab, sich an dieser eigentümlichen Auktion zu beteiligen, zumal da die Resultate derselben sehr fraglicher Natur zu werden schienen. Nur diejenigen Mächte, deren obere Grenz- oder Küstenlinie sich – relativ – dem vierundachtzigsten Breitengrade nähert, beschlossen, ihre Rechte durch offizielle Abgesandte vertreten zu lassen. Es wird sich übrigens zeigen, daß diese nur bis zu einem verhältnismäßig geringen Preise mitzubieten beauftragt waren, denn es handelte sich ja um ein Stück Erde, dessen wirkliche Besitznahme sich vielleicht als unmöglich erwies. Nur das nimmersatte England glaubte seinem Vertreter einen ziemlich bedeutenden Kredit bewilligen zu müssen. Doch beeilen wir uns, es auszusprechen: die Abtretung der zirkumpolaren Gegenden bedrohte in keiner Weise das europäische Gleichgewicht und konnte keine Veranlassung zu internationalen Verwicklungen abgeben. Selbst Fürst Bismarck – der große Kanzler lebte zu jener Zeit noch – runzelte dazu nicht die mächtigen Augenbrauen des deutschen Jupiter.

Es blieben also nur England, Dänemark, Schweden-Norwegen, Holland und Rußland übrig, welche ihre Angebote vor dem Auktionskommissär in Baltimore gegenüber dem der Vereinigten Staaten abgeben sollten. Dem Meistbietenden sollte die eisige Kalotte des Pols, deren Handelswert mindestens sehr zweifelhaft war, zugeschlagen werden.

Wir verzeichnen hier noch zum Überfluß die persönlichen Gründe, aus denen die fünf europäischen Staaten wünschten, die Versteigerung zu ihren Gunsten ausfallen zu sehen:

Schweden-Norwegen, als Eigentümer des Nordkaps, jenseits des siebzigsten Breitengrades, verhehlte nicht, daß es glaubte, Anrechte auf die ausgedehnten Gebiete zu besitzen, welche sich bis Spitzbergen und über dieses hinaus bis zum Pole erstrecken. Der Norweger Kheilhaus und der berühmte Schwede Nordenskjöld hatten ja unbestreitbar zu den Fortschritten der Geographie jener Gegenden wesentlich beigetragen.

Dänemark seinerseits erklärte, es sei bereits Herr von Island und den Faröern (Inseln) nahe dem Polarkreise; ihm gehörten die im Norden der arktischen Regionen bisher gegründeten Niederlassungen, wie die Insel Diskö in der Davisstraße, die Etablissements von Holsteinborg, Proven, Godhavn, Uppernivik im Bassinsmeere und an der Westküste Grönlands. Dazu war der berühmte Seefahrer Behring von dänischer Abstammung, obwohl er später in russische Dienste trat; und dieser hatte ja vom Jahre 1728 an die Meerenge, der sein Name verblieben ist, überschritten; leider kam er dreizehn Jahre später mit dreißig Köpfen Mannschaft elend am Strande einer Insel um, welche ebenfalls nach ihm benannt wurde. Lange vorher, 1619, hatte schon der Seefahrer Johann Munk die Ostküste Grönlands erforscht und mehrere bisher gänzlich unbekannte Punkte aufgenommen. Dänemark besaß also sehr begründete Rechte, sich jenen Besitz zu erwerben.

Was Holland anging, so hatten seine Seefahrer Barentz und Heemskerk bereits gegen Ende des sechzehnten Jahrhunderts Spitzbergen und Nowaja Semlja besucht. Einer seiner Söhne, Johann Mayen, war es auch gewesen, dessen kühner Nordlandzug seinem Vaterlande den Besitz der jenseits des einundsiebzigsten Breitengrades gelegenen Insel dieses Namens eingetragen hatte. Die Vergangenheit verlieh diesem Staate also auch gewisse Anrechte.

Die Russen betreffend, hatten diese mit Alexis Tschirikof, unter dessen Befehl einst Behring stand; mit Paulutsky, dessen Expedition 1751 bis über die

Grenzen des Eismeeres hinauskam; mit dem Kapitän Martin Spanberg und dem Lieutenant Wilhelm Walton, die sich 1739 in jene unbekannten Gebiete hinauswagten – einen beträchtlichen Anteil an den Forschungen genommen, welche über der Asien und Amerika trennenden Meerenge zu verzeichnen sind. Überdies beherrschen sie durch die Lage und Ausdehnung der sibirischen Landmasse, welche sich über einhundertzwanzig Längengrade bis zu den äußersten Grenzen Kamtschatkas ausdehnt – jene ungeheuere asiatische Küstenstrecke, an den Samojeden, Jakuten, Tschuktschen und andere ihrer Herrschaft unterworfenen Völker wohnen – schon an und für sich die eine Hälfte des Eismeeres. Dazu besitzen sie unter dem fünfundsiebzigsten Breitengrade, kaum neunhundert (See-)Meilen vom Nordpol entfernt, die Inseln und Eilande von Neu-Sibirien, d. h. jenen von Liatkow zu Anfang des 18. Jahrhunderts entdeckten Archipel. Endlich hatte im Jahre 1764, vor den Engländern, den Amerikanern und den Schweden, ihr Seefahrer Tschitschagoff eine nördliche Durchfahrt gesucht, um die Reiselinie zwischen den beiden Kontinenten abzukürzen.

Alles in allem schien es aber dennoch, daß die Amerikaner am meisten dabei interessiert wären, Eigentümer jenes unzugänglichen Punktes der Erdkugel zu werden. Auch sie hatten öfters versucht, ihn zu erreichen, und zwar gelegentlich der opferfreudigen Versuche Grinnels, Kanes, Hayes, Greelys, de Longs und anderer kühner Seefahrer, welche das Schicksal des verschollenen John Franklin aufzuklären strebten. Sie auch konnten die geographische Lage ihres Landes ins Treffen führen, da sich dasselbe jenseits des Polarkreises von der Behringstraße bis zur Hudsonbay ausdehnt. Alle jene Länder, alle jene Inseln, wie Wollaston, Prince Albert, Viktoria, König Wilhelm, Melville, Cockburne, Banks, Baffin, ohne die Tausende von Eilanden dieses Archipels zu rechnen, bildeten ja gewissermaßen Verbindungsstücke, welche sich an den vierundachtzigsten Breitengrad anlehnten. Und wenn der Pol sich durch eine fast ununterbrochene Linie von Landmassen einem der großen Festländer des Erdballes anfügt, so ist das gewiß weit mehr bezüglich Amerikas, als bezüglich der Fortsetzungen Europas oder Asiens der Fall. Danach erscheint es ganz natürlich, daß der Vorschlag, denselben zugunsten einer amerikanischen Gesellschaft rechtskräftig zu erwerben, von der Bundesregierung ausging, und wenn überhaupt ein Staat die mindest bestreitbaren Ansprüche auf den Besitz des Polargebietes hatte, so waren das sicherlich die Vereinigten Staaten von Amerika.

Immerhin muß anerkannt werden, daß das Vereinigte Königreich, welches Kanada und Englisch-Kolumbia besaß, dessen zahlreiche Seefahrer sich bei ihren Polarexpeditionen hervorragend ausgezeichnet hatten, ebenfalls sehr triftige Ursache hatten, diesen Teil der Erdkugel seinem ausgedehnten Kolonialbesitz einzufügen. Die Zeitungen des Landes behandelten diesen Gegenstand ebenso ausführlich wie leidenschaftlich.

»Jawohl«, ließ der große englische Geograph Kliptringan seine Stimme in einem aufsehenerregenden Artikel der »Times« vernehmen, »jawohl, die Schweden, die Dänen, die Holländer, die Russen und die Amerikaner mögen ihre Anrechte ins Treffen führen. England wird aber, ohne sich ins Gesicht zu schlagen, auf der Erwerbung jener Gebiete bestehen müssen. Der nördliche Teil des Neuen Kontinents gehört ihm ja schon. Die Länder und Inseln, welche denselben bilden, sind durch seine Entdecker erworben worden, und zwar seit Willouphi, der 1739 Spitzbergen und Nowaja Semlja besuchte, bis auf Mac Clure, dessen Schiff 1853 die nordwestliche Durchfahrt erzwang.«

»Und dann«, erklärte der »Standart« durch die Feder des Admirals Fize, »waren Frobisher, Davis, Hall, Weymouth, Hudson, Baffin, Cook, Roß, Parry, Berchey, Belcher, Franklin, Mulgrave, Scoresby, Mac Clintock, Kennedy, Nares, Collinson, Archer u.a.m. angelsächsischen Stammes, und welches Land hätte also gerechtere Ansprüche auf jenen Teil der arktischen Gegenden, den diese Seefahrer noch nicht hatten erreichen können?«

»Zugegeben«, erwiderte der »Courrier de San-Jago« (Kalifornien), »doch betrachten wir die Angelegenheit im rechten Lichte, und da es sich zwischen den Vereinigten Staaten und England im Grunde um eine Frage der Eigenliebe handelt, so müssen wir erklären: Wenn der Engländer Markham, Teilnehmer des Zuges des Lieutenants Nares, bis 83° 20′ nördlicher Breite vordrang, so haben die Amerikaner Lockwood und Brainard, von der Expedition Greelys, ihn um fünfzehn Bogenminuten überboten, indem sie das Sternenbanner der Union auf 83° 35′ entfalteten. Ihnen kommt demnach die Ehre zu, dem Nordpole am allernächsten gewesen zu sein.«

So gestalteten sich in dieser Streitfrage Angriff und Abwehr.

Zählt man die Reihe der Seefahrer und Forschungsreisenden auf, welche sich in die unwirtlichen arktischen Regionen wagten, so verdienen auch der Venetianer Cabot – 1498 – und der Portugiese Cortereal – 1500 – genannt zu werden, welche Grönland und Labrador entdeckten. Doch weder Italien noch Portugal war es in den Sinn gekommen, sich an der

Versteigerung zu beteiligen, und machten sie sich um den Staat, der den Zuschlag erhalten würde, keinerlei Kopfzerbrechen.

Es ließ sich schon voraussehen, daß der bevorstehende Kampf sehr lebhaft mit Dollar- und Pfund-Sterlingsalven nur von England und Amerika ausgefochten werden würde.

Auf den von der *»North Polar Practical Association«* veröffentlichten Vorschlag hin hatten sich die Nachbarstaaten der Polargegenden mittelst eines handelspolitischen und wissenschaftlichen Kongresses miteinander ins Einvernehmen gesetzt und beschlossen, an der Versteigerung, deren Eröffnung in Baltimore für den 3. Dezember bestimmt war, teilzunehmen und ihren betreffenden Abgesandten einen Kredit zu bewilligen, der jedenfalls nicht überschritten werden durfte. Die durch den Verkauf erzielte Summe sollte dann unter den fünf, den Zuschlag nicht erhaltenden Staaten verteilt und von diesen als Ausgleich angenommen werden, aufgrund dessen sie für die Zukunft auf alle Ansprüche verzichteten.

Ging das auch nicht ohne einiges Hinundherreden, so wurde doch schließlich eine Vereinbarung getroffen. Die in Frage kommenden Staaten stimmten zu, daß die Versteigerung, wie von der Bundesregierung vorgeschlagen, in Baltimore stattfinde. Ihre Kreditbriefe in der Tasche, verließen die Abgesandten London, Den Haag, Stockholm, Kopenhagen und Petersburg und trafen drei Wochen vor dem angesetzten Auktionstage in den Vereinigten Staaten ein.

Zu derselben Zeit war Amerika vorläufig nur vertreten durch den Strohmann der *»North Polar Practical Association«,* jenem William S. Forster, dessen Name allein unter dem am 7. November im »New York Herald« erschienenen Dokumente stand.

Was die Abgesandten der europäischen Staaten betrifft, so waren die Herren erwählt, welche wir dem Leser in den nächsten Zeilen kurz charakterisieren wollen.

Für Holland: Jakob Jansen, früherer Rat von Niederländisch-Indien, dreiundfünfzig Jahre alt, vierschrötig aber klein, ganz Oberkörper, mit kurzen Armen und ebensolchen, etwas geschweiften Beinen, auf der Nase eine Aluminiumbrille, rundes Gesicht mit lebhafter Farbe, das Haupthaar mit tüchtigem Heiligenscheine, und graugesprenkeltem Backenbart – ein kreuzbraver Mann, nur etwas ungläubig bezüglich einer Unternehmung, von deren praktischen Folgen er keine Ahnung hatte.

Für Dänemark: Erik Baldenak, Ex-Untergouverneur der grönländischen Besitzungen, von Mittelgröße, etwas ungleiche Schultern, gewölbter Unterleib, großer schlingernder Kopf, so kurzsichtig, daß die Nase stets die zu lesenden Hefte und Bücher berührte, und niemals Vernunft annehmend bezüglich der Rechte seines Landes, das er als rechtlichen Besitzer der nördlichen Regionen betrachtete.

Für Schweden-Norwegen: Jan Harald, Professor der Kosmographie aus Christiania, der zu den pflichteifrigsten Teilnehmern der berühmten Vega-Fahrt Nordenskjölds gehört hatte, der wahre Typus eines »norske Norman« (norwegischen Norwegers), rotbäckiges Gesicht, Haar und Bart von einem Blond, das an überreifes Getreide erinnerte – und fest überzeugt, daß die Polar-Kalotte, welche ausschließlich von dem paläokrystischen Meere bedeckt war, nicht den geringsten Wert habe. Er verhielt sich der brennenden Frage gegenüber also ziemlich uninteressiert und war eigentlich nur des Prinzips halber gekommen.

Für Rußland: der Oberst Boris Karkof, halb Soldat, halb Diplomat, groß, steif, mit starkem Kopfhaar, üppigem Backenbart und langem Schnurrbarte, die alle einen zusammenhängenden Wald bildeten, sich im Zivilanzuge scheinbar etwas unbequem fühlend, weshalb er unbewußt immer wieder nach dem Griffe des früher getragenen Pallasch suchte – übrigens war er sehr gespannt zu erfahren, was sich unter diesem Vorschlage der *North Polar Practical Association* verbarg und ob daraus nicht internationale Schwierigkeiten erwachsen könnten.

Für England endlich: der Major Donellan und sein Sekretär Dean Toodrink. Die Genannten erschienen beide als leibhafte Verkörperung des Länderappetites und des Aufsaugungstalentes des Vereinigten Königreichs; sie verkörperten aber auch dessen kommerzielle und industrielle Instinkte, seine Unverfrorenheit, alle Gebiete im Norden, im Süden wie am Äquator, welche niemand angehörten, gleichsam als Ausfluß eines Naturgesetzes, als ihm zugehöriges Eigentum anzusehen.

Der Major Donellan war – wenn es je einen solchen gab – Engländer von reinstem Wasser, lang, mager, knochig, nervös, eckig, mit Wasserschnepfenhals, einem Kopfe à la Palmerston, weitausladenden Schultern und Stelzenbeinen, für seine sechzig Jahre sehr frisch und unermüdlich, was er sattsam bewiesen hatte, als er bei der Grenzbesichtigung zwischen Ostindien und Birma beschäftigt war. Er lachte niemals und hatte wahrscheinlich in seinem Leben noch nicht gelacht. Wozu auch? . . . Hat man jemals eine Lokomotive, einen Elevator oder ein Dampfschiff lachen sehen?

In dieser Beziehung unterschied sich der Major sehr wesentlich von seinem Sekretär Dean Toodrink

– ein geschwätziger, lustiger Kerl mit offenem Kopfe, auf der Stirn sich kräuselnden Haaren und kleinen, faltenumrahmten Augen. Er war Schotte von Geburt und in »dem alten Rauchfang« (Edinburgh) allbekannt wegen seiner ergötzlichen Streiche und seiner Liebhaberei für Witzworte. Doch, so aufgeräumt er sich meist zeigte, so halsstarrig, abweisend und unversöhnlich – ganz wie Major Donellan – konnte er werden, wenn es sich um die ungerechtfertigtesten Ansprüche Großbritanniens handelte.

Diese beiden Abgesandten mußten offenbar die hitzigsten Widersacher der amerikanischen Gesellschaft werden. Der Nordpol gehörte eben ihnen, als ob der Weltenschöpfer ausschließlich den Engländern den Auftrag erteilt hätte, die Drehung der Erde um ihre Achse zu überwachen, und sie es schon zu verhindern wissen würden, daß diese in andere Hände käme.

Wir müssen hier auch erwähnen, daß, wenn Frankreich davon abgesehen hatte, einen offiziellen oder offiziösen Vertreter zu entsenden, sich doch ein französischer Ingenieur »aus Liebe zur Kunst« eingestellt hatte, um den Verlauf dieser merkwürdigen Angelegenheit aus der Nähe zu verfolgen. Wir werden diesen später auf der Bildfläche erscheinen sehen.

Die Vertreter der nördlichen Staaten Europas waren also in Baltimore eingetroffen, und zwar mit verschiedenen Postdampfern, als Leute, welche sich vor gegenseitiger Beeinflussung zu hüten suchen. Sie waren ja Rivalen – jeder trug den zum Wettkampf nötigen Kredit in der Tasche, doch, wohl zu bemerken, sollten sie nicht mit gleichen Waffen kämpfen. Der eine konnte über eine Summe verfügen, welche eine Million noch nicht erreichte, der andere über eine solche, die weit darüber hinausging. Und wahrlich, um einen Bruchteil unseres Sphäroids zu erwerben, auf den den Fuß zu setzen fast unmöglich schien, mußte das ein viel zu hoher Preis sein. Der nach dieser Seite am besten ausgestattete Abgesandte war unbedingt der Englands, denn das Vereinigte Königreich hatte diesem einen sehr beträchtlichen Kredit ausgeworfen. Dank diesem Kredite konnte es Major Donellan keine große Mühe machen, seine schwedischen, dänischen, holländischen und russischen Mitbewerber zu besiegen. Mit Amerika lag die Sache anders, und es wurde sicherlich nicht so leicht, dieses auf dem Dollar-Schlachtfelde zu überwinden. Mindestens war es sehr wahrscheinlich, daß die geheimnisvolle Gesellschaft über sehr beträchtliche Geldmittel verfügte. Der mit Millionen geführte Kampf konzentrierte sich also voraussichtlich zwischen den Vereinigten Staaten und Großbritannien.

Mit der Ausschiffung der europäischen Abgesandten begann die öffentliche Meinung sich ernstlicher zu erwärmen. Durch die Zeitungen liefen die seltsamsten Gerüchte und über die Erwerbung des Nordpols wurden die unglaublichsten Hypothesen aufgestellt. Was sollte denn mit ihm geschehen, was konnte mit ihm vorgenommen werden?... Nichts – wenn er nicht etwa dazu dienen sollte, die Eismagazine der Alten und der Neuen Welt zu speisen. Eine Pariser Zeitung, der »Figaro«, trat wirklich aus Scherz für diese Ansicht ein. Freilich mußte man dazu über den vierundachtzigsten Breitengrad hinausgelangen können.

Hatten sich die Abgesandten während ihrer transatlantischen Reise gemieden, so traten sie nach ihrem Zusammentreffen in Baltimore doch einander schnell näher.

Die Gründe hierfür waren folgende:

Seit der Ankunft hatten sich alle einzeln, und ohne voneinander darum zu wissen, mit der *»North Polar Practical Association«* in Beziehung zu setzen gesucht. Was sie zu erfahren strebten, um gegebenenfalls davon Nutzen zu ziehen, waren die der ganzen Sache zugrunde liegenden Motive, neben Aufklärung darüber, welchen Vorteil die Gesellschaft sich von jener verspreche. Bisher wies nichts darauf hin, daß sie in Baltimore eine Geschäftsstelle errichtet oder schon Beamte angestellt habe. Nichts von alledem; wegen näherer Auskunft hatte man sich nur nach der *High-Street* an William S. Forster zu wenden. Es schien aber nicht, als ob der ehrenwerte Stockfischagent von der ganzen Geschichte mehr wüßte als der geringste Lastträger der Stadt.

Die Delegierten konnten also nichts erfahren; sie sahen sich auf die mehr oder weniger sinnlosen Konjekturen beschränkt, welche in den Bierbankverhandlungen zutage traten. Man fragte sich allgemach, ob denn das Geheimnis der Gesellschaft so undurchdringlich bleiben solle, daß sie auch nicht das mindeste darüber verlauten ließ. Jedenfalls schien sie damit erst nach vollzogener Erwerbung hervorteten zu wollen.

Es folgt hieraus, daß die Abgesandten nun nicht aufhörten, einander zu begegnen, zu besuchen und in Verbindung zu treten, vielleicht mit dem Hintergedanken, einen Bund gegen den gemeinsamen Feind, mit anderen Worten, gegen die amerikanische Gesellschaft zu bilden.

Eines Tages, am Abend des 22. November, befanden sie sich in eifriger Unterhaltung im Hotel Wolesley, und zwar in dem von Major Donellan und seinem Sekrektär Dean Toodrink bewohnten Zimmer. Dieses Bestreben nach gegenseitiger Verständigung verdankte man hauptsächlich dem gewandten Auftreten des Oberst Boris Karkof, wie bekannt, eines feinen Diplomaten.

Anfänglich drehte sich das Gespräch nur um die handelspolitischen und industriellen Folgerungen, welche die Gesellschaft aus der Erwerbung der fraglichen Gebiete ziehen möchte. Der Professor Jan Harald fragte, ob einer seiner Kollegen sich in dieser Hinsicht einigermaßen habe unterrichten können. Nach und nach gestanden darauf alle zu, daß sie deshalb bei William S. Forster geeignete Schritte getan hätten, an welchen man sich ja, nach Aufgabe des Dokumentes, mit etwaigen Fragen zu richten hatte.

»Ich habe damit aber keinen Erfolg gehabt«, sagte Erik Baldenak.

»Ich auch nicht«, ließ sich Jakob Jansen vernehmen.

»Und ich«, äußerte Dean Toodrink, »als ich mich in den Lagerräumen der *High-Street* im Namen des Major Donellan vorstellte, fand da einen dicken Mann in schwarzer Kleidung, mit haushohem Hut auf dem runden Schädel und angetan mit weißer Schürze, deren Brustlatz ihm bis unters Kinn reichte. Als ich ihn dann um Auskunft über die vorliegende Angelegenheit ersuchte, antwortete er mir, daß der ›South-Star‹ eben mit voller Last aus Neufundland angekommen und daß er – Forster – in der Lage sei, mir eine große Partie frischer Stockfische für Rechnung des Hauses Ardrinell und Komagnie liefern zu können.«

»O«, bemerkte da der frühere Staatsrat für Niederländisch-Indien, immer ein ungläubiger Thomas, »es wäre wahrlich besser, eine Ladung frischer Stockfische anzukaufen, als sein Geld in die Tiefen des Eismeeres zu werfen.«

»Davon ist aber nicht die Rede«, warf Major Donellan mit scharfer, lauter Stimme ein. »Es handelt sich nicht um einen Posten Stockfisch, sondern um die Polkappe der Erde . . .«

»Die sich Amerika gerne auf den Kopf setzen möchte!« fügte Dean Toodrink, über die eigene Redewendung lachend, hinzu.

»Das dürfte ihm doch einen Schnupfen zuziehen«, bemerkte Oberst Karkof.

»Darum handelt es sich aber nicht«, fuhr Major Donellan fort, »und ich begreife kaum, was die Möglichkeit eines Nasenkatarrhs mit unserer Frage zu tun haben könnte. Gewiß ist nur, daß Amerika, hierbei vertreten durch die ›*North Polar Practical Association*‹ – achten Sie wohl auf die Einschaltung ›*Practical*‹, meine Herren – aus einem oder dem anderen Grunde ein Gebiet von vierhundertsiebentausend Quadratmeilen rund um den Nordpol zu kaufen beabsichtigt, ein Gebiet, welches heutigentags – bemerken Sie die Worte ›heutigentags‹, meine Herren – von dem vierundachtzigsten Grade nördlicher Breite, umschlossen wird.«

»Das wissen wir schon allein, Major Donellan«, erwiderte Jan Harald. »Was wir aber nicht wissen, ist, wie genannte Gesellschaft jene Länder, wenn es Landmassen sind, oder jene Meere, wenn es nur Meere wären, in industrieller Beziehung auszubeuten gedenkt.«

»Darum handelt es sich nicht«, entgegnete Major Donellan zum dritten Male. »Ein Staat will gegen Geldentschädigung an die anderen Beteiligten sich einen Teil der Erdkugel aneignen, der seiner geographischen Lage nach speziell England zuzukommen scheint.«

»Nein, Rußland!« sagte Oberst Karkof.

»Oder vielmehr Holland!« versetzt Jakob Jansen.

»Ich meine, Schweden-Norwegen«, ließ sich Jan Harald vernehmen.

»Ich aber Dänemark«, rief Erik Baldenak.

Die fünf Abgesandten hatten sich alle ziemlich trotzig erhoben, und das Gespräch drohte in eine unangenehme Tonart umzuschlagen, als Dean Toodrink zum ersten Mal sich einzumischen versuchte.

»Meine Herren«, sagte er versöhnlichen Tones, »darum handelt es sich ja nicht, nach dem Ausdrucke, dessen sich mein Vorgesetzter, Herr Major Donellan, mit Vorliebe bedient. Da es einmal im Prinzip feststeht, daß die zirkumpolaren Gebiete zum Verkaufe kommen sollen, so werden sie natürlich demjenigen der von Ihnen vertretenen Staaten gehören, der bei der Versteigerung das höchste Gebot getan hatte. Da ferner Schweden-Norwegen, Rußland, Dänemark, Holland und England ihren respektiven Vertretern Kredite bewilligt haben, erscheint es mir am ratsamsten, daß die Abgesandten dieser Mächte ein Syndikat bilden, was sie in den Stand setzen würde, über eine Summe zu verfügen, gegen welche die amerikanische Gesellschaft mit ihren alleinigen Mitteln nicht aufzukommen vermag.«

Die Herren sahen einander an. Dean Toodrink hatte vielleicht den Nagel auf den Kopf getroffen. Ein Syndikat . . . in der Jetztzeit kann man unter dieser Bezeichnung eigentlich alles unterbringen. Man beschließt durch ein Syndikat, wie man atmet, wie man trinkt oder ißt, wie man schläft usw. Nichts ist jetzt moderner, in der Politik ebenso wie im Geschäftsleben.

Immerhin erschien noch ein Einwurf oder vielmehr eine Erklärung notwendig, und Jakob Jansen gab wohl treffend den Empfindungen seiner Kollegen

Ausdruck, indem er sagte:

»Und nachher ...?«

Ja! – Was sollte nach der Erwerbung durch das Syndikat geschehen?

»O, es scheint mir doch, daß England ...« sagte der Major schnarrend.

»Und Rußland! ...« fiel der Oberst mit drohendem Stirnrunzeln ein.

»Holland nicht zu vergessen! ...« meldete sich der Staatsrat.

»Da Gott Dänemark den Dänen gegeben hat ...« bemerkte Erik Baldenak.

»Erlauben Sie«, rief Dean Toodring dazwischen, »es gibt nur ein Land, welches von Gott gegeben wurde, und das ist Schottland.«

»Und wieso?« fragte der schwedische Abgesandte.

»Hat der Dichter nicht gesungen

›Deus nobis heac otia* *fecit*‹«

versetzte der Spaßvogel, das Ende des sechzehnten Verses der ersten Ecloge Virgil's nach seiner Art übersetzend.

Alle fingen an zu lachen – natürlich außer Major Donellan – und das legte der Verhandlung, welche schon wieder ungemütlich zu werden drohte, nochmals einen Hemmschuh ein.

Dean Toodrink fügte dann hinzu:

»Streiten wir uns nicht, meine Herren! ... Was könnte das frommen? ... Bilden wir lieber unser Syndikat ...«

»Und nachher ...?« unterbrach ihn jetzt Jan Harald.

»Nachher ...?« wiederholte Dean Toodring. »O, nichts einfacheres, meine Herren. Haben Sie das zir-

*Soll ein Wortspiel sein zwischen diesen lateinischen Lauten und dem französischen *L'Ecosse* (Schottland), als wenn wir etwa »(da)'s chottland« sagen wollten. D. Üb.

kumpolare Gebiet erst erstanden, so bleibt es unter Ihnen ungeteilt oder Sie übertragen es mittelst gerechter Indemnität an einen der Miterwerber. Zunächst ist aber der Hauptzweck erreicht, nämlich der, die Vertreter Amerikas endgültig davon auszusperren.«

Dieser Vorschlag hatte etwas für sich – wenigstens für den Augenblick – denn in nicht ferner Zukunft gerieten die Abgesandten einander doch in die Haare – der Leser weiß schon, daß es ihnen an solchen nicht fehlte! – wenn es sich erst darum handelte, den endlichen Erwerber jenes ebenso umstrittenen wie unnützen Besitzes festzustellen. Auf jeden Fall kam dann, wie es Dean Toodrink so klar nachgewiesen hatte, mindestens Amerika nicht mehr in Frage.

»Das scheint mir vernünftig«, sagte Erik Baldenak.

»Gewandt«, meinte Oberst Karkof.

»Geschickt«, stimmte Jan Harald zu.

»Findig«, ließ sich Jakob Jansen vernehmen.

»Ganz englisch!« erklärte Major Donellan.

Jeder hatte sein Urteil abgegeben in der Hoffnung, seine schätzenswerten Kollegen später einmal abzutun.

»Es bleibt also, meine Herren«, glaubte Boris Karkof doch betonen zu sollen, »unter uns ausgemacht, daß bei unserer vorläufigen Vereinigung zu einem Syndikat keines Einzelstaates Rechte in der Zukunft dadurch geschmälert werden . . .?«

Allseitige Zustimmung.

Es blieb nur noch übrig zu wissen, welche Kredite die verschiedenen Staaten ihren Abgeordneten zur Verfügung gestellt hatten. Diese sollten zusammengeworfen werden, und deren Summe mußte eine so bedeutende sein, daß die Hilfsquellen der *»North Polar Practical Association«* nicht hinreichen konnten, dieselbe zu überbieten.

Dean Toodrink stellte also eine dahinzielende Frage.

Ja, das war aber ein ganz anderes Ding. Allgemeines Stillschweigen. Niemand wollte Antwort geben. Sein Portemonnaie vorzuzeigen, seine Taschen in die Kasse des Syndikats zu entleeren, im voraus zu erkennen geben, bis wie hoch man mitbieten könne, dazu fühlte keiner besondere Lust. Wenn es nun später unter den neuen »Ringbrüdern« zu Zwistigkeiten kam? . . . Wenn die Umstände sie doch nötigten, sich einzeln an dem Kampfe zu beteiligen? . . . Wenn nun der Diplomat Karkof das Ränkespiel Jakob Jansens übernahm, der sich seinerseits durch die Schachzüge Erik Baldenaks verletzt fühlte, während letzterer sich über die Schliche Jan Haralds ärgerte und dieser die hochfahrenden Anmaßungen des Major Donellan nicht vertragen konnte, der seinerseits natürlich kein Gewissen daraus machte, gegen alle seine Kollegen zu intrigieren . . . was dann? . . . Legte man seine Kreditbriefe vor, so verriet man sein Spiel eher, als es darauf ankam, den anderen die Pistole auf die Brust zu setzen.

Es gab eigentlich nur zwei Auswege, dem ganz gerechtfertigten, aber indiskreten Verlangen Dean Toodrinks zu entsprechen, indem man nämlich entweder seinen Kredit weit höher angab, was aber sehr lästig werden konnte, wenn es darauf ankam, ihn tatsächlich auszuschütten, oder ihn in so lächerlicher Weise verkleinerte, daß die ganze Geschichte zu einem Scherze ausartete und dem Vorschlag keine Folge gegeben werden konnte.

Dieser Gedanke kam zuerst dem Ex-Staatsrat von Niederländisch-Indien; wenn es ihm damit auch nicht wirklich Ernst war, so traten doch alle anderen

Herren in seine Fußstapfen.

»Meine Herren«, sagte Holland durch seinen Mund, »ich bedauere es zwar, doch ich kann zwecks Erwerbung der Nordpolumgebung über nicht mehr denn fünfzig Rixdaler verfügen.«

»Und ich über fünfunddreißig Rubel«, sagte Rußland.

»Ich nur über zwanzig Kronor«, erklärte Schweden-Norwegen.

»Ich gar nur über fünfzehn Kroner«, gab Dänemark kleinlaut zu.

»Nun«, schloß Major Donellan mit einem Ausdrucke der Stimme, in dem sich die ganze, Großbritannien so natürliche wegwerfende Haltung widerspiegelte, »so wird die Erwerbung einem von Ihnen zukommen, meine Herren, denn mir hat England nicht mehr als einen Shilling und sechs Pences* gewährt.«

Und mit dieser ironischen Erklärung schloß die Verhandlung der Abgesandten des alten Europa.

Drittes Kapitel

In welchem die Versteigerung der arktischen Gebiete vor sich geht

Weshalb sollte jener Verkauf am 3. Dezember in dem gewöhnlichen Auktionssaale vor sich gehen, wo gewöhnlich nur bewegliche Gegenstände, Möbel, Geräte, Werkzeuge, Instrumente usw., oder Kunstsachen, wie Bilder, Statuen, Denkmünzen, Altertümer

*1 Rixdaler = M. 4.20 = fl. 2.10; 1 Rubel = M. 3.13 = fl. 1.56; 1 Krona (schwedisch) und 1 Krone (dänisch) = M. 1.12½ = fl. 0.56¼; 1 Shilling = M. 1 = fl. 0.50.

u. dgl. unter den Hammer kamen? ... Weshalb, da es sich um eine Immobilien-Auktion handelte, ging diese nicht vor einem Notar vor sich oder vor den Schranken des Gerichtes, das für solche Amtshandlungen bestimmt war? ... Weshalb nahm man einen beeidigten Taxator zu Hilfe, da es sich darum handelte, einen Teil der Erdkugel zum Verkauf zu bringen? Konnte dieses Stück unseres Sphäroids mit irgendeinem Stück Mobiliar verglichen werden oder war es nicht vielmehr die ausgesprochenste Immobilie der Welt?

Das schien in der Tat unlogisch, und doch war es beschlossene Sache. Die Gesamtheit der Polarregionen sollte unter diesen Verhältnissen an den Mann gebracht werden und der Kaufvertrag deshalb nicht minder gültig sein. Im Grunde wies das auch, in der Anschauung der *»North Polar Practical Association«*, keineswegs darauf hin, daß die in Frage stehende Immobilie etwas von einer Mobilie an sich habe, so als wenn es denkbar sei, sie von einer Stelle zur anderen zu versetzen. Immerhin ließ diese Eigentümlichkeit gewisse, besonders haarspalterige Geister nicht zur Ruhe kommen, wenn es deren, selbst in den Vereinigten Staaten, auch nur wenige gab.

Übrigens gab es für die Sache ein Beispiel, denn es war schon einmal ein Bruchstückchen unseres Planeten im Auktionssaale durch einen beeidigten Taxator zum Verkauf gebracht worden, und zwar ebenfalls in Amerika.

Mehrere Jahre früher wurde zu San Franzisko in Kalifornien eine Insel des Stillen Weltmeeres, die Insel Spencer*, an den steinreichen William W. Kolderup verkauft, der seinen Mitbewerber J. R. Taskonar aus Stockton um hundertfünfzigtausend Dollar

*Siehe desselben Verfassers »Schule der Robinsons«.

schlug. Diese Insel Spencer war mit vier Millionen Dollar bezahlt worden. Freilich betraf das eine bewohnbare Insel, nur wenige Längengrade von der kalifornischen Küste entfernt gelegen und mit Wäldern, Wasserläufen, fruchtbarem und verläßlichem Boden, Feldern und Wiesenflächen, welche sich zur Kultur eigneten, ausgestattet, und nicht eine wüste Gegend, vielleicht ein von ewigem Eise bedecktes Meer, deren Zugang das unübersteigliche Packeis sperrte und die voraussichtlich also überhaupt niemand tatsächlich in Besitz nehmen konnte. Danach lag die Voraussetzung nahe, daß für jenes unsichere, zur Versteigerung gebrachte Polargebiet niemals ein so beträchtlicher Preis erzielt werden würde.

Nichtsdestoweniger hatte die Seltsamkeit des Vorkommnisses an dem betreffenden Tage, wenn nicht ernste Liebhaber, so doch Neugierige in großer Anzahl herangelockt, welche höchst begierig waren, dessen endlichen Ausgang zu erfahren. Interessant mußte der Wettstreit ja immerhin werden.

Überdies sahen sich die europäischen Abgesandten seit ihrem Eintreffen in Baltimore vielfach umringt, eifrig gesucht und selbstverständlich hartnäckig interviewt. Da der Vorgang sich in Amerika abspielte, ist es nicht zu verwundern, daß die öffentliche Meinung im höchsten Grade erregt war. Das führte zu sinnlosen Wetten – die gewöhnliche Form, unter der die Erhitzung der Köpfe in den Vereinigten Staaten zum Ausdrucke kommt, und deren ansteckendem Beispiele Europa willig zu folgen anfängt. Zerfiel die Bürgerschaft des amerikanischen Bundesstaates, sowohl die Neuenglands, wie die der Mitte, des Ostens und des Westens, in Gruppen mit verschiedenen Anschauungen der Sachlage, so wünschten doch alle den Sieg ihrem Lande; sie hofften, daß der Nordpol sich unter den Falten des Banners mit den achtunddreißig Sternen bergen würde, obwohl sie sich in dieser Beziehung einer gewissen Unruhe nicht entschlagen konnten. Rußland, Schweden-Norwegen, Dänemark und Holland trauten sie nicht gar viel Erfolg zu. Aber auch das Vereinigte Königreich war zur Stelle, jenes England mit seiner Ländergier, seinem Heißhunger, alles zu verschlingen, mit seiner gar zu bekannten Zähigkeit und seinen so leicht siegreichen Banknoten. So wurden denn sehr bedeutende Summen eingesetzt. Man wettete auf »Amerika« und auf »Großbritannien«, ganz wie auf zwei Rennpferde und übrigens auch mit einander fast die Waage haltenden Einsätzen. »Dänemark«, »Schweden«, »Holland«, und »Rußland« wurden weit billiger angeboten, fanden aber keine Abnehmer.

Der Verkauf war auf die Mittagstunde angesetzt. Schon seit dem frühen Morgen hinderte die Ansammlung von Neugierigen in der Bolton-Street jedweden Verkehr. Seit gestern war die Erhitzung der Gemüter noch ganz außerordentlich gestiegen. Durch das transatlantische Kabel erfuhren die Zeitungen, daß die Amerikaner in ihren meisten Wettpropositionen auf England hielten, und Dean Toodrink hatte das sofort im Auktionssaale durch Anschlag bekanntgegeben. Die Regierung Großbritanniens, sagte man, hatte dem Major Donellan sehr beträchtliche Summen zur Verfügung gestellt . . . In dem Admiralty-Office, bemerkte der »New York Herald«, drängten die Lords der Admiralität zur Erwerbung der arktischen Gebiete, welche schon im voraus bestimmt waren, unter der Namenliste der englischen Kolonien zu prangen usw. usw.

Was freilich tatsächlich war unter diesen Nachrichten, was sich bestätigen würde von diesen Erzählungen, wußte natürlich keiner. An genanntem Tage glaubten die alles erwägenden Leute in Baltimore aber doch, daß die »*North Polar Practical Association*«, wenn sie auf ihre eigenen Hilfsmittel angewiesen blieb, im Wettstreit gegen England unterliegen müsse. Aus diesem Grunde versuchten die enragiertesten Yankees einen Druck auf die Bundesregierung auszuüben. Inmitten dieser hochgehenden Wogen schien sich die in der bescheidenen Person ihres Agenten William S. Forsters verkörperte neue Gesellschaft wegen jener allgemeinen Befürchtung gar nicht zu beunruhigen, als wäre sie ihres Erfolges zweifellos sicher.

Je näher die entscheidende Stunde heranrückte, desto toller drängte sich die Menge in der Bolton-Street. Drei Stunden vor Eröffnung der Pforten war es schon gar nicht mehr möglich, in den Auktionssaal zu gelangen; der ganze dem Publikum vorbehaltene Raum war angefüllt, daß dessen Wände hätten bersten mögen. Nur die wenigen, für die europäischen Abgesandten bestimmten und mit einer Schranke umgebenen Plätze waren noch frei. Mindestens mußte diesen Herren doch die Möglichkeit geboten sein, den Phasen der Versteigerung genau folgen und ihre Gebote abgeben zu können.

Hier saßen also Erik Baldenak, Boris Karkof, Jakob Jansen, Jan Harald und Major Donellan nebst seinem Sekretär Dean Toodrink. Sie bildeten eine dichte Gruppe, die mit den Ellenbogen aneinanderstieß, wie zur Sturmkolonne angetretene Soldaten. Man hätte ja auch mit Recht sagen können, daß sie zum Sturmlauf auf den Nordpol bereit waren.

Von seiten Amerikas zeigte sich niemand außer dem Stockfischagenten, dessen sehr gewöhnliches Gesicht die größte Indifferenz erkennen ließ. Unzweifelhaft schien er unter allen näher Beteiligten am wenigsten erregt und dachte wahrscheinlich auch jetzt mehr an die Verwertung der Ladungen, welche er mit den von Neufundland abgesegelten Schiffen erwartete.

Am lebhaftesten wurde die Neugier der Allgemeinheit gereizt von der Frage, welche Geldleute hinter diesem hausbackenen Manne stecken möchten, der in der nächsten Minute vielleicht soundso viele Millionen in die Waagschale werfen würde.

In der Tat konnte niemand ahnen, daß I. T. Maston und Mrs. Evangelina Scorbitt bei dieser Sache die Hand im Spiele hatten. Wie hätte man das auch erraten sollen? Beide waren zwar mit anwesend, jedoch verloren in der Menge, ohne spezielle Plätze, nur umgeben von einigen der hervorragendsten Mitglieder des Gun-Club (Kanonen-Clubs), den Kollegen I. T. Mastons. Wie andere einfache Zuschauer, schienen auch sie völlig uninteressiert bei dem erwarteten Vorgange zu sein. William S. Forster sah überdies aus, als ob er sie nicht einmal kenne.

Es versteht sich von selbst, daß hier – entgegen den Gepflogenheiten in den Auktionslokalen – das Verkaufsobjekt dem Publikum nicht zur Ansicht und Prüfung vorgelegt werden konnte. Man konnte den Nordpol doch nicht von Hand zu Hand geben, von allen Seiten betrachten, mit der Lupe untersuchen und mit dem Finger abreiben lassen, um festzustellen, ob seine Patina echt oder künstlich sei, wie die eines antiken Schmuckstückes. Und antik war er gewiß – mehr als das Eisen-, das Bronze- und das Steinalter, denn er datierte ja vom Anfange der Welt her.

Wenn der Pol indes im Büro des vereidigten Auktionators nicht selbst vorlag, so zeigte doch eine große, für die Nächstbeteiligten durch ihre abstechenden Farben leicht erkennbare Wandkarte die Gestaltung der arktischen Regionen. Siebzehn Grade über dem Polarkreise umgrenzte eine sehr in die Augen fallende rote Linie, entsprechend dem vierundachtzigsten Breitengrade, den Teil des Erdballs, dessen Versteigerung die *»North Polar Practical Association«* veranlaßt hatte. Wohl machte es den Eindruck, als ob dieses Gebiet von einem recht stark eisüberpanzerten Meere eingenommen wäre, doch das war ja die Sache der Ersteher desselben. Mindestens waren sie dann über die Natur des Kaufgegenstandes nicht getäuscht worden.

Schlag zwölf Uhr trat der vereidigte Auktionator, Andrew R. Gilmour, durch eine kleine, in der Holztäfelung der Hinterwand ausgesparte Tür und nahm an seinem Pulte Platz. Bereits trottete sein Ausrufer, Flint mit der Donnerstimme, gleich einem unbeholfenen Bär im Käfige, schwerfällig an der Schranke, die das Publikum zurückhielt, auf und ab. Beide schmunzelten innerlich bei dem Gedanken, daß dieses »Geschäftchen« ihnen enorme Prozente einbringen mußte, die sie mit Vergnügen in ihre Tasche versenken würden. Selbstverständlich erfolgte dieser Verkauf gegen »bar«, *cash,* wie der amerikanische Ausdruck dafür lautet. Der Ertrag, so bedeutend er auch sein mochte, sollte unverkürzt in die Hände der Abgesandten derjenigen Staaten fließen, welche den Zuschlag nicht erhalten hatten.

In diesem Augenblicke verkündete die Glocke des Saales mit lautem Schlage auch der Außenwelt – hier lassen sich mit Recht die Worte *»urbi et orbi«* anwenden – daß die Versteigerung ihren Anfang nehme.

Das war einmal ein feierlicher Moment! Alle Herzen klopften lauter, hier wie in der ganzen Stadt. Von der Bolton-Street und den Nachbarstraßen her drang, durch die Volkswogen sich fortwälzend, ein Rauschen und Tosen bis in den Saal.

Andrew R. Gilmour mußte warten, bis dieses vieltausendfache Geräusch sich allmählich gelegt hatte, ehe er das Wort nehmen konnte.

Dann erhob er sich, ließ einen Blick über den Kreis der Anwesenden schweifen, hierauf den Klemmer auf die Brust niederfallen und begann mit schwach erregter Stimme:

»Meine Herren! Gemäß einem Vorschlage der Bundesregierung und dank der demselben erteilten Zustimmung der verschiedenen Staaten der Neuen und selbst der Alten Welt werden wir eine Anzahl Immobilien, rund um den Nordpol gelegen, zur Versteigerung bringen. Dieselben erstrecken sich von letzterem bis zu dem heutigen vierundachtzigsten Grad nördlicher Breite und bestehen aus Landmassen, Meeren und Sunden, Inseln, Eilanden, Packeis – überhaupt aus festen und flüssigen Teilen jeder Art.«

Er zeigte jetzt mit dem Finger nach der Wand.

»Werfen Sie gefälligst einen Blick auf diese Karte, welche nach den neuesten Entdeckungen entworfen ist. Sie sehen da, daß die Gesamtheit dieses Loses eine zusammenhängende Oberfläche von annähernd vierhundertsiebentausend Quadratmeilen umfaßt. Zur Erleichterung des Verkaufsgeschäftes ist beschlossen worden, daß die Gebote dementsprechend auf je eine Quadratmeile so abzugeben sind, daß ein Cent (etwa 4 Pf. = 2 Neukreuzer) gleich vierhundertsiebentausend Cents und also ein Dollar gleich vierhundertsiebentausend Dollars gerechnet wird. – Ich bitte um etwas Ruhe, meine Herren!«

Diese Aufforderung erschien nicht überflüssig, denn die Ungeduld der vielen Anwesenden machte sich in einem Lärmen Luft, den auch sehr laut abgegebene Gebote kaum hätten übertönen können.

Als es so halb still geworden – dank der Mithilfe des Ausrufers Flint, der wie eine Alarmsirene im Nebelwetter brüllte – fuhr Andrew R. Gilmour folgendermaßen fort:

»Vor Beginn der Auktion bin ich verpflichtet, auf eine der Klauseln des Ausschreibens nochmals besonders hinzuweisen. Jener unbewegliche Besitz am Pole wird unbedingt endgültig erworben und ist dann gegen jede Einrede irgendwelcher Art seitens der Verkäufer gesichert, – erworben, so wie er am heutigen Tage von genanntem vierundachtzigsten Breitengrade eingeschlossen wird, welcher Art auch die geographischen und klimatischen Veränderungen wären, welche in Zukunft eintreten können.«

Immer diese eigentümliche Rechtsverwahrung, welche schon das erste Dokument enthielt und die Scherzreden der einen ebenso wie die Aufmerksamkeit der anderen erregte.

»Die Versteigerung ist eröffnet!« erklärte der vereidigte Auktionator nun mit bebender Stimme.

Und während der Elfenbeinhammer in seiner Hand zitterte, wie das von seiner Gewohnheit, ihn bei den öffentlichen Versteigerungen auf und ab spielen zu lassen, herrührte, setzte er näselnden Tones hinzu:

»Wir haben einen Käufer zu zehn Cents für die Quadratmeile.«

Zehn Cents oder ein Zehntel-Dollar (M. 0.4; fl. 0.2), das ergab eine Summe von vierzigtausendsiebenhundert Dollars (zirka M. 163 000; fl. 81 500) für den gesamten Immobilarbesitz am Pole.

Ob der Auktionator Andrew R. Gilmour nun wirklich einen solchen Käufer hatte oder nicht, jedenfalls wurde dieses Angebot durch Erik Baldenak für Rechnung der dänischen Regierung sofort überboten.

»Zwanzig Cents!« rief dieser.

»Dreißig Cents!« meldete sich Jakob Jansen für Rechnung Hollands.

»Fünfunddreißig!« ertönte es von Jan Harald für Rechnung Schweden-Norwegens.

»Vierzig!« bot Boris Karkof im Namen aller Russen.

Das ergab nun bereits eine Summe von hundertzweiundsechzigtausendachthundert Dollar (zirka M. 651 500; fl. 325 750), und jetzt war die Versteigerung noch im Anfange!

Hier muß einschaltend bemerkt werden, daß der Vertreter von Großbritannien bisher weder den Mund aufgetan, noch auch nur die festgeschlossenen Lippen gezuckt hatte.

William S. Forster, der Stockfischagent, hüllte sich ebenfalls noch in undurchdringliches Schweigen. Sogar in dieser hochwichtigen Minute schien er mit dem Durchfliegen des *»Mercurial of New-Found-Land«* beschäftigt, aus dem er die Ankunft schwimmender Ladungen und den Tageskurs der amerikanischen Handelsplätze ersah.

»Vierzig Cents die Quadratmeile!« wiederholte Flint mit einer Stimme, welche in eine Art Triller auslief, »vierzig Cents!«

Die vier Kollegen des Major Donellan sahen einander an. Hatten sie schon mit Beginn des Wettstreites ihre Kredite erschöpft? Waren sie bereits gezwungen zu schweigen?

»Nun, munter, meine Herren!« fuhr Andrew R. Gilmour fort, »vierzig Cents! Wer bietet mehr? ... Vierzig Cents! ... Die Kesselkappe des Nordpoles ist doch wahrlich mehr wert! ...«

Man glaubte schon, er wolle noch hinzufügen:

»... garantiert reines Eis!«

Doch da unterbrach ihn der dänische Abgesandte:

»Fünfzig Cents!«

Der Vertreter Hollands überbot diesen sofort wieder um zehn Cents.

»Sechzig Cents die Quadratmeile!« rief Flint. »Sechzig Cents! Nun, bietet niemand?«

Diese sechzig Cents ergaben bereits die beträchtliche Summe von zweihundertvierundvierzigtausendzweihundert Dollar (M. 1 221 000; fl. 610 500).

Die Zuhörerschaft begrüßte das Kaufgebot Hollands schon mit einem gewissen Murmeln der Befriedigung. Merkwürdiger und doch sozusagen nach echt menschlicher Art und Weise schienen die elenden Schlucker ohne einen Pfennig, welche da waren, die armen Teufel mit nichts in der Tasche, das höchste Interesse zu nehmen an diesem mit Dollarrottenfeuer geführten Kampfe.

Nach jenem Angebote Jakob Jansens hatte Major Donellan, der den Kopf ein wenig hob, seinen Sekretär Dean Toodrink angesehen. Auf ein kaum bemerkbares verneinendes Zeichen des letzteren verharrte er jedoch noch immer festgeschlossenen Mundes.

William S. Forster machte, wie bisher in die Durchlesung seiner Handelszeitung vertieft, mit dem Bleistifte einige Randbemerkungen.

Was I. T. Maston anging, so antwortete dieser mit leichtem Kopfschütteln auf das Lächeln der Mrs. Evangelina Scorbitt.

»Wohlan, meine Herren, etwas lebhafter! ... Wir werden schläfrig! ... Da ist kein richtiger Zug drin! ...« fuhr Andrew R. Gilmour fort. – »Nun! ... Niemand bietet höher? ... Soll ich zuschlagen? ...«

Der Hammer bewegte sich auf und nieder wie der Weihwedel zwischen den Fingern eines Küsterfamulus.

»Siebzig Cents!« rief da Professor Jan Harald mit leise zitternder Stimme.

»Achtzig!« schickte Oberst Boris Karkof sofort hinterher.

»Hören Sie? . . . Achtzig!« rief Flint, dessen große Augen desto heller erglänzten, je mehr Feuer in die Versteigerung kam.

Eine versteckte Handbewegung ließ da den Major Donellan wie ein Federteufelchen emporschnellen.

»Hundert Cents!« sagte kurzen Tones der Vertreter von Großbritannien.

Dieses eine Wort legte England eine Verpflichtung im Betrage von vierhundertsiebentausend Dollar (zirka M. 1500000; fl. 750000) auf.

Diejenigen, welche auf das Vereinigte Königreich gewettet, brachen in ein lautes Hurra aus, von dem ein Teil der Anwesenden das Echo zurückgab.

Die, welche auf Amerika gewettet, sahen sich etwas verblüfft an. »Vierhundertsiebentausend Dollar?« Das war schon eine recht hohe Summe für jene, bezüglich ihres Wertes höchst fragwürdigen Gegenden um den Nordpol. Vierhundertsiebentausend Dollar für – Eisberge, Eisfelder und Packeis!

Und der Mandatar der *»North Polar Practical Association«* sagte noch kein Wort und bewegte nicht einmal den Kopf! Jetzt mußte er doch bald daran denken, auch ein Gebot zu tun, selbst wenn er das hatte abwarten wollen, bis der dänische, schwedische, holländische und russische Vertreter ihre Kredite erschöpft hatten, denn dieser Augenblick schien jetzt herangekommen. Die Haltung genannter Herren wies nämlich darauf hin, daß sie gegenüber den »hundert Cents« des Major Donellan das Feld zu räumen entschlossen waren.

»Hundert Cents die Quadratmeile!« wiederholte

der vereidigte Auktionator mehrmals.

»Hundert Cents! ... Hundert Cents! ... Bis jetzt nur hundert Cents!« ließ der Ausrufer Flint seine Donnerstimme, die er noch durch die vor den Mund gehaltene hohle Hand verstärkte, vernehmen.

»Bietet niemand mehr?« fragte Andrew R. Gilmour. »Sie haben es gehört ... geben sich damit zufrieden? ... Wird es niemand später bedauern? ... Ich erteile also den Zuschlag? ...«

Er bog schon den Arm, der den Hammer dirigierte, sandte einen aufmunternden Blick über die Anwesenden, deren Gemurmel jetzt zu erwartungsvollem Schweigen verstummte.

»Zum ersten! ... Zum zweiten ... und ...« fuhr er fort.

»Hundertzwanzig Cents!« meldete sich da sehr gelassen William S. Forster, die Augen kaum erhebend von der Zeitung, von der er eben ein Blatt umschlug.

»Hip! ... Hip! ... Hip! ...« riefen diejenigen der Zuhörer, welche mit den höchsten Einsätzen für Amerika ins Zeug gegangen waren.

Der Major Donellan hatte sich wieder aufgerichtet. Sein langer Hals schwankte mechanisch zwischen dem von den beiden Schultern gebildeten Winkel und seine Lippen verlängerten sich zu einem leibhaftigen Schnabel. Einen unversöhnlichen Blick schleuderte er auf den Vertreter der amerikanischen Gesellschaft, ohne auch nur von Auge zu Auge Erwiderung zu finden. Dieser Teufelskerl, der William S. Forster, rührte und regte sich nicht.

»Hundertvierzig!« rief Major Donellan.

»Hundertsechzig!« sagte Forster gelassen.

»Hundertachtzig!« schickte der Major hinterher.

»Hundertneunzig!« murmelte Forster.

»Hundertfünfundneunzig Cents!« stieß der Vertreter Großbritanniens hervor.

Danach kreuzte er die Arme und es sah aus, als messe er alle achtunddreißig Staaten der Union mit wegwerfendem Blicke.

Man hätte jetzt eine Ameise laufen, einen Weißfisch schwimmen, einen Schmetterling fliegen, einen Wurm sich winden, eine Mikrobe sich bewegen hören können. Alle Herzen klopften. Alle Augen hingen an Major Donellan. Sein sonst so beweglicher Kopf stand jetzt still. Dean Toodrink kraute sich am Hinterkopf, als wollte er sich die Locken ausreißen.

Andrew R. Gilmour ließ einige Augenblicke verstreichen, welche allen »so lang wie Jahrhunderte« vorkamen. Der Stockfischagent las noch immer seine Zeitung und kritzelte mit Bleistift verschiedene Zahlen nieder, welche mit der schwebenden Angelegenheit offenbar außer jeder Beziehung standen. Man fragte sich, ob auch er mit seinem Kredit zu Ende sei, ob er auf ein weiteres Überbieten verzichten wolle, ob jener Betrag von hundertfünfundneunzig Cents für die Quadratmeile oder siebenhundertdreiundneunzigtausendundfünfzig Dollar für das gesamte unbewegliche Gut seiner Anschauung nach die letzte Grenze des – Wahnwitzes erreicht habe.

»Hundertfünfundneunzig Cents!« wiederholte der vereidigte Auktionator. »Wenn niemand mehr bietet, so . . .«

Sein Hammer schien bereits auf dem Wege, niederzufallen.

»Hundertfünfundneunzig Cents!« wiederholte der Ausrufer.

»Zuschlagen! – Den Zuschlag erteilen!«

Diese Zurufe rührten von einigen ungeduldigen Zuschauern her und klangen wie ein dem Zögern Andrew R. Gilmours erteilter Tadel!

»Zum ersten!... Zum zweiten! Zum dritten und...« rief dieser.

Jetzt flogen alle Blicke nach dem Vertreter der *»North Polar Practical Association«*.

Und wahrlich, dieser merkwürdige Mann war eben dabei, sich gemächlich zu schneuzen, indem er mit einem großen karierten seidenen Tuche die Mündungen der Nase heftig zusammenpreßte.

Inzwischen hatten sich die Augen I. T. Mastons auf ihn hingelenkt und die der Mrs. Evangelina Scorbitt folgten derselben Richtung. Aus der Entfärbung ihrer Gesichter hätte man die tiefgehende Erregung ablesen können, welche sie zu bemeistern suchten. Warum zögerte auch William S. Forster, den Major Donellan zu übertrumpfen?

William S. Forster schneuzte sich zum zweiten, dann zum dritten Male mit dem Geräusche einer Feuerwerks-Rakete. Zwischen den beiden letzten Explosionen seines Gesichtserkers hatte er aber mit sanfter und bescheidener Stimme geflüstert:

»Zweihundert Cents!«

Durch den Saal lief es wie ein innerliches Frösteln. Dann erschallten aber die Hips der Amerikaner, daß die Fensterscheiben klirrten.

Überlastet, vernichtet, erdrückt war Major Donellan neben dem nicht minder niedergeschmetterten Dean Toodrink zusammengesunken. Dieser Preis für die Quadratmeile ergab die ungeheuere Summe von achthundertvierzehntausend Dollar (M. 3 250 000; fl. 1 625 000), und es lag vor Augen, daß der britische Kredit diese zu übersteigen nicht gestattete.

»Zweihundert Cents!« wiederholte Andrew R. Gilmour.

»Zweihundert Cents!« heulte Flint mehr, als er es ausrief.

»Zum ersten!... Zweihundert Cents zum zweiten!« erklärte der vereidigte Auktionator noch einmal. – »Niemand mehr...?«

Wie durch unfreiwillige Bewegung richtete sich der Major Donellan noch einmal empor und starrte die anderen Abgesandten an. Diese setzten nur auf ihn die Hoffnung, es verhindert zu sehen, daß das Gebiet um den Nordpol den europäischen Mächten entginge. Diese Anstrengung war aber die letzte. Der Major öffnete den Mund, schloß ihn wieder und England setzte sich in seiner Person überwunden auf die Bank nieder.

»Zum dritten und... letzten!« rief Andrew R. Gilmour, während der Elfenbeinhammer gleichzeitig auf das Pult aufschlug.

»Hip!... Hip!... Hip für die Vereinigten Staaten!« brüllten diejenigen, welche auf das siegreiche Amerika gewettet hatten.

In einem Augenblicke verbreitete sich die Nachricht von der geschehenen Erwerbung durch ganz Baltimore, blitzte dann längs der Luftleitungsdrähte über die gesamte Konföderation hin und durch die Submarinekabel bis zur Alten Welt hin.

Die *»North Polar Practical Association«* war es, welche vermittels ihres Strohmannes, William S. Forsters, Eigentümerin der vom vierundachtzigsten Breitengrade umschlossenen arktischen Gebiete geworden war.

Am nächsten Tage, als William S. Forster seinen Auftraggeber nannte, gab er den Namen Impey Barbicane an, und man trug darauf die bewußte Gesellschaft unter der Firma »Barbicane & Cie.« in die amtlichen Register ein.

Viertes Kapitel

In dem alte Bekannte unserer jungen Leser auftauchen

Barbicane & Cie.! ... Der Vorsitzende des Artilleristen-Vereins! ... Ja, was mochten denn Artilleristen mit einer Angelegenheit dieser Art zu schaffen haben? ... Das wird sich später aufklären.

Es erscheint uns kaum notwendig, Impey Barbicane, den Vorsitzenden des Gun-Clubs von Baltimore, den Kapitän Nichol, ferner I. T. Maston, Tom Hunter mit den Holzbeinen, den immer hüpfenden Bilsby, den Oberst Bloomsberry und deren übrige Kollegen einzeln und förmlich vorzustellen. Wenn diese etwas überspannten Persönlichkeiten auch zwanzig Jahre älter geworden sind seit jener Zeit, wo die Aufmerksamkeit der ganzen Welt ihnen zugelenkt wurde, so sind sie doch dieselben geblieben, immer körperlich noch ebenso lückenhaft, wie in allem geräuschvoll und verwegen, wenn es darauf ankam, sich in das außergewöhnlichste Abenteuer zu stürzen. Auf diese Legion pensionierter Artilleristen blieb die Zeit eben ohne merkbaren Einfluß; sie hat dieselben begünstigt, ganz wie sie außer Gebrauch gesetzte Kanonen respektiert, welche die Sammlungen alter Zeughäuser schmücken.

Wenn der Gun-Club seit seiner Gründung achtzehnhundertdreiunddreißig (Mit-)Glieder zählte – es handelt sich hier um Personen, nicht um Glieder, wie Arme oder Beine, von denen die meisten an den einen oder den anderen entschiedenen Mangel litten – wenn dreißigtausendfünfhundertfünfundsiebzig korrespondierende Mitglieder damals ihren Stolz darein setzten, genanntem Club anzugehören, so hatten sich diese Zahlen auch heute nicht vermindert. Im Gegenteil. Dank seinem erfolgsunsicheren Versuche, eine unmittelbare Verbindung zwischen Erde und Mond herzustellen*, war seine Berühmtheit sogar in ungeheuerem Maßstabe gewachsen.

Vielleicht ist es nicht unvergessen, welches Aufsehen jener merkwürdige Versuch, den wir hier in wenigen Zeilen wiedergeben wollen, erregte.

Wenige Jahre nach dem Sezessionskriege hatten sich einige des ihnen aufgezwungenen Müßiggangs überdrüssige Mitglieder des Gun-Clubs vorgenommen, mittelst einer riesenhaften Kolumbiade (d. i. ein Geschützrohr von ungeheuerlichen Verhältnissen) ein Geschoß bis nach dem Monde zu schleudern. Eine neunhundert Fuß lange Kanone von neun Fuß Kaliber war unter entsprechenden Feierlichkeiten in City-Moon direkt im Boden der Halbinsel Florida gegossen und dann mit vierhunderttausend Pfund Schießbaumwolle geladen und unter dem Antrieb von sechs Milliarden Liter Gas ein zylindrisch-konisches Aluminiumgeschoß nach dem Gestirne der Nacht entsendet worden. Nachdem dasselbe infolge einer Abirrung von seiner Flugbahn den Weg rings um den Mond zurückgelegt, war es dann auf die Erde zurückgefallen und hatte sich unter 27 Grad 7 Minuten nördlicher Breite und 41 Grad 37 Minuten westlicher Länge in den Stillen Ozean eingebohrt. In dieser Gegend endlich war dasselbe durch die »Susquehanna«, einc Fregatte der Vereinigten Staaten-Marine, zum Heile seiner Insassen von der Wasseroberfläche des Ozeans weg aufgefischt worden.

Seiner Insassen! Ja, wirklich. Zwei Mitglieder des Gun-Clubs, dessen Vorsitzender Impey Barbicane und Kapitän Nicholl, hatten nebst einem wegen sei-

---

*Siehe desselben Verfassers »Reise nach dem Mond« und »Reise um den Mond«.

ner halsbrecherischen Liebhabereien weitbekannten Franzosen in jenem Waggonprojektil Platz genommen. Alle drei kehrten heil und gesund von der merkwürdigen Eilfahrt zurück. Doch wenn die beiden Amerikaner noch vorhanden und bereit waren, sich in ein neues Abenteuer zu wagen, so lag das mit dem Franzosen Michel Ardan anders. Nach Europa zurückgekehrt, hatte sich dieser – zum Erstaunen nicht gar weniger Leute – ein recht hübsches Vermögen erworben, und jetzt pflanzte er seinen Kohl, aß ihn und verdaute ihn sogar, wenn man den verläßlichsten Berichterstattern glauben darf.

Nach jenem Donnerschlag hatten Impey Barbican und Nicholl sozusagen auf den Lorbeeren ihres Ruhmes ausgeruht. Immer nach großen Dingen strebend, brüteten sie über ein anderes Unternehmen ähnlicher Art. An Geld dazu fehlte es ihnen nicht. Noch besaßen sie von dem letzten Unternehmen her gegen zweihunderttausend Dollar als Überrest von den fünfeinhalb Millionen, welche die damalige Subskription in der Alten und der Neuen Welt geliefert hatte. Außerdem hatten sie noch dadurch, daß sie sich in den ganzen Vereinigten Staaten in ihrem Aluminiumgeschoß selbst ausstellten, eine erkleckliche Einnahme erzielt und soviel Ruhm geerntet, wie ihn menschlicher Ehrgeiz nur je erstreben kann.

Impey Barbicane und Kapitän Nicholl hätten sich also befriedigt genug fühlen können, doch an ihnen nagte die marternde Langeweile, und nur um aus diesem Zustande der Untätigkeit zu kommen, hatten sie ohne Zweifel die arktischen Gebiete angekauft.

Wenn sie diese Erwerbung jetzt sogar um den Preis von über achthunderttausend Dollar machen konnten, so erklärt sich das dadurch, daß Mrs. Evangelina Scorbitt die ihnen fehlende Summe zulegte. Dank dieser edelsinnigen und freigebigen Frau war Europa von Amerika besiegt worden.

Diese Sache hing folgendermaßen zusammen:

Wenn der Vorsitzende Barbicane und der Kapitän Nicholl mit unvergleichlichem Ruhme heimkehrten, so gab es doch noch einen Mann, der daran einen reichlichen Anteil hatte; der Leser errät wohl, daß wir I. T. Maston, den eifrigen Schriftführer des Gun-Clubs, meinen. Diesem gewandten Redner verdankte man ja die mathematischen Unterlagen, welche überhaupt erst das Wagnis des oben erwähnten Experimentes ermöglichten. Hatte er seine beiden Kollegen bei ihrer außerirdischen Fahrt nicht begleitet, so unterließ er das gewiß nicht aus Furcht – potz Wetter nein! Der würdige Artillerist mit dem mangelnden rechten Arme hatte aber, infolge eines jener im Kriege so allgewöhnlichen Vorkommnisse, eine Schädeldecke aus Guttapercha. Zeigte er diese nun den Seleniten, so hätte er denselben eine sehr klägliche Vorstellung von den Bewohnern der Erde – und der Mond ist doch immer nur der untergeordnete Satellit der letzteren – eingeimpft.

Zum eigenen tiefsten Leidwesen hatte I. T. Maston also auf die Mitfahrt verzichten müssen; deshalb war er aber nicht müßig geblieben. Nachdem er zur Konstruktion eines ungeheueren Teleskops verschritten, das später auf dem Gipfel von Longs Peak, dem höchsten Punkte der Kette der Felsengebirge, Aufstellung fand, hatte er sich selbst hierherbegeben, und als die Meldung eintraf, daß das Geschoß seine majestätische Bahn am Himmel beschreibe, hatte er seinen Beobachtungsposten nicht wieder verlassen. Dort, vor dem Okular des riesigen Instrumentes, bemühte er sich seinen Freunden zu folgen, deren Luftwagen durch den Weltraum flog.

Man hätte sie, die waghalsigen Reisenden, wohl als für diese Erde auf ewig Verlorene betrachten können; man konnte fürchten, daß das jetzt in dem neuen Anziehungskreise des Mondes schwebende Geschoß in alle Ewigkeit als dessen Untersatellit ihn werde umkreisen müssen. Doch nein; eine Ablenkung – ein Werk der Vorsehung hätte man darunter vermuten können – hatte die Richtung des Projektils verändert und dieses, nachdem es den Mond umkreist, statt ihn selbst zu erreichen, war, mit beschleunigender Geschwindigkeit davongeführt, nach unserem Sphäroiden mit einer Endgeschwindigkeit zurückgekehrt, welche, als dasselbe in die Tiefen des Meeres stürzte, siebenundfünfzigtausendsechshundert Lieues in der Stunde betrug.

Zum Glücke hatte die flüssige Masse des Stillen Ozeans den Sturz gemildert, der von der amerikanischen Fregatte »Susquehanna« aus beobachtet wurde. Die Nachricht davon wurde sofort I. T. Maston übermittelt. Der Schriftführer des Gun-Clubs enteilte unverzüglich dem Observatorium von Longs Peak, um das Rettungswerk zu leiten. In der Gegend, wo das Projektil verschwunden war, wurden Sondierungen vorgenommen, und der opferwillige I. T. Maston zögerte nicht, sich selbst in Taucherkleidung zu stecken, um seine Freunde aufzufinden.

Im Grunde wäre es ganz unnötig gewesen, sich so viele Mühe zu geben. Das Aluminiumgeschoß, welches eine, sein Eigengewicht übertreffende Wassermenge verdrängte, war nach einem tüchtigen Sturzbade wieder zur Meeresfläche emporgestiegen, und als Präsident Barbicane, Kapitän Nicholl und Michel Ardan an der Oberfläche des Ozeans aufgefunden wurden, da vertrieben sie sich in ihrem schwimmenden Gefängnis die Zeit mit – einer Partie Domino.

Um auf I. T. Maston zurückzukommen, so hatte der Anteil, der ihm bei jenem außerordentlichen Unternehmen zukam, ihn mit Ruhm bedeckt.

Gewiß war dieser I. T. Maston mit seinem falschen Schädeldache und dem verstümmelten, in einen metallenen Haken endigenden rechten Arme nicht eben eine Schönheit zu nennen; er war auch nicht mehr jung, denn bereits hatten ihm achtundfünfzig Jahrestage geschlagen oder feierlich entgegengeläutet zur Zeit, wo unsere Geschichte beginnt. Die Originalität seines Charakters aber, die Lebhaftigkeit seiner Auffassung, das Feuer, welches seinen Blick belebte, wie der Eifer, mit dem er an alles herantrat, hatten ihn in den Augen der Mrs. Evangelina Scorbitt als Ideal erscheinen lassen. Sein sorgfältig unter der Guttapercha-Kalotte geschütztes Gehirn war ja unversehrt, und daneben galt er noch immer mit Recht für einen der geschicktesten Rechenmeister seiner Zeit.

Mrs. Evangelina Scorbitt dagegen fand – wenn ihr auch die kleinste selbst ausgeführte Berechnung eine Migräne zuzog – mindestens Gefallen an den Mathematikern, wenn sie auch diesen nicht für die Mathematik empfand. Sie betrachtete diese Herren als Wesen von besonderer und höherer Art. Man denke auch: Köpfe, in denen die x umherrollen wie die Haselnüsse im Sacke; Gehirne, welche mit algebraischen Zeichen nur so spielen; Hände, welche mit dreifachen Integralen umspringen wie Jongleure mit ihren Gläsern und Flaschen; Intelligenzen, welche eine beliebige Sache durch Formeln wie etwa

$$\int\int\int \varphi(xyz)dxdydz$$

darstellen.

Ja! Solche Gelehrte erschienen ihr der höchsten Bewunderung würdig und geschaffen, um eine Frau in gleichem Verhältnisse der Masse und in umgekehrtem Verhältnisse des Quadrates der Entfernung anzuziehen. Gerade I. T. Maston war aber korpulent genug, eine solche unwiderstehliche Anziehungskraft auszuüben, und was die Entfernung betraf, so mußte diese eine völlig verschwindende werden, wenn sie einander jemals angehören konnten.

Wir müssen gestehen, daß dieser Gedanke den Schriftführer des Gun-Club, der nie das Glück in so engen Verbindungen gesucht hatte, einigermaßen beunruhigte. Auch Mrs. Evangelina Scorbitt erfreute sich nicht mehr der ersten Jugend – ja, kaum der zweiten – mit ihren vierundvierzig Jahren, den glatt anliegenden Scheiteln, welche wie ein früher schon farbiges und später frisch aufgefärbtes Gewebe aussahen; bei dem mit sehr langen Zähnen, von denen sie noch keinen eingebüßt, ausgestatteten Munde; mit der hageren, jeder Rundung entbehrenden Taille und dem etwas unbeholfenen Auftreten, – kurz, sie bot mehr die Erscheinung einer alten Jungfer, obwohl die würdige Dame, freilich kaum einige Jahre, verheiratet gewesen war. Im übrigen aber war sie eine vortreffliche Persönlichkeit, der an irdischem Glück nichts gefehlt hätte, wenn sie sich in den Salons von Baltimore nur hätte als Mrs. I. T. Maston zeigen können.

Das Vermögen dieser Wittib war sehr bedeutend. Nicht, daß sie so reich gewesen wäre wie die Goulds, die Makays, die Vanderbilts oder die Gordon Benetts, deren Vermögen eine Milliarde übersteigt und die einem Rothschild hätten Almosen anbieten können; nicht, daß sie dreihundert Millionen besessen hätte, wie Mrs. Moses Carper, zweihundert Millionen wie Mrs. Stewart, oder neunzig Millionen wie Mrs. Crocker – drei Witwen, die sich sehen lassen können! – noch daß sie so reich gewesen wäre wie Mrs. Hammersley, Mrs. Helly Green, Mrs. Maffit, Mrs. Marschall, Mrs. Para Stevens, Mrs. Mintury und noch einige andere; jedenfalls hätte sie aber das Recht gehabt, an dem denkwürdigen Festessen des Fünfte Avenue-Hotels in New York teilzunehmen, an dem nur mindestens fünffache Millionäre zugelassen wurden. In der Tat verfügte Mrs. Evangelina Scorbitt über die nette Summe von vier wohlgezählten Millionen Dollar (M. 16000000; fl. 8000000), ererbt von John P. Scorbitt, der dieselben durch den zweifachen Handel mit Modewaren und gepökeltem Schweinefleisch eingeheimst hatte. Die edelmütige Witwe hätte sich nun glücklich geschätzt, dieses Vermögen zugunsten I. T. Mastons, dem sie ja einen noch weit unerschöpflicheren Schatz an Zärtlichkeit entgegenbrachte, verwenden zu können.

Entsprechend einer Anfrage I. T. Mastons hatte Mrs. Evangelina Scorbitt denn auch freudig zugestimmt, für die Zwecke der *»North Polar Practical Association«,* trotz ihrer Unkenntnis der eigentlichen Ziele derselben, einige Hunderttausend Dollar zuzuschießen. Freilich durfte sie, da I. T. Maston dort die Hand mit im Spiele hatte, im voraus überzeugt sein, daß es sich nur um ein großes, erhabenes, mehr übermenschliches Unternehmen handeln konnte. Die Vergangenheit des Schriftführers im Gun-Club war ihr eine Gutsage für die Zukunft.

Man urteile nun selbst, ob sie, nach der Versteigerung und der Bekanntgabe der Mandanten darüber unterrichtet, daß die Leitung der neuen Gesellschaft dem Vorsitzenden des Gun-Clubs unter der eingetragenen Firma »Barbicane & Cie.« zufallen werde, ihr Vertrauen gerechtfertigt sah oder nicht. Mußte sie sich nicht von dem Augenblicke an, wo I. T. Maston ein Teil dieser »& Cie.« war, vielmehr Glück wünschen, eine der stärksten Aktionärinnen der Firma zu sein?

So sah Mrs. Evangelina Scorbitt sich denn als Eigentümerin eines großen Teiles der arktischen, vom vierundachtzigsten Breitengrade begrenzten Gebiete. Sehr schön! Doch was sollte sie damit anfangen? Oder wie wollte vielmehr die GesellschaFt aus diesen unzugänglich liegenden Gründen einen Nutzen ziehen?

Die vortreffliche Frau hatte – natürlich mit aller Diskretion – I. T. Maston auch hierüber auszuforschen versucht, ehe sie den Gründern dieser Unternehmung ihre Kapitalien zur Verfügung stellte. I. T. Maston freilich verhielt sich dagegen möglichst zugeknöpft. Mrs. Evangelina Scorbitt sollte sofort erfahren, um was es sich handelte, aber doch nicht eher als bis die Stunde gekommen war, den ganzen Erdball durch das Unterfangen der neuen Gesellschaft in Erstaunen zu setzen . . .

Ohne Zweifel wurde in seinem Gehirn ein Werk geboren, das, wie Jean Jacques (Rousseau) sagt, »niemals seinesgleichen hatte und niemals Nachahmer finden wird«, ein Werk, bestimmt, selbst den Versuch der Mitglieder des Gun-Clubs, mit dem Satelliten der Erde in unmittelbare Verbindung zu treten, weit in den Schatten zu stellen.

Drang sie weiter in ihn, so begnügte sich I. T. Maston, den rechtseitigen Armhaken an die halbgeschlossenen Lippen legend, zu bitten:

»Haben Sie nur Vertrauen, liebe Mistreß Scorbitt!«

Und wenn Mrs. Evangelina Scorbitt schon »vorher« Vertrauen hatte, welch übergroße Freude empfand sie erst »nachher«, als der pflichteifrige Schriftführer ihrer Beihilfe den Triumph der Vereinigten Staaten über die Niederlage des nördlichen Europa zuschrieb!

»Doch kann ich nun nicht endlich Aufklärung erhalten?« fragte sie, den ausgezeichneten Rechner anlächelnd.

»Sie werden bald alles erfahren«, antwortete I. T. Maston, der energisch die Hand der Verbündeten, nach amerikanischer Weise, schüttelte.

Dieses Schütteln hatte die unmittelbare Wirkung, die Ungeduld der Mrs. Evangelina Scorbitt zu zügeln.

Wenige Tage später wurden die Alte und die Neue Welt nicht minder erschüttert – abgesehen von einer derselben später bevorstehenden Erschütterung – als man da das rein unsinnige Projekt kennenlernte, zu dessen Durchführung die *»North Polar Practical Association«* eine öffentliche Subskription auflegte.

Als die Gesellschaft nämlich die den Nordpol umlagernden Gebiete erwarb, geschah es in der Absicht – dort vermutete Steinkohlenflötze auszubeuten.

Fünftes Kapitel

Konnte man wohl annehmen, daß sich in der Nähe des Nordpols Steinkohlenschichten vorfanden?

So lautete natürlich die erste Frage, die sich allen, mit einiger Logik begabten Leuten aufdrängte.

»Warum sollte es Kohlenflötze in der Umgebung des Pols geben?« sagten die einen.

»Und warum sollte es keine geben?« erwiderten die anderen.

Bekanntlich finden sich kohleführende Schichten an verschiedenen Stellen des Erdballs verstreut. In mehreren Gegenden Europas trifft man solche fast im

Überfluß; auch Nord- und Südamerika zeigen reichliche Schätze, und gerade die Vereinigten Staaten besitzen dieselben in größter Ausdehnung; doch fehlen solche in Afrika, Asien und Ozeanien ebenfalls nicht.

Mit der fortschreitenden Erkenntnis der Gebiete unserer Erde entdeckt man solche Lagerstätten in allen geologischen Schichten, den Anthrazit im urältesten Gefüge, die Steinkohle in den oberen kohleführenden Schichten, die Braunkohle in der sekundären, und die Schwelkohle mit noch erkennbarer Holzstruktur in der tertiären Formation. An mineralischen Brennstoffen kann also höchstens nach einem, sich auf Jahrhunderte beziffernden Zeitraum Mangel eintreten.

Und doch beträgt die Kohlenförderung, von der hundertsechzig Millionen Tonnen (à 20 Zentn.) auf England entfallen, in der ganzen Welt jährlich nicht weniger als vierhundert Millionen Tonnen! Der Verbrauch scheint auch mit der nie zum Stillstand kommenden weiteren Entwicklung der Industrie immer nur noch zuzunehmen. Selbst wenn die Elektrizität als bewegende Kraft die des Dampfes ersetzte, so würde wieder zur Erzeugung dieser Kraft dieselbe Kohlenmenge aufgewendet werden müssen. Der Magen der Industrie lebt eben von der Kohle; er verdaut nichts andres. Die Industrie ist eine »Carbonivore« und muß ihrer Natur entsprechend ernährt werden.

Die Kohle dient ferner nicht allein als Brennstoff, sondern auch als derjenige tellurische Körper, aus dem die neuzeitliche Wissenschaft eine große Menge Erzeugnisse und von diesen wieder Derivate gewinnt. Infolge der Umwandlungen, denen dieselbe in den Schmelztiegeln der Laboratorien unterliegt, kann man mit Kohle färben, versüßen, aromatisieren, verdampfen, klären, heizen, beleuchten, ja durch Erzeugung künstlich-echter Diamanten auch schmücken. Sie ist ebenso nützlich wie das Eisen – eigentlich noch mehr!

Zum Glück braucht man nie eine Erschöpfung des Vorrates an letzterem Metall zu befürchten, welches sozusagen das Gerippe des Erdballs bildet.

In der Tat kann man die Erde als eine Masse einst in feurigflüssigem Zustande mehr oder weniger karbonisierten (mit Kohlenstoff vermengten) Eisens betrachten, welche von flüssigen Silikaten wie von einer Art metallischer Schlacke bedeckt wird, über die sich die festen Felsmassen erheben und das Wasser sich ausbreitet. Die anderen Metalle treten, ebenso wie Wasser und unverändertes Gestein, nur in sehr verschwindender Menge in die Mischungsbestandteile unseres Sphäroids ein.

Wenn der Verbrauch an Eisen nun bis ans einstige Ende der Jahrhunderte gesichert erscheint, so ist das bezüglich der Kohle leider nicht der Fall. Im Gegenteil. Vorsichtige Leute, welche die späte Zukunft im Auge behalten, selbst wenn diese soundso viele Jahrhunderte fern liegt, müssen nach Kohlenflötzen suchen, wo die vorsorgliche Natur solche in den geologischen Epochen abgelagert hat.

»Sehr schön!« erwiderten die Opponenten.

In den Vereinigten Staaten wie anderswo trifft man nun Leute mit Vorliebe für Schwarzseherei, ohne diejenigen zu rechnen, welche nur aus Vergnügen am Widerspruche stets zu widersprechen pflegen.

»Sehr schön!« riefen die Opponenten. »Doch warum sollte es am Nordpole Steinkohle geben?«

»Warum?« antworteten die Anhänger des Präsidenten Barbicane. »Weil zur Zeit jener geologischen Bildungen die Größe der Sonne eine solche war, daß die Temperatur des Äquators wie der Pole sich, nach der Theorie Blandets, jeder Schätzung entzieht. Damals bedeckten grenzenlose Wälder die nördlichen Gegenden der Erde, und zwar lange vor dem Erscheinen des Menschen, als unser Planet noch der immerwährenden Einwirkung von Wärme und Feuchtigkeit unterworfen war.«

Derartige Fragen behandelten die der Gesellschaft beifällig gegenüberstehenden Zeitungen, Revuen und Magazine in zahlreichen Aufsätzen, teils in halb scherzhafter, teils in wissenschaftlich-ernster Weise. Jene Wälder aber, zur Zeit der ungeheuerlichsten Konvulsionen, deren Schauplatz die Erdkugel vor Annahme ihrer bleibenden Gestalt war, in der Tiefe begraben, hatten sich unter dem Einflusse der Zeit, der Feuchtigkeit und der Wärme des Erdinnern notwendig in Steinkohlenflötze verwandeln müssen. Das machte denn die Annahme, nach der das Polargebiet reiche Kohlenschätze, die nur der Schaufel des Bergmannes harrten, bergen sollten, recht wahrscheinlich.

Dafür sprachen auch Tatsachen – nicht wegzuleugnende Tatsachen. Die positivsten Geister, welche nicht auf einfache Wahrscheinlichkeiten bauen, konnten dieselben nicht in Zweifel ziehen, und sie waren derart, daß sie zur Nachsuchung nach verschiedenen Kohlensorten an der Oberfläche des Polarbeckens geradezu aufforderten.

Hierüber unterhielten sich eben Major Donellan und sein Sekretär einige Tage später im dunkelsten Winkel der Gastwirtschaft der »Two Friends«.

»Oho«, hörte man Dean Toodrink ausrufen, »sollte dieser Barbicane – der bald am Galgen baumeln möge! – doch recht haben?«

»Das ist sehr wahrscheinlich«, erwiderte Major Donellan; »ja, ich möchte fast sagen, daß es gewiß ist.«

»Dann wäre aber mit der Ausbeutung der Polargebiete ein Vermögen zu gewinnen!«

»Natürlich«, bestätigte der Major. »So wie Nordamerika schon die ausgedehntesten Kohlenlager besitzt, von denen immer und immer wieder neue aufgedeckt werden, ebenso ist es gar nicht zu bezweifeln, Herr Toodrink, daß noch weitere, sehr reichhaltige aufgefunden werden. Die arktischen Landmassen bilden nur offenbar ein Anhängsel des amerikanischen Festlandes, dafür spricht die Übereinstimmung der Bildung und des Aussehens. Insbesondere Grönland darf als eine Fortsetzung der Neuen Welt betrachtet werden, und es ist ja nachgewiesen, daß jenes mit Amerika zusammenhängt . . .«

»Wie der Pferdekopf, dessen Gestalt es hat, mit dem Pferde selbst«, bemerkte der Sekretär des Major Donellan.

»Ich füge noch hinzu«, fuhr dieser fort, »daß Professor Nordenskjöld gelegentlich seiner Erforschung des Innern Grönlands sedimentäre Bildungen angetroffen hat, welche aus Sandstein und Schieferton mit eingesprengten Ligniten bestanden, die wieder eine beträchtliche Menge fossiler Pflanzen enthielten – abgesehen noch davon, daß der Däne Steenstrup im Bezirke von Diskö einundsiebzig Stellen verzeichnet hat, an denen sich Gesteine mit Pflanzenabdrücken in großer Menge finden, als nicht zu verwerfende Zeugen der mächtigen Vegetation, welchc cinst dic Polachse in wilder Dichtheit umhüllte.«

»Doch höher oben? . . .« fragtc Dean Toodrink.

»Höher oben, oder vielmehr weiter nach dem Pole selbst zu«, belehrte ihn der Major, »ist das Vorkommen von Steinkohle tatsächlich nachgewiesen, und es scheint, als brauche man sich nur zu bücken, um sie aufzulesen. Ist diese Kohle nun schon an der Oberfläche jener Gebiete so verbreitet, so darf man daraus wohl mit Gewißheit schließen, daß ihre Flöze bis in große Tiefen der Erdkruste hinabreichen.«

Er hatte recht, der Major Donellan. Gerade der Umstand, daß er die geologischen Formationen am Nordpol gründlich kannte, machte ihn in diesem Falle zum reizbarsten aller Engländer. Vielleicht hätte er noch länger über diesen Gegenstand gesprochen, wenn er nicht bemerkte, daß einzelne Stammgäste der Wirtschaft ihn zu belauschen suchten. Dean Toodrink und er selbst hielten also eine weise Zurückhaltung für geratener, nachdem genannter Toodrink leiser die Bemerkung gemacht hatte:

»Nun, und über einen Punkt sind Sie gar nicht erstaunt, Herr Major?«

»Über welchen?«

»Ei, darüber, daß bei dieser Geschichte, in der man Ingenieure oder mindestens Seeleute hervorteten zu sehen erwartet hätte, da es sich um den Pol und seine Kohlenschätze handelt, daß darin, sage ich, nur Artilleristen die leitenden Persönlichkeiten sind?«

»Richtig«, bekannte der Major, »das ist allerdings auffallend!«

Inzwischen kamen die Zeitungen einen und alle Tage auf jene Kohlenlager zurück.

»Kohlenlager? Und welche?« fragte die »Pall Mall Gazette« in wütenden Artikeln, angeregt von dem Großhandel Englands, der die Beweisgründe der *»North Polar Practical Association«* jetzt in den Staub zu ziehen suchte.

»Welche?« antworteten die Redakteure der »Daily News« in Charleston und entschiedene Anhänger des Präsidenten Barbicane. Nun, in erster Reihe die, welche Kapitän Nares 1875 bis 1876 an der Grenze des vierundachtzigsten Breitengrades gleichzeitig mit den

Nachweisen entdeckte, welche daselbst eine einstmalige reiche miokänische Flora mit Pappeln, Buchen, Mehlbeerbäumen, Nußbäumen und Koniferen vermuten ließen.

»Und dazu«, bemerkte der wissenschaftliche Mitarbeiter der »New York Witness«, »wurde zwischen 1881 und 1884, d. h. während des kühnen Zuges des Lieutenant Greely nach der Lady Franklin-Bai, durch unsere Landsleute in der Nähe des Fort Conger in der Watercourse-Bucht, ein Kohlenlager tatsächlich aufgefunden. Dr. Pavy konnte also wohl mit Recht behaupten, daß es jenen Gegenden nicht an Kohlenschichten mangelte, welche von der weitsichtigen Mutter Natur wahrscheinlich bestimmt seien, eines Tages die Kälte jener Einöden zu bekämpfen.«

Man begreift, daß die Gegner des Präsidenten Barbicane, wenn so beweiskräftige Tatsachen mit Zustimmung kühner amerikanischer Forscher ins Feld geführt wurden, nichts mehr zu antworten wußten. Auch die Anhänger des »Warum sollte es dort Steinkohlen geben?« begannen allmählich vor den Vertretern des »Warum sollte es keine geben?« die Flagge zu senken. Ja, es gab solche, und wahrscheinlich sehr bedeutende. Der Boden um den Pol barg große Mengen des kostbaren Brennstoffes, welche in den Eingeweiden jener Gebiete da begraben lagen, wo einst eine üppige Vegetation gewuchert hatte.

Doch wenn es ihnen bezüglich des Terrains jener Kohlenablagerungen, deren Vorhandensein im Schoße der arktischen Gegenden nicht zu bezweifeln war, mißglückte, weiter gegen die ganze Sache aufzutreten, so rächten sie sich dadurch, daß sie dieselbe von anderem Standpunkte aus beleuchteten.

»Zugegeben!« sagte eines Tages der Major Donellan gelegentlich einer Verhandlung im Lokale des

Gun-Clubs selbst, bei der er dem Präsidenten Barbicane unmittelbar zu Leibe ging. »Zugegeben; ich will es glauben, will es sogar bestätigen! Es gibt Kohlenlager in dem von Ihrer Gesellschaft erworbenen Gebiete; doch nun gehen Sie einmal daran, dieselben auszubeuten!«

»Das werden wir tun«, antwortete Impey Barbicane sehr gelassen.

»Überschreiten Sie doch den vierundachtzigsten Breitengrad, jenseits dessen noch kein Forscher vorzudringen vermochte!«

»Wir werden darüber hinausgelangen.«

»Nun, so gehen Sie gleich bis zum Pol selbst!«

»Wir werden ihn zu erreichen wissen!«

Hörte man den Vorsitzenden des Gun-Club mit so viel Gemütsruhe und Zuversicht antworten, sah man seine Anschauung so laut und bedingungslos bestätigen, so mußten selbst die Starrsinnigsten zweifelhaft werden. Sie fanden sich hier gegenüber einem Manne, der nichts von seinen früheren Eigenschaften verloren hatte, der ruhig und kühl, dabei hervorragend ernsten und zielbewußten Geistes, verläßlich gleich einem Chronometer und abenteuerlustig, der aber selbst bei seinen gewagtesten Unternehmungen mit ausführbaren Ideen und Ratschlägen zur Hand war.

Verspürte Major Donellan eine wütende Lust, seinen Gegner zu erwürgen, so kann man denen, die diesem schätzenswerten, aber etwas hitzigen Herrn näherstanden, wohl glauben, daß er es auch gerne ausgeführt hätte. Indes, der Präsident Barbicane war moralisch und physisch solid, »er ging tief im Wasser« (um einen Ausdruck Napoleons zu gebrauchen) und war also imstande, Wind und Flut auszuhalten. Seine Feinde, seine Rivalen, seine Neider wußten das nur zu gut.

Da man aber klägliche Possenreißer nicht verhindern konnte, sich in schlechten Witzen zu ergehen, so machte sich der Ärger über die neue Gesellschaft denn auch in dieser Gestalt Luft. Man liebte es, dem Vorsitzenden des Gun-Club die albernsten Hirngespinste unterzuschieben; dazu gesellten sich Karikaturen, vorzüglich in Europa, und hauptsächlich wieder im Vereinigten Königreich, wo man den Mißerfolg jener Schlacht, in der die Dollar die Pfunde Sterling besiegt hatten, nicht verwinden konnte.

Dieser Yankee hatte behauptet, er werde den Nordpol erreichen! Jawohl, er würde den Fuß schon dahin setzen, wohin noch keines Menschen Fuß gelangt war! Er würde die Flagge der Vereinigten Staaten auf dem einzigen, immer stillstehenden Punkte der Erdkugel aufpflanzen, während alle anderen in die tägliche Bewegung mitgerissen werden!

Natürlich wimmelte es bald von Zerrbildern aller Art.

An den Schaufenstern der bedeutendsten Buchhandlungen und der Kiosks der Hauptstädte Europas, ebenso wie der größeren Städte der Union – dieses Landes der Freiheit *par excellence* – erschienen Skizzen und Zeichnungen, welche den Präsidenten Barbicane auf der Suche nach den außergewöhnlichsten Mitteln zur Erreichung des Pols darstellten.

Hier grub der kühne Amerikaner, unterstützt von getreuen Mitgliedern des Gun-Club, mit der Schaufel in der Hand einen unterseeischen Tunnel aus durch die aufgehäuften Kristallmassen vom ersten Packeisrande bis zum neunzigsten Grade nördlicher Breite, so daß er am Austrittspunkte der Erdachse selbst hervorkommen mußte.

Dort stieg Impey Barbicane, begleitet von dem –

vorzüglich getroffenen – I. T. Maston und von Kapitän Nicholl, aus einem Ballon auf den vielbegehrten Punkt nieder, und nach höchst schwierigen Versuchen und unter tausenderlei Gefahren bemächtigten sich alle drei wirklich eines Stückchens Kohle – im Gewichte von einem halben Pfunde. Das war alles, was das berühmte Flöz der zirkumpolaren Gebiete in seinem Schoße barg.

In einer Nummer des »Punch«, jenes bekannten englischen Witzblattes, brachte man auch Bilder von I. T. Maston, den der Stift der Karikaturenzeichner ebenso wie seinen Chef sprechend ähnlich wiederzugeben verstand. Einmal von der magnetischen Anziehungskraft des Pols ergriffen, wurde da der Schriftführer des Gun-Clubs durch den nicht wieder loszulösenden Haken am rechten Arme unwiderstehlich am Boden festgehalten.

Wir wollen hierbei übrigens erwähnen, daß der berühmte Rechner zu lebhaften Temperaments war, um diesen Scherz, der seine persönliche Erscheinung angriff, von der lächerlichen Seite aufzunehmen. Er wurde darüber außerordentlich indigniert, und es versteht sich von selbst, daß Mrs. Evangelina Scorbitt nicht die letzte war, seine Indignation zu teilen.

Eine andere Skizze in der Brüsseler »Lanterne magique« zeigte Impey Barbicane und die anderen Mitglieder des Verwaltungsrates der Gesellschaft, am Werke inmitten lodernder Flammen gleich unverbrennlichen Salamandern. Um die Eismassen des paläokristischen Meeres zu schmelzen, waren diese auf den Gedanken gekommen, dasselbe mit einem zweiten Meere aus Alkohol zu überfluten und letzteres dann anzuzünden, wodurch das ganze Polarbecken sich in eine ungeheuere Punschbowle verwandelte. In weiterer Ausnutzung eines Wortspiels mit (dem englischen) »Punch« hatte der belgische Zeichner die Unehrerbietigkeit sogar so weit getrieben, daß er den Vorsitzenden des Gun-Clubs in Gestalt eines lächerlichen Polichinells wiedergab.

Von allen Karikaturen erfreute sich aber diejenige des größten öffentlichen Erfolges, welche das französische Witzblatt »Charivari« mit der Signatur seines Zeichners Stop brachte. In dem bequem möblierten und fein tapezierten Magen eines Walfisches saßen da Impey Barbicane und I. T. Maston schachspielend am Tische und erwarteten gleichmütig ihre Ankunft am Nordpole. Zwei neue Jonas, hatten der Vorsitzende und der Schriftführer nicht gezögert, sich von einem riesigen Seesäugetier verschlingen zu lassen, um durch dieses neuartige Beförderungsmittel, nach glücklicher Fahrt unter dem Packeis hin, den sonst unzugänglichen Pol der Erdkugel zu erreichen.

Der phlegmatische Leiter der neuen Gesellschaft ließ sich übrigens kein graues Haar wachsen wegen dieser Bocksprünge von Bleistift und Feder. Mochten die Leute schreiben, dichten, parodieren und Witzbilder zeichnen nach Belieben – er verfolgte sein Werk, ohne sich davon stören zu lassen.

Entsprechend einem Beschlusse des Verwaltungsrates schrieb nun die Gesellschaft, nachdem sie endgültige Eigentümerin der Polargebiete geworden und ihr die Konzession zur Ausbeutung derselben seitens der Bundesregierung erteilt war, zunächst eine öffentliche Subskription im Betrage von fünfzehn Millionen Dollar aus. Die nur auf hundert Dollar lautenden Aktien sollten gleich auf einmal begeben werden. Der Kredit von Barbicane & Cie. erwies sich da so wohlbegründet, daß sich die Zeichner wirklich herandrängten – freilich gehörten sie, was wir nicht übergehen können – der großen Mehrzahl nach den Vereinigten Staaten an.

»Ah, desto besser«, riefen die Parteigänger der *»North Polar Practical Association«,* »so wird das Vorhaben desto reiner amerikanisch bleiben!«

Kurz, das Ansehen der Firma Barbicane & Cie. erwies sich als so ausgezeichnet, die Spekulanten glaubten mit solcher Zähigkeit an die Verwirklichung seiner industriellen Versprechungen, sie nahmen so unerschütterlich das Vorkommen von Kohlenlagern am Nordpol und die Möglichkeit der Ausbeutung derselben an, daß das Kapital der neuen Gesellschaft dreifach überzeichnet wurde.

Die Anmeldungen mußten also um zwei Drittel zurückgesetzt werden, und am 16. Dezember war das Gesellschaftskapital auf Heller und Pfennig – bare fünfzehn Millionen Dollar – in die Hauptkasse eingezahlt.

Das war etwa dreimal soviel wie die zugunsten des Gun-Clubs gezeichnete Summe, als dieser ein Geschoß von der Erde nach dem Monde zu entsenden unternahm.

Sechstes Kapitel

In welchem ein telefonisches Gespräch zwischen Mrs. Scorbitt und I. T. Maston unterbrochen wird

Der Präsident Barbicane hatte nicht allein versichert, daß er sein Ziel erreichen werde – und jetzt, mit dem nötigen Kapital in der Hand, war er in der Lage, das ohne Rücksicht auf etwaige Hindernisse zu bewahrheiten – sondern er hätte auch sicherlich nicht die Kühnheit gehabt, öffentlich Geldmittel zu suchen, wenn er seiner Sache nicht ganz gewiß gewesen wäre.

Der Nordpol sollte endlich durch den vor nichts zurückschreckenden Menschengeist erobert werden.

Es war eine unumstößliche Tatsache, der Präsident Barbicane und sein Verwaltungsrat besaßen die Mittel und das Zeug dazu, da Erfolge zu erzielen, wo so viele andere gescheitert waren; sie würden durchführen, was weder einem Franklin oder Kane, noch einem De Long, Nares oder Greely gelingen wollte; sie würden den vierundachtzigsten Breitengrad überschreiten, würden Besitz ergreifen von dem ungeheueren, durch die kürzliche Versteigerung erworbenen Gebiete und dem Banner Amerikas den neununddreißigsten Stern für den neununddreißigsten, der Bundesrepublik angegliederten Staat einfügen.

»Windbeuteleien!« wiederholten die europäischen Abgesandten und ihre Anhänger in der Alten Welt.

Und doch konnte gar nichts wahrer sein; das einzig praktische, logische undiskutierbare Mittel, den Nordpol zu bezwingen – ein Mittel von solcher Einfachheit, daß man es hätte ein »kindliches« nennen können – hatte I. T. Maston seinen Klubgenossen angegeben. Diesem Schädel, in dem die Gedanken brodelten wie in einer stets siedenden Gehirnmasse, war der Vorschlag zu diesem großen geographischen Unternehmen, aber auch die Art und Weise, ihn zu gutem Ende zu führen, entsprungen.

Man vermag gar nicht genug darauf hinzuweisen, daß der Sekretär des Gun-Club ein vorzüglicher Rechner war, wir möchten sagen ein »ausgedienter«, wenn der gewöhnliche Sprachgebrauch damit nicht einen Sinn verbände, der dem, was wir damit bezeichnen wollen, fast widerspricht. Für ihn war es nur Spielerei, die verwickeltsten Probleme der mathematischen Wissenschaften zu lösen. Er lachte über sogenannte Schwierigkeiten, sowohl in der Lehre von den Größen, d.i. die Algebra, als in der Lehre von den Zahlen, d.i. die Arithmetik. Es hätte ihn nur einer mit den Symbolen sollen umspringen sehen, mit den hergebrachten Zeichen, welche algebraischen Ausdrükken dienen, ob diese nun – wenn Buchstaben des Alphabets – Mengen oder Größen darstellten, oder ob sie – wenn verbundene oder gekreuzte Linien – die Beziehungen versinnbildlichten, welche zwischen den Mengen und den Operationen, denen man diese unterwirft, denkbar erschienen.

O, diese Koeffizienten, die Exponenten, die Radikale, die Indexe und die übrigen in dieser Sprache übernommenen Ausdrücke – wie voltigierten deren Zeichen unter seiner Feder oder vielmehr unter dem Kreidestückchen, das mit dem Ende seines Eisenhakens umherhüpfte, denn er liebte es, an einer schwarzen Tafel zu arbeiten. Hier, auf dieser Fläche von zehn Quadratmetern – mit weniger kam I. T. Maston nicht aus – überließ er sich gänzlich dem Feuer seiner algebristischen Neigungen. Er verwendete bei seinen Rechnungen keine zwerghaften Ziffern, o nein, es waren fantastische, gigantische Zeichen, die er mit wütender Hand auf die schwarze Unterlage warf. Seine 2 und 3 blähten sich auf wie Papierkoketten auf der Promenade; seine 7 waren Ebenbilder von Galgen, an denen nur der Gehenkte fehlte; seine 8 bogen sich zusammen wie große Brillengestelle, und seine 6 und 9 prahlten mit endlosen Schwänzen.

Und die Buchstaben, mit denen er seine Formeln ausdrückte, die ersten des Alphabets, a, b, c, die er für bekannte oder gegebene Größen anwendete, wie dessen letzte, x, y, z, welche zur Kennzeichnung unbekannter oder zu bestimmender Werte dienten – wie warf er sie in vollem Zuge, ohne jeden Haarstrich, hin, und vorzüglich seine z, welche sich wie der Zickzack eines Blitzes ausnahmen! Welcher Schwung in seinen griechischen Buchstaben, den π, den λ, den ω usw., auf welche ein Archimedes oder ein Euklid hätte stolz sein können!

Die Zeichen endlich, welche er mit reiner, steinkornloser Kreide zog, waren einfach wundervoll. Seine $+$ zeigten auf den ersten Blick, daß sie die Addition zweier Mengen andeuteten, und auch seine $-$ erschienen, wenn auch bescheidener, doch noch in respektabler Form. Seine $\times$ erhoben sich wie ein Andreaskreuz. Was seine $=$ anging, so bewiesen diese durch ihre genau übereinstimmende Länge, daß I. T. Maston sich in einem Lande befand, wo die Gleichheit keine leere Formel ist, wenigstens soweit die Typen der weißen Rasse in Frage kommen. Dieselbe großartige Faktur zeigten seine $<$, seine $>$, wie seine, in außergewöhnlichen Verhältnissen auftretenden $\lessgtr$. Was das Zeichen $\sqrt{}$ angeht, das Wurzelzeichen einer Zahl oder einer Menge, so war das sein Triumph, und wenn er es mit dem horizontalen Ausläufer als

$$\sqrt{}$$

hinwarf, so schien dieser Wegweiserarm, der über die schwarze Tafel hinausreichte, gleich die ganze Welt mit seinen außer Rand und Band geratenen Gleichungen zu bedrohen.

Möge aber niemand glauben, daß der mathematische Scharfsinn I. T. Mastons sich mit dem Horizonte der elementaren Algebra begnügte. O nein! Weder die Differential- und die Integralrechnung noch die der Variationen waren ihm fremd, und mit sicherer Hand zog er jenes berühmte Zeichen der Integration, jenen in seiner Eigenschaft erschreckenden Buchstaben

$$\int,$$

die Summe einer Unendlichkeit, unendlich kleiner Elemente.

Dasselbe war der Fall mit dem Zeichen $\leftrightharpoons$, welches die Summe einer endlichen Zahl endlicher Elemente darstellt; mit dem Zeichen ∞, durch welches die Mathematiker die Unendlichkeit ausdrücken, und mit allen jenen geheimnisvollen Symbolen, deren sich diese, gewöhnlichen Sterblichen unverständliche Sprache bedient.

Kurz, der erstaunliche Mann wäre imstande gewesen, sich leicht bis zu den letzten Sprossen der hohen Mathematik aufzuschwingen.

Das ist das Bild dieses I. T. Maston; deshalb konnten seine Kollegen volles Vertrauen hegen, wenn er daranging, die wunderlichsten, ihren erfinderischen Hirnwindungen entsprossenen Aufgaben rechnerisch zu lösen. Das hatte auch den Gun-Club bestimmt, ihm das Problem der Entsendung eines Geschosses von der Erde nach dem Monde zu übertragen, und das war auch die Ursache, daß Mrs. Evangelina Scorbitt, geblendet von seinem Ruhme, ihm eine Bewunderung entgegenbrachte, welche schon nahe an Liebe grenzte.

Im vorliegenden Falle – das heißt bezüglich der Lösung jenes Problems der Bezwingung des Nordpols – brauchte sich I. T. Maston gar nicht in die höchsten Regionen der Analyse zu versteigen. Um den neuen Konzessionären der arktischen Gebiete deren Ausbeutung zu ermöglichen, sah sich der Schriftführer des Gun-Club nur vor die Lösung eines mechanischen Problems gestellt – eines Problems, das zweifelsohne seine Schwierigkeiten haben und geistvolle, vielleicht neue Formeln erfordern würde, welches er jedoch mit Ehren zu lösen hoffte.

Ja, man konnte sich wohl auf I. T. Maston verlassen, obgleich der geringste Fehler seinerseits vielleicht den Verlust von Millionen bedeutete. Noch niemals seit dem Alter, wo sein Kinderkopf sich mit den Anfangsgründen der Arithmetik beschäftigte, hatte er sich einen Fehler – nicht einmal den eines Mikrons* – zuschulden kommen lassen, wenn seine Rechnung gerade die Messung einer Längengröße betraf. Hätte er sich auch nur bei einer zwanzigsten Dezimalziffer geirrt, so würde er nicht gezaudert haben, seinen Guttapercha-Schädel in die Luft zu sprengen.

Es kam uns darauf an, diese bemerkenswerten Fähigkeiten I. T. Mastons besonders hervorzuheben. Nachdem das geschehen, müssen wir ihn in Tätigkeit zeigen, zu diesem Zwecke aber notwendig um einige Wochen zurückgehen.

Etwa einen Monat vor der Veröffentlichung des an die Bewohner der Alten und der Neuen Welt gerichteten Dokumentes hatte I. T. Maston es übernommen, die Elemente des in Frage stehenden Projektes, dessen wunderbare Konsequenzen er seinen Klubgenossen so lebhaft geschildert, ziffernmäßig festzustellen.

Seit einer Reihe von Jahren schon wohnte I. T. Maston in Nr. 179 der Franklin-Street, einer der ruhigsten Straßen von Baltimore und fern von dem geschäftlichen Getriebe, von dem er nichts verstand, und von dem Lärmen der Menge, das ihn anwiderte.

Er hauste in einer bescheidenen, unter dem Namen Ballistic-Cottage bekannten Wohnung, da seine Einkünfte ausschließlich einer Pension als Artillerie-Offizier nur einem bescheidenen Honorar entstammten, welches er als Schriftführer des Gun-Clubs bezog. Hier lebte er so gut wie allein, bedient von seinem Ne-

---

*Das »Mikron« – eine in der Optik gebräuchliche Maßeinheit – entspricht dem tausendsten Teile eines Millimeters.

ger Fire-Fire (Feuer-Feuer!) – ein Spitzname, der ja des Dieners eines Artilleristen würdig war. Dieser Neger war kein gedungener Diener, sondern so etwa das Bruchstück einer Bedienungsmannschaft, und er bediente seinen Herrn, wie er eine Kanone bedient hätte.

I. T. Maston war Hagestolz aus Überzeugung, da er den Gedanken liebte, das Zölibat sei die einzige Daseinsform, welche in dieser sublunaren Welt noch zu ertragen sei. Er kannte das slawische Sprichwort: »Ein Weib zieht mehr an einem Haare, als vier Stiere am Lastkarren!« und er hütete sich also.

Wenn er das Ballistic-Cottage so allein bewohnte, war das nur sein eigenster Wunsch und Wille, denn wir wissen schon, daß er nur hätte eine entgegenkommende Bewegung zu machen brauchen, um seine Einsiedelei in eine »Zweisiedelei« und sein sehr mäßiges Vermögen in die Schätze eines Millionärs zu verwandeln. Er konnte sich ja gar nicht darüber unklar sein; Mrs. Evangelina Scorbitt hätte sich glücklich geschätzt, wenn ... Doch Mr. I. T. Maston war, mindestens bisher, noch nicht so glücklich gewesen, um ... Und so erschien es ausgemacht, daß diese beiden, so gut zueinander passenden Wesen – das war wenigstens die Ansicht der zärtlichen Witwe – niemals dazu gelangen sollten, jene Verwandlungen durchzuführen.

Das Cottage war ein recht einfaches Gebäude. Ein Erdgeschoß mit Veranda und ein Stockwerk darüber. Unten befanden sich ein kleiner Salon und ein Speisezimmer nebst Küche und Vorratskammer, letztere in einem Anbau nach der Seite eines Gärtchens zu gelegen; oben ein Schlafzimmer an der Straßen- und ein Arbeitszimmer nach der Gartenseite zu, in welches kein Lärmen von außen eindrang. Es war das Buen

Retiro des Gelehrten und Weisen, zwischen dessen Mauern so viele Rechnungen ausgeführt worden waren, daß Newton, Laplace oder Cauchy darum hätten neidisch werden können.

Welcher Unterschied gegenüber dem im reichsten Straßenviertel des New-Park sich erhebenden Hotel der Mrs. Evangelina Scorbitt, diesem Palaste mit balkongeschmückter Fassade, welche reizend erfundene Skulpturarbeiten angelsächsischer Architektur im Stile der Gotik und der Renaissance bedeckten; mit den reich ausgestatteten Salons, der großartigen »Halle«, den Bildersälen, in denen französische Meister die erste Stelle einnahmen; mit der doppelwangigen Treppe; der zahlreichen Dienerschaft; mit seinen Pferdeställen, Wagenschuppen, seinem Garten mit Rasenteppichen, großen Bäumen und plätschernden Springbrunnen, und endlich mit dem das ganze Bauwerk beherrschenden Turm, auf dem die blau-goldene Hausflagge der Scorbitts im Winde flatterte.

Drei (englische) Meilen, ja, drei volle, richtige Meilen trennten das Hotel im New-Park von dem Ballistic-Cottage. Ein besonderer Telegrafendraht verband aber die beiden Wohnungen, und auf ein »Hallo! Hallo!« – das Zeichen für eine beabsichtigte Mitteilung – begann dann nicht selten eine längere Unterhaltung. Wenn die Sprechenden sich nicht sahen, so konnten sie einander doch hören. Es wird niemand wundernehmen, daß Mrs. Evangelina Scorbitt weit häufiger I. T. Maston vor ihre vibrierende Telefonplatte rief, als I. T. Maston seine reiche Partnerin vor die seinige. Dann verließ der Rechenmeister stets etwas ärgerlich seine Arbeit und hörte gelegentlich wohl weiter nichts als ein freundschaftliches »Guten Morgen!«, das er mit einem knurrenden Gegengruße erwiderte, dessen etwas ungalante Tonart der elektrische Draht jedenfalls gemildert fortpflanzte, und dann nahm er seine Arbeit wieder auf.

Im Laufe des 3. Oktober war es, wo I. T. Maston nach einer letzten und langen Verhandlung sich von seinen Kollegen verabschiedete, um seine Aufgabe in Angriff zu nehmen, eine höchst bedeutungsvolle Aufgabe, der er sich unterzogen, denn es handelte sich um Berechnung der mechanischen Maßnahmen, welche den Zugang zum Nordpole ausführbar machen und die Möglichkeit sichern sollten, die unter seinem Eise vergrabenen Schichten auszunutzen.

I. T. Maston hatte schätzungsweise eine Frist von acht Tagen beansprucht, um sich seines geheimnisvollen, höchst verwickelten und dabei vertraulichen Auftrages zu entledigen, der die Aufstellung verschiedener Gleichungen, welche die Gebiete der reinen Mechanik, der analytischen, dreidimensionalen Geometrie, die polare Geometrie und die Trigonometrie berührten, notwendig machte.

Um jeder Störung enthoben zu bleiben, war ausgemacht worden, daß der in sein Cottage zurückgezogene Schriftführer des Gun-Clubs von niemandem besucht oder sonstwie in Anspruch genommen werden sollte – für Mrs. Evangelina Scorbitt freilich ein harter Schlag, dem sie sich aber doch fügen mußte. So war sie denn gleichzeitig wie der Präsident Barbicane, der Kapitän Nicholl und deren Kollegen, der quecksilberne Bilsby, der Oberst Bloomsberry und Tom Hunter mit den Stelzbeinen, im Laufe des Nachmittags gekommen, um I. T. Maston einen letzten Besuch abzustatten.

»Es wird Ihnen gelingen, lieber Maston!« sagte sie, als die Anwesenden sich schon trennen wollten.

»Und jedenfalls hüten Sie sich vor einem Rechenfehler!« bemerkte lächelnd der Präsident Barbicane.

»Einen Rechenfehler! ... Er! ...« rief fast entrüstet die Dame.

»Nicht mehr und nicht weniger als der Schöpfer selbst, als er die Gesetze der Himmelsmechanik aufstellte!« antwortete bescheiden der Schriftführer des Gun-Club.

Dann nahmen, mit einem Händedruck die einen, mit leisem Seufzer eine andere, mit dem Wunsche für guten Erfolg und der Empfehlung, sich nicht durch zu große Anstrengung zu übernehmen, die Besucher Abschied. Die Tür des Ballistic-Cottage schloß sich, und Fire-Fire erhielt gemessenen Befehl, sie für niemanden wieder zu öffnen – und wäre es selbst der Präsident der Vereinigten Staaten von Amerika.

Während der beiden ersten Tage seiner Einschließung bearbeitete I. T. Maston die ihm gewordene Aufgabe, ohne die Kreide anzufassen, nur mit dem Kopfe. Er durchlas gewisse hierbei einschlägige Werke über die Erde, ihre Masse, Dichtigkeit, Volumen, Gestalt, über die Rotationsbewegung um ihre Achse und die Fortbewegung auf ihrer elliptischen Bahn – lauter Elemente, welche die Grundlagen seiner Berechnungen bilden sollten.

Wir wiederholen hier diese Dinge, welche dem Auge des Lesers vorgeführt zu werden verdienen.

Gestalt der Erde: eine Umdrehungs-Ellipsoid, dessen längster Radius 6377398 Meter, oder rund 850 geographische Meilen zu 7½ Kilometer beträgt, während der kürzeste Radius (d. h. die Linie vom Mittelpunkte nach der Peripherie) 6356080 Meter (oder rund 847½ Meile) mißt. Das ergibt für beide Radien, infolge der Abplattung der Erdkugel an den beiden Polen, einen Unterschied von 21318 Metern (gleich etwa 3 Meilen).

Umfang der Erde am Äquator: 40000 Kilometer

(gleich 5400 Meilen).

Oberfläche der Erde: annähernd geschätzt auf 510 Millionen Quadratkilometer (annähernd gleich 9 000 000 Quadratmeilen).

Volumen der Erde: etwa 1 Billion Kubikkilometer (gleich etwa 2300 Millionen Kubikmeilen).

Dichtigkeit der Erde: nahezu fünfmal so groß wie die des Wassers, d. h. etwas größer als die des Schwerspaths und etwas kleiner als die des Jods, indem der Kubikmeter – alle Bestandteile der Erdkugel an deren Oberfläche gedacht – ein Durchschnittsgewicht von 5480 Kilogramm aufweist. Das ist die Zahl, welche Cavendish mittelst der von Mitchel erfundenen und ausgeführten Waage fand, das aber nach der Berichtigung Bailys genauer auf 5670 Kilogramm anzunehmen ist. Wilsing, Cornu, Baille u. a. haben diese Messungen später mit gleichem Resultate wiederholt.

Dauer der Bewegung der Erde um die Sonne: 365¼ Tag, gleich einem Sonnenjahre, oder genauer 365 Tage, 6 Stunden, 9 Minuten, 10,37 Sekunden, woraus sich für unser Sphäroid eine Geschwindigkeit von 30 400 Metern (etwas über 4 Meilen) in der Sekunde ableiten läßt.

Bei der Drehung der Erde um ihre Achse von den am Äquator gelegenen Punkten zurückgelegter Weg: 463 Meter in der Sekunde (oder nahe 225 Meilen in der Stunde).

Die Einheiten für die Länge, die Kraft, die Zeit und das Winkelmaß, welche I. T. Maston seinen Berechnungen zugrunde legte, waren: der Meter, das Kilogramm, die Sekunde und der vom Mittelpunkte auslaufende Winkel (Zentriwinkel), welcher in jeder beliebigen Kreislinie ein dem Radius gleiches Bogenstück einschließt.

Es war am 5. Oktober gegen fünf Uhr nachmittags

– bei einer so bedeutungsvollen Angelegenheit ist eine ganz genaue Zeitangabe ja gerechtfertigt – als I. T. Maston nach reiflichster Überlegung sich an die sozusagen – schriftliche Arbeit begab. Zunächst griff er sein Problem an der breitesten Grundlage, d. h. mit der Zahl an, welche den Umfang der Erde an einem ihrer größten Kreise, nämlich am Äquator, wiedergibt.

Die schwarze Wandtafel stand auf der gewachsten Staffelei in einer Ecke des Zimmers so, daß sie durch ein nach dem Garten zu liegendes Fenster reichliches Licht empfing. Kleine zugespitzte Kreidestängelchen lagen geordnet auf dem der Tafel unten angefügten schmalen Brette. Ein Schwamm zum etwaigen Auswischen befand sich in bequemer Entfernung zur Linken des Rechners. Dessen rechte Hand oder vielmehr der diese ersetzende Greifhaken war zum Zeichnen der Figuren und zum Niederschreiben der Formeln und Ziffern bestimmt.

Zu Anfang zeichnete I. T. Maston mit schön kreisförmiger Armbewegung eine Umfangslinie, welche das Erdsphäroid darstellen sollte. Am Äquator wurde die Bogengestalt der Erdkugel durch eine vollausgezogene Linie, welche dem vorderen Teile der Krümmung entsprach, und durch eine punktierte Linie, für den hinteren Teil derselben Krümmung, angedeutet, wodurch die Projektion eines sphärischen Körpers recht gut versinnbildlicht erschien. Die an den beiden Polen auslaufende Achse vertrat ein zur Ebene des Äquators senkrechter Strich, der mit den Buchstaben N und S bezeichnet wurde.

Auf die rechte obere Ecke der Tafel – von dieser selbst aus gesehen – schrieb er die Zahl, welche den Erdumfang in Metern ausdrückt:

40 000 000

Nachdem das geschehen, stellte I. T Maston sich zurecht, die Reihe seiner Berechnungen zu beginnen.

Er war davon so eingenommen, daß ihm das Aussehen des Himmels, welches sich im Laufe des Nachmittages stark verändert hatte, ganz entging. Schon seit einer Stunde zog langsam eines jener schweren Ungewitter herauf, dessen Einfluß sich auf die Organisation aller lebenden Wesen bemerkbar macht. Fahle Wolkengebilde, eine Art weißlicher Flocken, die auf mattgrauem Grunde lagerten, zogen schwerfällig über die Stadt hin. Entferntes Donnerrollen fand zwischen Erde und Himmel einen drohenden Widerhall. Einzelne Blitze durchzuckten bereits die Atmosphäre, deren elektrische Spannung aufs höchste gestiegen war.

I. T. Maston, ganz in seine Aufgabe vertieft, sah nichts und hörte nichts.

Plötzlich störte die elektrische Schelle durch ihr klingendes Rasseln die Stille des Arbeitszimmers.

»Recht hübsch!« rief I. T. Maston. »Wenn die Störenfriede nicht mehr durch die Tür kommen, so schleichen sie sich auf dem elektrischen Drahte herein . . . Wahrlich, eine nette Erfindung für Leute, welche in Ruhe zu bleiben wünschen! . . . Ich werde schon die Vorsicht gebrauchen müssen, die Leitung während der ganzen Dauer meiner Arbeit zu unterbrechen!«

Er begab sich nach dem Mikrofon.

»Was steht zu Diensten?« fragte er.

»Bitte um ein Gespräch von wenigen Augenblikken«, antwortete eine weibliche Stimme.

»Mit wem habe ich die Ehre? . . .«

»Haben Sie mich denn nicht erkannt, lieber Herr Maston? Ich bin's . . . Mistreß Scorbitt.«

»Mistreß Scorbitt! . . . Ach, die läßt mich auch

keine Minute in Ruhe!«

Diese letzten, für die liebenswürdige Witwe wenig schmeichelhaften Worte murmelte er natürlich vorsichtig in einiger Entfernung, damit sie von der Schallplatte nicht etwa übertragen würden.

Da I. T. Maston aber einsah, daß er doch mit einigen höflichen Worten erwidern mußte, sagte er laut:

»Ah, Sie sind es, verehrte Mistreß Scorbitt.«

»Ja, lieber Herr Maston!«

»Und was wünschen Sie, Mistreß Scorbitt?«

»Ich möchte Sie aufmerksam machen, daß gleich ein schweres Unwetter über die Stadt losbrechen wird.«

»Ja, das kann ich aber doch nicht verhindern? . . .«

»Freilich nicht; doch ich möchte Sie bitten, die Fenster hübsch geschlossen zu halten« . . .

Mrs. Evangelina Scorbitt hatte diesen Satz kaum vollendet, als ein furchtbarer Donnerschlag die Luft erschütterte. Es klang so, als ob ein ungeheueres Stück Seidenstoff unendlich weit plötzlich zerrissen würde. Der Blitz war in der Nachbarschaft des Ballistic-Cottages niedergegangen und das durch den Telefondraht fortgeleitete Fluidum drang mit richtiger elektrischer Rücksichtslosigkeit auch in das Kabinett des Rechenmeisters ein.

I. T. Maston, der sich eben über die Platte des Apparates beugte, erhielt die schönste Volta'sche Ohrfeige, welche jemals der Wange eines Gelehrten verabreicht wurde. Dann sprang der Funken auf seinen eisernen Armhaken über und er wurde davon wie ein leichtes Kartenhaus über den Haufen geworfen. Gleichzeitig flog die schwarze Tafel, gegen welche I. T. Maston anschlug, in die Ecke des Zimmers. Der Blitz fuhr endlich durch ein kaum sichtbares Loch in einer Fensterscheibe nach außen, erreichte hier ein metallenes Fallrohr und verlor sich an diesem in der Erde.

Verdutzt – das wäre jeder andere auch gewesen – erhob sich I. T. Maston wieder, rieb verschiedene Teile seines Körpers und überzeugte sich, daß er nirgends verletzt war. Ohne an seiner Kaltblütigkeit Einbuße erlitten zu haben, wie es sich für den alten Zielmeister der seligen Kolumbiade gehörte, brachte er in seinen Zimmer alles wieder in Ordnung, richtete die Staffelei empor, setzte die Wandtafel darauf, sammelte die über den Teppich verstreuten Kreidestückchen und nahm seine so plötzlich unterbrochene Arbeit wieder auf, aLs wenn gar nichts vorgefallen wäre.

Da bemerkte er aber, daß durch das Umstürzen der Tafel die Zahlenschrift auf der rechten Ecke, welche den Umfang des Erdäquators in Metern wiedergab, zum Teile verlöscht war. So begann er also, diese wieder herzustellen, als die Klingel nochmals mit fieberhafter Hast ertönte.

»Noch einmal!« rief I. T. Maston verzweifelt.

Damit begab er sich vor den Apparat.

»Wer ist da?« fragte er.

»Mistreß Scorbitt.«

»Und was wünscht Mistreß Scorbitt?«

»Hat der furchtbare Blitz nicht in das Ballistic-Cottage eingeschlagen?«

»Ich möchte das fast glauben.«

»O, großer Gott! ... Der Blitzstrahl ...«

»Beruhigen Sie sich, Mistriß Scorbitt.«

»Es ist Ihnen kein Unfall zugestoßen, lieber Herr Maston?«

»Nicht der geringste.«

»Sie sind sich ganz sicher, nicht getroffen worden zu sein?«

»Höchstens von den neuen Beweisen Ihrer

Freundschaft für mich«, glaubte I. T. Maston galanterweise antworten zu sollen.

»Guten Abend, lieber Maston!«

»Guten Abend, liebe Mistreß Scorbitt!«

Im Zurückkehren nach seinem Platze aber wetterte er:

»Hol sie der Kuckuck, die vortreffliche Frau! Hätte sie mich nicht zu so ungelegener Zeit ans Telefon gerufen, so kam ich nicht in die Gefahr, vom Blitz erschlagen zu werden!«

Doch jetzt war er am Ende seiner Leiden. Während seiner Arbeiten sollte I. T. Maston nicht wieder gestört werden. Um sich aber der dazu nötigen Ruhe um so mehr zu versichern, machte er seinen Apparat vollständig aphonisch und schaltete ihn vom Zuleitungsdrahte aus.

Aus der als Grundlage aufgeschriebenen Zahl leitete er nun verschiedene Formeln ab, welche endlich eine Schlußformel ergaben. Diese schrieb er auf die linke Seite der Tafel und löschte dafür alle Nebenrechnungen wieder aus.

Nach acht Tagen, am 11. Oktober, war die wunderbare mechanische Berechnung zu Ende geführt, und triumphierend brachte der Schriftführer des Gun-Club seinen Kollegen die Lösung des Problems, welche alle mit erklärlicher Ungeduld erwarteten.

Die Mittel und Wege, zum Nordpole zu gelangen, um die reichen Kohlenlager daselbst auszubeuten, waren mathematisch festgestellt. Es wurde daraufhin unter dem Namen *»North Polar Practical Association«* eine Gesellschaft gegründet, der die Regierung zu Washington die Konzession auf das hocharktische Gebiet für den Fall zusicherte, daß sie durch Versteigerung das Eigentumsrecht derselben erwarb. Der

Leser weiß, wie diese Versteigerung zugunsten der Vereinigten Staaten von Amerika auslief und wie die neue Gesellschaft dann die Kapitalisten beider Welten zur Beteiligung aufforderte.

Siebtes Kapitel

In dem der Präsident Barbicane nicht mehr sagt, als ihm zu sagen zukommt

Am 22. Dezember wurden die Zeichner auf die Firma Barbicane & Cie. zu einer Generalversammlung einberufen. Selbstverständlich waren die Räumlichkeiten des Gun-Club in seinem Hotel am Unions-Square hierzu bestimmt worden. Eigentlich hätte sogar der Square selbst nicht hingereicht, die geschäftige Menge der Aktionäre aufzunehmen, doch konnte auf einem der öffentlichen Plätze Baltimores zu einer Jahreszeit, wo die Quecksilbersäule leicht zehn Zentigrade unter den Nullpunkt (den des schmelzenden Eises) herabsinkt, nicht wohl ein Meeting unter freiem Himmel abgehalten werden.

Gewöhnlich war – wie der Leser kaum vergessen haben dürfte – der sehr geräumige Saal des Gun-Club mit allerlei, der vornehmen Beschäftigung seiner Mitglieder angepaßten Geräten etc. ausgeschmückt, so daß er den Namen eines leibhaftigen Artillerie-Museums verdiente. Sogar das gesamte Mobiliar, Sitze und Tische, Armstühle und Diwane, erinnerten durch ihre Gestalt an jene mörderischen Maschinen, welche schon so viele brave Männer, deren heimlicher Wunsch es gewesen war, einst an Altersschwäche zu sterben, vorzeitig in eine bessere Welt befördert hatten.

An genanntem Tage mußten die sperrigen Hindernisse beiseite geschafft werden. Es war ja keine Kriegervereinigung, sondern eine höchst friedliche, industrielle Versammlung, in der Barbicane der Vorsitz zufiel. Für die sehr vielen Aktienzeichner, die von allen Seiten aus den Vereinigten Staaten herzuströmten, war also breiter Raum beschafft worden. In dem Saale selbst wie in den angrenzenden Salons drängten, erdrückten und erstickten sich dieselben, ganz abgesehen von dem endlosen Schweife, dessen Getöse sich bis in die Mitte des Unions-Square fortsetzte.

Natürlicherweise nahmen die Mitglieder des Gun-Clubs, als die ersten Aktienzeichner der neuen Gesellschaft, die dem Büro nächstliegenden Plätze ein. Man erkannte unter ihnen – heute strahlender als je – den Oberst Bloomsberry, Tom Hunter mit den Stelzbeinen und ihren Kollegen Bilsby mit den ruhelosen Füßen. Der Mrs. Evangelina Scorbitt war zuvorkommenderweise ein schöner Armstuhl vorbehalten worden, und sie, als stärkste Miteigentümerin des arktischen unbeweglichen Besitzes, hatte gewiß ein Anrecht darauf, gleich zur Seite des Präsidenten Barbicane zu sitzen. Zahlreiche, übrigens allen Gesellschaftsklassen der Stadt angehörige Frauen schmückten mit Buketts aller Art, mit den unmöglichsten Federn und den vielfarbigsten Bändern wie mit Blumen die lärmende Menge, welche sich unter der Glaskuppel des Saales drängte.

Die weitüberwiegende Mehrzahl der zu dieser Versammlung erschienenen Aktionäre war übrigens nicht allein als Teilhaber, sondern auch als persönliche Freunde der Verwaltungsratsmitglieder zu betrachten.

Hierbei ist jedoch zu bemerken, daß die europäischen Abgesandten, die Schwedens, Dänemarks, Hollands, Englands und Rußlands, ihre besonderen Plätze einnahmen, und wenn sie dieser Versammlung beiwohnten, so geschah das deshalb, weil sie jeder diejenige Anzahl Aktien, welche eine beratende Stimme gewährte, erworben hatten. Vorher so vollständig eins bezüglich der beabsichtigten Erwerbung, waren sie es jetzt nicht weniger darin, die Erwerber aufzuziehen. Man kann sich leicht vorstellen, mit welch hochgespannter Neugier sie den von Barbicane zu machenden Mitteilungen entgegensahen. Diese Mitteilungen – daran zweifelte keiner – mußten Aufklärung bringen über die zur Erreichung des Nordpols geplanten Schritte, denn hierin lag am Ende eine noch größere Schwierigkeit als in der Ausbeutung der dortigen Kohlenlagerstätten. Wenn sie Grund zu Einwendungen fanden, wollten Erik Baldenak, Boris Karkof, Jacob Jansen und Jan Harald gleich ums Wort bitten. Der Major Donellan, den sein Sekretär Dean Toodrink unterstützte, war unbedingt entschlossen, seinen Rivalen Impey Barbicane auf allen Winkelzügen rücksichtslos zu verfolgen.

Es war um acht Uhr abends. Der große Saal, die Nebensäle und die Höfe des Gun-Clubs erstrahlten von Edisonschen Kronleuchtern in vollem Glanze. Seit Öffnung der von der Volksmenge belagerten Tür tönte aus der Zuhörerschaft ein unausgesetztes dumpfes Murmeln hervor. Alles schwieg jedoch sofort, als der Türsteher den Eintritt des Verwaltungsrates ankündigte.

Jetzt nahmen auf tuchüberzogenem Podium an einem Tische mit schwärzlicher Decke, vom vollen Lichte übergossen, der Vorsitzende Barbicane, der Schriftführer I. T. Maston und ihr Kollege, der Kapitän Nicholl, Platz. Ein dreifaches Hurra, vom Kreischen helltönender Hips besonders betont, erbrauste durch den Saal und pflanzte sich bis in die angrenzenden Straßen fort.

Feierlich hatten sich I. T. Maston und der Kapitän Nicholl im Vollgefühl ihrer Würde niedergelassen.

Dann vergrub der Präsident Barbicane, der stehen geblieben war, die linke Hand in die Hosentasche, schob die rechte leicht unter die Westenöffnung und begann mit folgenden Worten:

»Unterzeichner und Unterzeichnerinnen!

Der Verwaltungsrat der *›North Polar Practical Association‹* hat Sie nach den Salons des Gun-Club zusammengerufen, um Ihnen eine wichtige Mitteilung zu machen.

Aus vielfachen Aufsätzen in den Tagesblättern haben Sie erfahren, daß unsere Absicht dahin geht, die Kohlenlager des arktischen Pols auszubeuten, wozu uns seitens der Bundesregierung die Konzession erteilt worden ist. Dieses in öffentlicher Versteigerung erstandene Gebiet bildet gewissermaßen das Eingebrachte seiner Besitzer bei dem in Frage kommenden Geschäfte. Die durch eine weitere, am 11. Dezember geschlossene Subskription ihm zur Verfügung gestellten Fonds gestatten dem Verwaltungsrat die Organisation des Unternehmens, welches eine Dividende verspricht, wie sie bisher in irgendwelchem kommerziellen oder industriellen Unternehmen noch völlig unerhört war.«

Beifälliges Gemurmel, das den Redner einen Augenblick unterbrach.

»Es wird Ihnen nicht unbekannt sein, wie wir darauf geführt wurden, in dem zirkumpolaren Gebiete reiche Fundstätten von Steinkohle, vielleicht auch von fossilem Elfenbein, zu vermuten. Die vielen, durch die Presse der ganzen Welt* veröffentlichten Zeugnisse lassen bezüglich des Vorhandenseins gewaltiger Kohlenflöze einen Zweifel nicht mehr aufkommen.

Die Steinkohle ist aber, wie allbekannt, zur Quelle der gesamten modernen Industrie geworden. Ohne von der Kohle und dem Koks zu reden, welche zum Heizen benutzt und zur Erzeugung von Dampf und Elektrizität verwendet werden, müssen hier auch deren Derivate genannt werden, wie. z. B. die Krappfarben, die der Orseille, des Indigos, des Fuchsins, Karmins, die Parfüms der Vanille, der bitteren Mandeln, des Geisbarts, Levkojen, Wintergrüns, des Kampfers, Thymols, Anis und des Heliotrops, ferner die Pikrate, die Salizylsäure, das Naphtol, Phenol, Antipyrin, Benzin, Naphtalin, die Brenzgallussäure, das Hydroquinon, Tannin, Saccharin und Pech, der Asphalt und Schiffsteer, die Schmieröle und Firnisse, das Preußisch-Blau, die Cyanüre, Bitterstoffe usw. usw.«

Nach dieser Aufzählung atmete der Redner auf wie ein abgehetzter Schnelläufer, der einmal anhält, um Atem zu schöpfen. Dann fuhr er nach einer tiefen Inspiration fort:

»Es liegt auf der Hand«, sagte er, »daß die Steinkohle, dieser vor allen anderen kostbare Stoff, sich binnen einer durch den ungeheueren Verbrauch ziemlich beschränkten Zeit erschöpfen muß. Vor Ablauf von fünfhundert Jahren werden die jetzt betriebenen Kohlenflöze sich entleert haben . . .«

»Dreihundert!« rief einer der Zuhörer.

»Zweihundert!« antwortete ein anderer.

»Sagen wir zu einer mehr oder weniger naheliegenden Zeit«, fuhr der Präsident Barbicane fort, »und

*Jetziger Zeit beträgt das Gesamtgewicht der im Laufe eines Jahres erscheinenden Zeitungen gegen 300 Millionen Kilo!

setzen wir uns in die Lage, verschiedene neue Produktionsorte aufzufinden, als ob die Steinkohle schon vor dem Ausgange des neunzehnten Jahrhunderts fehlen würde.«

Hier unterbrach er sich, damit die Zuhörer Zeit gewännen, die Ohren zu spitzen, und fuhr dann folgendermaßen fort:

»Deshalb, meine Damen und Herren, raffen Sie sich auf, folgen Sie mir, lassen Sie uns nach dem Pole ziehen! . . .«

In der Tat kam in das Publikum eine Bewegung, wie um die Koffer zu schnüren, und als hätte der Präsident Barbicane schon nach einem Schiffe hingewiesen, das zur Reise nach den arktischen Gebieten Dampf aufmachte.

Eine mit scharfer und durchdringender Stimme von Major Donellan hingeworfene Bemerkung schnitt diese ebenso begeisterungsvolle wie unbedachte Bewegung kurz ab.

»Vor dem Lichten der Anker«, sagte er, »möchte ich die Frage stellen, auf welche Weise Sie sich nach dem Pole begeben wollen. Haben Sie die Absicht, zu Wasser dahin zu gelangen?«

»Weder zu Wasser, noch zu Lande, auch nicht auf dem Wege durch die Luft«, erklärte der Präsident Barbicane sehr gleichmütig.

Eine Beute sehr begreiflicher Neugier, nahm die Versammlung wieder Platz.

»Ihnen allen«, fuhr der Redner fort, »sind ja die vielen Versuche bekannt, welche unternommen wurden, jenen unzugänglichen Punkt unseres Erdsphäroids zu erreichen. Dennoch halte ich es für angezeigt, dieselben auszugsweise Ihrer Erinnerung hier vorzuführen. Wir erweisen damit eine verdiente Ehre sowohl denjenigen kühnen Pionieren, welche noch leben, wie denen, welche bei diesen über menschliches Vermögen hinausgehenden Zügen unterlegen sind.«

(Allgemeine Zustimmung aller Anwesenden, gleichviel welcher Nation.)

»Im Jahre 1845«, nahm der Präsident Barbicane wieder das Wort, »dringt der Engländer Sir John Franklin mit den Schiffen ›Erebus‹ und ›Terror‹ auf einer dritten Reise, deren Zweck die Erreichung des Nordpols war, in die hochnördlichen Erdgebiete ein, und man hörte später keine Silbe mehr von ihm.

1854 ziehen die Amerikaner Kane und sein Lieutenant Morton zur Aufsuchung Sir John Franklins aus, und wenn sie auch selbst von dieser Expedition heimkehren, so kehrt doch ihr Schiff, die ›Advance‹, nicht zurück.

Im Jahre 1859 entdeckt der Engländer Mac Clintock ein Schriftstück, aus dem er ersieht, daß von der Fahrt des ›Erebus‹ und ›Terror‹ her kein Überlebender mehr vorhanden sein kann.

Im Jahre 1860 verläßt der Amerikaner Hayes Boston mit dem Schoner ›United States‹, überschreitet den einundachtzigsten Breitengrad und kehrt 1862 zurück, ohne trotz der heldenmütigsten Anstrengungen seiner Begleiter höher haben hinaufdringen können.

Im Jahre 1869 segeln die Kapitäne Koldewey und Hegemann, beide Deutsche, mit der ›Hansa‹ und der ›Germania‹ von Bremerhaven ab. Von Eismassen zerdrückt, versinkt die ›Hansa‹ schon wenig oberhalb des einundsiebzigsten Breitengrades und deren Besatzung verdankt ihre Rettung nur den Booten, auf welchen sie die Küste von Grönland erreicht. Die ›Germania‹ ist glücklicher und kehrt zum Hafen von Bremerhaven zurück, hat aber den siebenundsiebzigsten Parallelkreis nicht überschreiten können.

Im Jahre 1871 schifft sich Kapitän Hall in New York auf dem Dampfer ›Polaris‹ ein. Vier Monate später, während einer entsetzlichen Überwinterung, unterliegt der mutige Seemann den Strapazen. Ein Jahr später wird die von Eisbergen weggeführte ›Polaris‹, ohne über den zweiundachtzigsten Breitengrad hinausgekommen zu sein, von treibendem Packeis zerdrückt. Achtzehn Mann von der Besatzung, welche unter Führung des Lieutenants Tyson das Schiff verließen, vermögen nur dadurch das Land zu erreichen, daß sie sich auf einer großen Eisscholle den Strömungen des arktischen Meeres anvertrauen; von dreizehn bei der ›Polaris‹ verbliebenen Leuten hat man nie wieder eine Silbe gehört.

Im Jahre 1875 verläßt der Engländer Nares den Hafen von Portsmouth mit der ›Alerte‹ und der ›Decouverte‹. Bei dieser bemerkenswerten Expedition, wo die Teilnehmer und Mannschaften ihr Winterlager zwischen dem zweiundachtzigsten und dem dreiundachtzigsten Breitengrade aufschlugen, gelang es dem in nördlicher Richtung noch weiter hinaufziehenden Kapitän Markham, einen vierhundert (englische) Meilen (= 740 Kilometer) vom Pole entfernten Punkt zu erreichen, also jenem so nahe zu kommen, wie noch kein anderer vor ihm.

Im Jahre 1879 rüstet unser großer Mitbürger Gordon Bennet . . .«

Drei aus voller Brust hervorbrechende Hurras huldigten dem Namen des »großen Mitbürgers« und Direktors des New York Herald.

». . . die ›Jeannette‹ aus, welche er der Führung des einer Familie französischen Ursprungs entstammenden Kommandanten De Long anvertraut. Die ›Jeannette‹ segelt mit dreiunddreißig Mann von San Franzisko ab, dringt durch die Behringstraße vor, wird auf der Höhe der Insel Herald vom Eise eingeschlossen und geht auf der Höhe der Insel Bennet, etwa unter siebenundsiebzig Grad der Breite, unter. Ihre Besatzung hat nur ein Rettungsmittel: sich mit den geretteten Booten oder über die Eisfelder hin nach Süden zu wenden. Die Entbehrung dezimiert die Leute. De Long stirbt im Oktober. Eine Anzahl seiner Begleiter folgt ihm im Tode nach, und nur zwölf Mann kehren von dem Zuge zurück.

Endlich verläßt 1881 der Amerikaner Greely den Hafen von Saint-Jean auf Neufundland mit dem Dampfer ›Proteus‹, um an der Lady Franklin-Bay auf Grant-Land, etwas unterhalb des zweiundachtzigsten Breitengrades, eine Station zu errichten. An dieser Stelle wird das Fort Conger gegründet. Von hier begeben sich die unerschrockenen Insassen desselben nach dem Westen und dem Norden der Bay. Lieutenant Loockwood und sein Begleiter Brainard gelangen im Mai 1882 bis dreiundachtzig Grad fünfunddreißig Minuten hinauf, also noch einige Meilen höher als vor ihnen Kapitän Markham.

Das ist der äußerste, bis zum heutigen Tage erreichte Punkt – die *Ultima Thule* der zirkumpolaren Geographie!«

Hier erschallten neue, mit regelrechten Hips aufgeputzte Hurras zu Ehren der amerikanischen Entdekker.

»Leider«, fuhr der Präsident Barbicane fort, »sollte der kühne Zug ein unglückliches Ende nehmen. Die ›Polaris‹ versinkt. Damit sehen sich vierundzwanzig arktische Kolonisten dem schrecklichsten Elend preisgegeben. Dr. Pavy, ein Franzose, und verschiedene andere finden ihren Tod. Greely, dem die ›Thetis‹ 1883 Hilfe bringt, führt nur sechs von seinen Begleitern wieder zurück. Auch einer der Helden, welche den höchsten Erdenpunkt im Norden je betreten, der Lieutenant Loockwood, erliegt noch selbst und bereichert die schmerzliche Martyrologie jener Gegenden um einen weiteren Namen.«

Diesmal beantwortete ein ehrfurchtsvolles Schweigen die letzte Äußerung des Präsidenten Barbicane, dessen berechtigte Erregung die gesamte Zuhörerschaft teilte.

Dann fuhr er mit leise zitternder Stimme fort:

»Trotz aller Opferfreudigkeit und allen Mutes ist der vierundachtzigste Breitengrad also noch niemals überschritten worden. Man kann sogar behaupten, daß das niemals gelingen wird mit den Mitteln, die man bis zum heutigen Tage benutzt hat, ob das nun Schiffe waren, um bis zum Packeis zu gelangen, oder Schlitten, um über das Eisfeld zu fahren. Dem Menschen ist es nicht gestattet, solchen Gefahren zu trotzen und eine so starke Erniedrigung der Temperatur zu ertragen. Es gilt also, andere Wege einzuschlagen, um den Pol zu bezwingen!«

Man fühlte es aus der Bewegung der Zuhörer heraus, daß der Redner bereits das *Punctum saliens,* das gesuchte und von allen begehrte Geheimnis berührte.

»Und wie wollen Sie denn zum Ziele gelangen, mein Herr?« fragte der Abgesandte Englands.

»Das werden Sie vor Ablauf von zehn Minuten erfahren, Herr Major Donellan«, antwortete der Präsident Barbicane,* »und allen unseren Aktieninhabern rufe ich zu: Vertrauen Sie uns, weil die Unternehmer und Leiter dieser Angelegenheit dieselben Männer sind, welche es in einem zylindro-konischen . . .«

*In seiner Aufzählung der Forschungsreisenden, welche nach dem Nordpole vorzudringen suchten, hat Barbicane den Kapitän Hatteras übergangen, dessen Flagge auf dem neunzigsten Grade geweht hatte. Es erklärt sich das wohl damit, daß genannter Kapitän (höchst wahrscheinlich) nur ein erdichteter Seeheld war. (Siehe hierzu übrigens das zweibändige Werk »Kapitän Hatteras« von demselben Verfasser.)

»Zylindro-komischen!« rief Dean Toodrink.

»... Geschosse wagten, sich nach dem Monde zu begeben ...«

»Und man sieht auch, daß sie von da zurückgekommen sind!« warf der Sekretär des Major Donellan dazwischen, obwohl schon seine erste unpassende Bemerkung lebhafte Proteste hervorgerufen hatte.

Der Präsident Barbicane zuckte nur mit den Achseln und fuhr dann mit fester Stimme fort:

»Ja, geehrte Aktienzeichner und -zeichnerinnen, binnen zehn Minuten werden Sie wissen, woran Sie sich zu halten haben.«

Ein aus Ohs, Ehs und Ahs gemischtes, lang andauerndes Gemurmel begrüßte diese Antwort.

Es klang wirklich so, als sagte der Redner zu der Versammlung:

»Vor Ablauf von zehn Minuten werden wir am Pole sein!«

Seinen Vortrag setzte er in folgender Weise fort:

»Zunächst drängt sich nun die Frage auf, ob diese Polarkappe der Erde ein Festland bildet oder vielleicht nur ein Meer ist, und ob Kapitän Nares recht gehabt hat, dasselbe ›paläokrystisches Meer‹, d. h. das Meer des uralten Eises, zu nennen. Auf diese Frage antworte ich: Wir denken das letztere nicht.«

»Das genügt nicht!« rief Erik Baldenak. »Es handelt sich nicht darum, etwas ›nicht zu denken‹, sondern darum, sicher zu sein ...«

»Nun wohl, darauf möchte ich dem etwas hitzigen geehrten Vorredner antworten: Das sind wir! Ja, es ist ein landfestes Gebiet, nicht ein Wasserbecken, welches die *›North Polar Practical Association‹* erworben hat und das jetzt den Vereinigten Staaten gehört, ohne daß eine europäische Macht je darauf Anspruch erheben könnte.«

(Murmeln auf der Bank der Abgesandten der Alten Welt.)

»Bah! ... Es ist doch nur ein Loch voll Wasser ... ein Waschkessel, den Sie nie werden entleeren können!« rief wieder Dean Toodrink.

Seine Kollegen dankten ihm durch halblauten Beifall.

»Nein, mein Herr Sekretär«, antwortete jetzt lebhafter der Präsident Barbicane. »Dort befindet sich ein Festland, ein aufsteigendes Plateau – vielleicht ähnlich der Gobi-Wüste in Zentralasien – das drei bis vier Kilometer über die Meeresfläche reichen dürfte. Das ist leicht und völlig logisch abzuleiten aus Beobachtungen in angrenzenden Landmassen, zu denen das Polargebiet nur eine Verlängerung bildet. Auf ihren Forschungsreisen haben Nordenskjöld, Peary und Manigaard gleichmäßig beobachtet, daß z.B. Grönland nach Norden zu immer weiter ansteigt. Bei hundertsechzig Kilometern im Innern, von der Insel Diskö aus gerechnet, beträgt seine Höhe schon zweitausenddreihundert Meter. Berücksichtigt man nun diese Beobachtung und die verschiedenen tierischen und pflanzlichen Überreste, welche dort in Jahrtausende altem Eise eingeschlossen gefunden wurden, wie die Gerippe von Mastodons, deren Stoß- und Kauzähne von Elfenbein, oder die so häufigen Koniferenstämme, so muß man daraus schließen, daß dieser Kontinent einstmals ein fruchtbares, ganz sicher von Tieren, vielleicht auch von Menschen bewohntes Land gewesen sei. Hier wurden die üppigen Wälder vorgeschichtlicher Zeiträume begraben, die Wälder, aus denen die Kohlenflöze entstanden sind, welche wir auszubeuten verstehen werden. Ja, es ist ein Festland, das sich um den Pol ausbreitet, ein noch von keinem menschlichen Fuße entweihtes Festland, auf dem wir das Sternenbanner der Vereinigten Staaten von Amerika aufpflanzen werden!«

Donnernder Beifall.

Nachdem das letzte Rollen desselben sich in der entfernten Perspektive des Unions-Square verloren, hörte man die kreischende Stimme des Major Donellan. Dieser rief nämlich höhnend:

»Sieben Minuten von den zehn, welche zur Erreichung des Nordpols genügen sollten, sind bereits verstrichen ...«

»Binnen drei Minuten werden wir dasein!« antwortete Barbicane sehr kühl.

Dann fuhr er fort:

»Wenn es aber auch eine Landmasse ist, welche unser neues immobiles Besitztum bildet, und diese Landveste zu ziemlich bedeutender Höhe aufsteigt, wie wir anzunehmen Grund haben, so ist dieselbe nichtsdestoweniger von ewigem Eise umgürtet, von Eisbergen und Eisfeldern bedeckt und überhaupt in Verhältnissen, unter denen eine Ausnutzung schwierig ...«

»Unmöglich!« erklärte Jan Harald, der seine Worte mit bezeichnender Handbewegung gleichsam noch unterstrich.

»Unmöglich, meinetwegen«, antwortete Impey Barbicane. »Unsere Bemühungen sind nun eben dahin gegangen, diese Unmöglichkeit zu überwinden. Wir werden infolgedessen weder Schiffe noch Schlitten nötig haben, um nach dem Pole zu gelangen; dank unserer Verfahrungsweise wird die Schmelzung der Eismassen, der alten wie der neuen, ganz wie durch Zauberschlag vor sich gehen, und ohne daß uns das einen Dollar unseres Kapitals oder auch nur eine Minute Arbeit kostete.«

Jetzt lagerte ein bleischweres Stillschweigen über allen Anwesenden. Jeder empfand, daß man sich dem »punctum-salientischen« Augenblick – nach der eleganten Bezeichnung, die Dean Toodrink seinem Nachbarn Jakob Jansen ins Ohr raunte – schnellen Schrittes näherte.

»Meine Herren«, ertönte die gehobene Stimme des Gun-Club-Präsidenten, »Archimedes verlangte seinerzeit nur einen Stützpunkt, um die Welt aus den Angeln zu heben – nun, diesen Stützpunkt haben wir gefunden. Ein Hebel sollte dem großen Geometer in Syrakus genügen – wir besitzen diesen Hebel! Wir sind also in der Lage, den Pol von seiner jetzigen Stelle zu versetzen . . .«

»Den Pol versetzen!« rief Erik Baldenak.

»Ihn nach Amerika schaffen! . . .« setzte Jan Harald hinzu.

Der Präsident Barbicane wollte sich offenbar noch nicht eingehender aussprechen, denn er bemerkte fortfahrend:

»Was den Stützpunkt betrifft . . .«

»Sagen Sie es nicht! . . . Schweigen Sie ja darüber!« tönte eine laute Stimme ihm aus dem Zuhörerkreise entgegen.

»Und was den Hebel angeht . . .«

»Das Geheimnis bewahren! . . . Nichts darüber verraten!« rief die Mehrzahl der Anwesenden.

»Wir werden dasselbe bewahren!« antwortete der Präsident Barbicane.

Daß sich die europäischen Abgesandten durch diese Erklärung sehr enttäuscht fühlten, liegt ja auf der Hand; trotz ihrer Einsprüche wollte der Redner aber über die einzuschlagenden Wege nichts mehr bekanntgeben. Er begnügte sich hinzuzufügen:

»Soweit es die Resultate mechanischer Arbeit angeht – einer Arbeit, welche in den industriellen Annalen nicht ihresgleichen findet – die wir mit Hilfe Ihrer uns anvertrauten Kapitalien unternehmen wollen und zu gutem Ende zu führen gedenken, so will ich Ihnen hierüber eine klipp und klare Darstellung nicht vorenthalten.«

»Hört! ... Hört! ...«

Da vernahm man denn folgendes:

»Zunächst«, so begann der Präsident Barbicane, »verdanken wir die erste Anregung zu diesem Vorhaben einem unserer gelehrtesten, eifrigsten und berühmtesten Kollegen. Ihm kommt auch der Ruhm zu, die Berechnungen ausgeführt zu haben, welche es erst erlaubten, jene Idee in die Wirklichkeit zu übersetzen; denn wenn die Ausbeutung der hocharktischen Kohlenflöze auch nur ein Spiel ist, so war doch die Verschiebung des Poles ein Problem, welches nur mittelst der höheren Mechanik gelöst werden konnte. Zu diesem Zwecke wendeten wir uns an den ehrenwerten Schriftführer des Gun-Club, an unseren I. T. Maston.«

»Hurra! ... Hip! ... Hip! ... Hip für I. T. Maston!« brüllte der gesamte Zuhörerkreis, der durch die Anwesenheit dieser bedeutenden und außergewöhnlichen Persönlichkeit ganz elektrisiert schien.

O, wie freudig erregt fühlte sich Mrs. Evangeline Scorbitt bei diesen Zurufen, welche zu Ehren des berühmten Rechners ertönten, und welch treuen Widerhall fanden diese in ihrem Herzen!

In gewohnter Bescheidenheit begnügte er sich, den Kopf langsam nach rechts und nach links zu bewegen und mit dem Ende seines Hakens der enthusiastischen Zuhörerschaft zu danken.

»Schon zu jener Zeit, hochgeehrte Anwesende«, fuhr der Präsident Barbicane fort, »als das große

Meeting zu Ehren der Ankunft des Franzosen Michel Ardan in Amerika veranstaltet wurde, einige Monate vor unserer Abfahrt nach dem Monde . . .«

Dieser Yankee erwähnte dessen so nebenbei, als hätte es sich um eine Spazierfahrt von Baltimore nach New York gehandelt!

». . . rief uns I. T. Maston zu: ›Lassen Sie uns Maschinen erfinden, den nötigen Stützpunkt aufsuchen und rücken wir dann die Erdachse zurecht!‹ – Wohlan, alle, die Sie mich hören, so erfahren Sie denn: die Maschinen sind konstruiert, der Stützpunkt ist gefunden und unser Bestreben gilt nun der – Verlegung der Erdachse!«

Diese Erklärung erzeugte eine minutenlange Verblüffung. Jeder Anwesende schien – Verzeihung für den volkstümlichen Ausdruck! – geradezu »paff« zu sein.

»Wie? – Sie maßen sich an, die Erdachse verlegen zu wollen?« rief Major Donellan.

»Jawohl, Herr Major«, versicherte der Präsident Barbicane, »oder wir besitzen vielmehr das Mittel, eine neue zu schaffen, um welche sich später die tägliche Umdrehung vollziehen wird . . .«

»Die tägliche Umdrehung verändern!« stieß Oberst Karkof hervor, dessen Augen Blitze sprühten.

»Gewiß, doch ohne deren Dauer zu beeinflussen«, erklärte der Präsident Barbicane. »Diese Maßnahme wird den jetzigen Pol etwa nach dem siebenundsechzigsten Breitengrade versetzen, und dann befindet sich die Erde in denselben Verhältnissen wie der Planet Jupiter, dessen Achse ziemlich lotrecht auf seiner Bahnebene steht. Diese Versetzung um dreiundzwanzig Grad und achtundzwanzig Minuten wird hinreichen, unserem immobilen Besitztum genug Wärme zu sichern, um alle seit Hunderttausenden von Jahren aufgehäuften Eismassen zu schmelzen.«

Die Zuhörer rangen nach Atem. Keiner dachte daran, den Redner zu unterbrechen – nicht einmal, ihm zuzujauchzen. Alle standen unter dem Banne des ebenso geistvollen wie einfachen Gedankens, die Achse, um welche unser Erdsphäroid sich dreht, nach Bedarf zu verlegen.

Was die europäischen Abgesandten anging, so waren diese einfach verblüfft, zerschmettert, vernichtet und saßen, in unbeschreiblichstem Maße bestürzt, geschlossenen Mundes auf ihren Plätzen.

Ein Beifallssturm, der alles zu zertrümmern drohte, brach aber los, als Präsident Barbicane seinen Vortrag mit folgender in ihrer Einfachheit hoch erhabenen Erklärung schloß:

»Der Sonne selbst wird es also zufallen, das Wegschmelzen der Eisberge wie des Packeises zu besorgen und den Zutritt zum Pole freizugeben!«

»Da der Mensch also«, fragte Major Donellan, »nicht zum Pole kommen kann, so, meinen Sie, soll der Pol zu ihm kommen?...«

»Wie Sie sagen!« antwortete der Präsident Barbicane.

Achtes Kapitel

»Wie der Jupiter«, hatte der Vorsitzende des Gun-Club erklärt.

Ja, wie der Jupiter!

Und wenn gelegentlich der denkwürdigen Verhandlung bei dem Meeting zu Ehren Michel Ardans – an den der Redner recht passend erinnerte – I. T. Maston in halb wahnwitziger Begeisterung ausgerufen hatte: »Lassen Sie uns Maschinen erfinden, den nötigen Stützpunkt aufsuchen und rücken wir dann die Erdachse zurecht!«, so hatte der waghalsige, fantasiereiche Franzose, einer der Helden jener »Reise von der Erde nach dem Monde« und Begleiter des Kapitän Nicholl und des Präsidenten Barbicane, einen dithyrambischen Lobgesang zu Ehren des größten Planeten unseres Sonnensystems angestimmt. In diesem prächtigen Panegyricus ließ er sich's auch nicht entgehen, dessen ganz besondere Vorzüge zu preisen, wie wir diese im Folgenden kurz aufzählen wollen.

Entsprechend dem von dem Rechenmeister des Gun-Club gelösten Probleme sollte also eine neue Achse an Stelle der alten gesetzt werden, um welche sich die Erde drehte, solange – nach einem volkstümlichen Ausdrucke – »die Welt schon Welt ist«. Außerdem sollte diese neue Achse senkrecht auf der Ebene ihrer Jahreskreisbahn stehen. Unter solchen Bedingungen mußten die klimatischen Verhältnisse des früheren Nordpols genau mit denen von Trondjhem in Norwegen zur Zeit des Frühlings übereinstimmen. Sein paläokrystischer Eispanzer mußte demnach unter der Bestrahlung der Sonne allmählich wegschmelzen. Gleichzeitig würden sich die Klimate auf unserem Sphäroid ganz ähnlich denen auf dem Jupiter gestalten.

In der Tat beträgt die Neigung der Achse letztgenannten Planeten oder mit anderen Worten, der Winkel, den seine Umdrehungsachse mit der Ebene seiner Ekliptik bildet, 88° 13′. Nur ein Grad und siebenundvierzig Minuten mehr, und diese Achse würde vollkommen lotrecht stehen zu der Ebene der kreisförmigen Bahn, welche sie um die Sonne beschreibt.

Übrigens – wir glauben das hier besonders hervorheben zu sollen – sollten die Maßnahmen, zu welchen die Gesellschaft Barbicane und Kompanie zu verschreiten gedachte, um die derzeitigen Verhältnisse der Erde ihren Wünschen gemäß zu verändern, eine Verlegung ihrer Achse im eigentlichen Sinne nicht bewirken. Mechanisch vermöchte ja keine Kraft, so gewaltig sie auch wäre, ein derartiges Resultat zu erzwingen. Die Erde ist kein Huhn am Spieße, der sich um eine greifbare Achse dreht, welche man nur in die Hand zu nehmen und in andere Richtung zu bringen brauchte. Dagegen schien die Schaffung einer neuen Achse möglich – man könnte wohl sagen, leicht ausführbar – von dem Augenblicke an, wo der von Archimedes erträumte Stützpunkt und der von I. T. Maston erfundene Hebel diesen unternehmenden Ingenieuren zur Verfügung standen.

Da dieselben jedoch entschlossen schienen, ihr Geheimnis bis zum wirklichen Eintritt des neuen Zustandes der Dinge zu bewahren, so mußte man sich vorläufig damit begnügen, die daraus hervorgehenden Folgen näher ins Auge zu fassen.

Das unternahmen denn auch die Tagesblätter wie die Revuen, indem sie den Gelehrten ins Gedächtnis zurückriefen und die Unwissenden darüber aufklärten, welcher Art auf dem Jupiter die Folgen der annähernden Perpendikularität seiner Achse auf der Ebene seiner Kreisbahn sein mußten.

Jupiter, ein Bestandteil unserer Sonnenwelt, wie Merkur, Venus, Tellus (die Erde), Mars, Saturn, Uranus und Neptun, kreist in einer Entfernung von nahezu siebenhundertdreiundsiebzig Millionen Kilometern (= 5⅕ Erdbahnhalbmesser) um den gemeinschaftlichen Mittelpunkt; sein Inhalt übertrifft den der Erde etwa vierzehnhundertmal.

Wenn es ein »jovianisches« Leben, d.h. wenn es Bewohner der Oberfläche des Jupiter gibt, so bietet ihnen genannter Planet gewisse Vorteile – Vorteile, welche bei Gelegenheit jenes der Reise nach dem Monde vorhergehenden Meetings in so helles Licht gesetzt worden waren.

Zunächst gleichen während der täglichen Umdrehung des Jupiters um sich selbst – welche übrigens nur 9 Stunden 55 Minuten nach unserem Zeitmaße in Anspruch nimmt – die Tage und die Nächte, gleichviel unter welcher Breite, einander stets vollständig, d.h. es entfallen davon 4 Stunden 77 Minuten auf den Tag und 4 Stunden 77 Minuten auf die Nacht.

»Ei nun«, bemerkten diejenigen, welche an das Vorhandensein von Jupiterbewohnern glaubten, »das muß ja Leuten mit streng geregelten Gewohnheiten recht zupasse kommen; sie müssen sich einer solchen Gleichmäßigkeit doch mit Vergnügen unterwerfen.«

Nun wohl, dasselbe müßte auch auf der Erde der Fall sein, wenn der Präsident Barbicane seine Absichten durchzuführen vermochte. Nur würden, da die Umdrehungsgeschwindigkeit der Erde auf ihrer neuen Achse weder beschleunigt noch verlangsamt werden sollte und vierundzwanzig Stunden, wie früher, zwei aufeinanderfolgende Mittage trennten, Nächte und Tage auf jedem beliebigen Punkte unseres Sphäroids genau je zwölf Stunden lang dauern. Abend- und Morgendämmerung würden die Tage um eine stets gleichlange Spanne Zeit verlängern. Man lebte dann also unter einem ewigen Äquinoktium, ganz wie ein solches gegen den 21. März und den 21. September für alle Breitenlagen der Erdkugel eintritt, wenn das Strahlengestirn seinen Bogen scheinbar in der Ebene des Äquators beschreibt.

»Die auffälligste und gleichzeitig interessanteste Erscheinung aber«, bemerkten hierzu die Enthusiasten noch mit Recht, »würde das Fehlen des Jahreszeitenwechsels sein.«

Tatsächlich kommen die jährlichen Veränderungen, welche wir unter den Bezeichnungen Frühling, Sommer, Herbst und Winter kennen, infolge der Neigung der Achse auf die Ebene ihrer Bahn zustande. Die Jupiterbewohner wissen von solchen Jahreszeiten nichts – auch die Erdbewohner würden später nichts mehr davon wissen. Von dem Zeitpunkte ab, wo die neue Achse perpendikulär zur Ekliptik stand, konnte es keine Eis- und keine heiße Zone mehr geben, sondern die gesamte Erde erfreute sich dann der Verhältnisse einer einzigen gemäßigten Zone.

Die Ursache dazu ist in Folgendem zu suchen:

Was ist denn die heiße Zone? – Es ist derjenige Teil der Erdoberfläche, der von den Wendekreisen des Krebses und des Steinbocks eingeschlossen wird. Über allen Punkten dieser Zone erscheint die Sonne zweimal des Jahres im Zenit, während das für die Punkte unter den Wendekreisen selbst nur einmal jährlich eintritt.

Was ist ferner die gemäßigte Zone? – Es ist derjenige Teil der Erde, welcher zwischen den Wende- und Polarkreisen, zwischen 23° 28′ und 66° 32′ der Breite liegt und für den sich die Sonne niemals bis zum Zenit erhebt, aber auch keinen vollen Tag lang unter dem Horizonte verbirgt.

Was ist endlich die kalte Zone? – Es ist derjenige Teil der den Pol umgebenden Gegenden, dem sich die Sonne im Winter für eine verschieden lange Zeit, welche am Pole selbst bis zu sechs Monaten geht, gänzlich entzieht.

Man sieht leicht ein, daß infolge der verschiedenen Mittagshöhen, welche die Sonne über dem Horizonte erreicht, in der heißen Zone eine sehr hohe Wärme, in der gemäßigten Zone eine mehr gemilderte, aber, je nachdem man sich von den Wendekreisen entfernt, verschiedene Temperatur, und eine strenge Kälte in der kalten Zone von den Polarkreisen bis zu den Polen herrschen muß.

Nun, das sollte auf der Oberfläche der Erde infolge der Perpendikularität ihrer neuen Achse anders werden. Die Sonne mußte sich dann unveränderlich in der Ebene des Äquators halten. Während des ganzen Jahres mußte sie binnen zwölf Stunden ihren immer gleichbleibenden Tagesbogen beschreiben und dabei bis zu einer, der Breitenlage des betreffenden Ortes entsprechenden Entfernung vom Zenit, mit Annäherung an den Äquator also immer größeren Höhe aufsteigen. Für die unter zwanzig Grad der Breite gelegenen Länder würde sie jeden Mittag eine Höhe von siebzig Graden erreichen, für die unter neunundvierzig Grad gelegenen eine solche von einundvierzig Graden; für die unter dem siebenundsechzigsten Parallelkreise müßte ihr Mittagswinkel immer noch dreiundzwanzig Grade betragen. Die Tage würden also eine vollkommene, durch den Sonnenlauf bestimmte Regelmäßigkeit aufweisen, da die Sonne alle zwölf Stunden genau an denselben Punkten des Horizonts auf- und untergehen müßte.

»Nun betrachte man einmal die hieraus entspringenden Vorteile«, verkündeten aller Welt die Freunde des Präsidenten Barbicane. »Jedermann wird sich je nach Temperament ein unveränderliches Klima wählen können, wie ein solches seinem Schnupfen oder seinen rheumatischen Beschwerden am besten zusagt – erwählen auf einem verbesserten Weltkörper, wo die jetzt so bedauerlichen Veränderungen der Wärme gänzlich unbekannt sind.«

Mit einem Worte, Barbicane & Cie., die modernen Titanen, waren dabei, den Zustand der Dinge zu ändern, der seit der Zeit bestand, wo das gegen seine Kreisbahn geneigte planetarische Sphäroid sich verdichtete, um zur Erde, wie sie ist, zu werden.

Wohl mußte der Himmelsbeobachter hierdurch einige der Sternbilder und Einzelgestirne verlieren, die er am nächtlichen Himmel zu sehen gewöhnt war; der Dichter konnte nicht mehr die langen Winternächte oder die langen Sommertage in seine Reime einschachteln – dennoch blieben für die Menschheit im allgemeinen noch große Vorteile übrig.

»Übrigens«, wiederholten die dem Präsidenten Barbicane ergebenen Journale, »da die Produktion des Erdbodens regularisiert wird, kann der Agronom jeder Pflanzengattung die ihr zuträglichste Wärmemenge zukommen lassen.

»Schön«, erwiderten die feindselig gestimmten Blätter, »wird es dann nicht auch Tag für Tag Regenfälle, Hagelschläge, Stürme, Windhosen, Ungewitter, überhaupt alle die meteorischen Ereignisse geben, welche das Gedeihen der Feldfrüchte und die Einkünfte der Landleute zuweilen so sehr in Frage stellen?«

»Gewiß«, gab das Chor der Freunde darauf zur Antwort, »doch zu derartigen Verwüstungen kommt es voraussichtlich weit seltener, da die Regelmäßigkeit des Klimas schroffere Störungen der Atmosphäre nicht aufkommen läßt. O, die ganze Menschheit wird durch diesen Zustand der Dinge unendlich gewinnen; er bedingt eine wirkliche Transformation der Erdkugel; Barbicane & Cie. werden den gegenwärtigen und den kommenden Geschlechtern den größten Dienst dadurch erwiesen haben, daß sie der Ungleichheit der Tage und Nächte, der beschwerlichen Verschiedenheit der Jahreszeiten ein Ende machten. Ja, wie schon Michel Ardan sagte, unser Sphäroid, auf dessen Oberfläche es stets entweder zu warm oder zu kalt war, wird ferner nicht mehr der Planet der Rheumatismen, der Schnupfenfieber und der Brustkatarrhe sein. Es wird dann keine Leute mit Gliederreißen mehr geben, außer denjenigen, welche das selbst haben wollen, denn es wird ja stets in ihrer Macht liegen, nach einem Lande überzusiedeln, das auf ihre Bronchien einen wohltätigen Einfluß ausübt.«

In seiner Nummer vom 27. Dezember schloß die »Sun« von New-York einen glänzenden Artikel mit den Worten:

»Ehre dem Präsidenten Barbicane und seinen Kollegen! Diese kühnen Bahnbrecher ohnegleichen werden sozusagen dem amerikanischen Festlande nicht allein eine neue Provinz angegliedert und dadurch das schon so ausgedehnte Gebiet unseres Staatenbundes noch weiter vergrößert haben, nein, ihr großartiges Werk macht die Erde auch mehr hygienisch bewohnbar und daneben ertragsfähiger, da man gleich nach der Ernte wieder wird säen können und, da jedes Samenkorn unverzüglich keimt, die Zeit des Winters wie früher nicht mehr verlorengeht. Nicht allein die Kohlenausbeute wird wachsen durch Inangriffnahme der neuen Lagerstätten, welche den Verbrauch dieses unentbehrlichen Stoffes vielleicht noch eine lange Reihe von Jahren sichern dürften, sondern auch die klimatischen Verhältnisse unserer Erdkugel werden eine Veränderung zum Besseren erfahren. Barbicane und seine Kollegen verbessern damit zum Heile ihrer Mitmenschen das ursprüngliche Werk des Weltenschöpfers. Ehre diesen Männern, welche einst den allerersten Rang unter den Wohltätern des Menschengeschlechts einnehmen werden!«

Neuntes Kapitel

In welchem man einen Deus ex machina *französischer Abkunft auftreten sieht*

Dieser Art sollten also die Vorzüge sein, welche jene durch den Präsidenten Barbicane herbeizuführende Veränderung der Rotationsachse gewähren müßte. Wir erwähnten bereits, daß diese Veränderung nur in unmerklichstem Grade die Kreisbewegung unseres Sphäroids um die Sonne beeinflussen sollte. Die Erde würde nach wie vor ihre unveränderliche Bahn durch den Weltraum hinwandern und die Verhältnisse des Sonnenjahres würden auf keine Weise davon getroffen werden.

Als die Folgen der bevorstehenden Achsenveränderung zur Kenntnis beider Welten gebracht worden waren, erregten sie ein außerordentliches Aufsehen. In erster Stunde brachte man diesem Problem der höheren Mechanik eine warme Begeisterung entgegen. Die Aussicht, Jahreszeiten von unveränderlicher Gleichmäßigkeit und, je nach der Breite, »nach Belieben des Konsumenten« zu haben, war in der Tat gar zu verführerisch. Die Leute versteiften sich auf den Gedanken, daß alle Sterbliche sich jenes ewigen Frühlings erfreuen könnten, den der Sänger der Odyssee der Insel Kalypso zuschreibt, und daß sie dabei noch die Wahl zwischen einem kühleren und einem wärmeren Frühling haben würden. Welche Lage die neue Umdrehungsachse der Erde haben sollte, das war ein Geheimnis, welches weder der Präsident Barbicane, noch der Kapitän Nicholl oder der ehrenwerte I. T. Maston entschleiern zu wollen schienen. Würden sie dasselbe noch vor der Ausführung ihres Vorhabens enthüllen, oder sollte man erst nach diesem etwas darüber erfahren? Es fehlte nicht viel daran, daß die öffentliche Meinung sich bezüglich dieser Frage zu beunruhigen anfing.

Ein Gedanke vor allem drängte sich den Leuten auf und wurde in allen Zeitungen lebhaft besprochen, der nämlich, durch welche mechanische Gewalt diese Veränderung herbeigeführt werden solle, welche offenbar die Anwendung einer ganz ungeheueren Kraft voraussetzte.

Das »Forum«, eine angesehene Revue New Yorks, brachte hierzu folgende ganz berechtigte Bemerkung:

»Hätte sich die Erde überhaupt nicht um ihre Achse gedreht, so würde vielleicht ein verhältnismäßig geringer Anstoß genügt haben, ihr eine Rotationsbewegung um eine willkürlich gewählte Achse zu erteilen; jetzt muß sie aber einem sehr, sehr großen Gyroskop gleichgestellt werden, das sich mit bedeutender Geschwindigkeit bewegt, und nach Naturgesetzen hat ein solcher Körper die Neigung, sich fortwährend um die nämliche Achse zu drehen. Léon Foucault hat das durch seine berühmten Experimente handgreiflich bewiesen. Es dürfte also sehr schwierig, wenn nicht ganz unmöglich sein, dieselbe (die Erde) davon abzulenken.«

Gewiß ist das ganz richtig. Nachdem man sich übrigens die Frage vorgelegt, welche Gewalt die Ingenieure der *»North Polar Practical Association«* würden auszuüben vermögen, erschien es nicht weniger interessant, zu erfahren, ob diese Kraft unmerkbar für andere oder sozusagen mit einem Schlage entfesselt werden sollte. Im letzteren Falle mußten ja auf der Oberfläche der Erdkugel, in dem Augenblicke, wo jene Achsenveränderung durch die Maßregeln Barbicanes & Cie. herbeigeführt wurde, die entsetzlichsten Verwüstungen befürchtet werden.

Das war ein Thema, mit dem sich die Gelehrten und Ungelehrten beider Welten lebhaft beschäftigten. Ein Stoß bleibt doch immer ein Stoß, und es gehört niemals zu den Annehmlichkeiten, ihm mittelbar oder unmittelbar ausgesetzt zu sein. Es schien beinahe, als ob die Veranstalter dieses Unternehmens bei den ihnen vor Augen schwebenden Vorteilen desselben die Umwälzungen gar nicht bedacht hätten, welche ihr Werk auf unserer unglücklichen Erdkugel hervorbringen könnte. In ihrer gereizten Stimmung wegen der erlittenen Niederlage und entschlossen, diese drohenden Ereignisse zum Schaden der Sache zu verwerten, begannen die europäischen Abgesandten, nicht ohne Geschick, die öffentliche Meinung gegen den Präsidenten des Gun-Club aufzuwiegeln.

Dem Leser ist noch gegenwärtig, daß Frankreich, welches keinerlei Anspruch auf jene den Pol umlagernden Gebiete erhoben hatte, nicht zu den Mächten gehörte, die sich an der denkwürdigen Auktion beteiligten. Wurde es auch nicht offiziell von dieser Angelegenheit berührt, so hatte doch ein Franzose den Einfall gehabt, sich nach Baltimore zu begeben, um dort auf eigene Rechnung und mehr zum Vergnügen die verschiedenen Entwicklungsstufen dieses Riesenunternehmens zu verfolgen.

Es war das ein Bergingenieur, der höchstens fünfunddreißig Sommer zählte. Als Primus in die Polytechnische Schule eingetreten und als Primus von derselben abgegangen, haben wir ihn als einen Mathematiker ersten Ranges vorzustellen, der vielleicht sogar I. T. Maston überlegen war, denn wenn dieser letztere ein ausgezeichneter Rechner war, so blieb er doch immer nur ein Rechner – etwa wie ein Le Verrier gegenüber einem Laplace oder einem Newton.

Dieser Ingenieur war – doch das schadete ja nichts – ein Mann von Geist, ein Fantast, ein Original, wie man einem solchen zuweilen unter den Brückenkonstrukteuren, aber selten unter Bergbaubeflissenen begegnet. Er besaß eine eigene und ganz besonders anziehende Art und Weise, über alle Dinge zu sprechen. Wenn er mit seinen Freunden selbst über wissenschaftliche Gegenstände plauderte, so tat er das stets mit der Ungezwungenheit des Pariser Straßenjungen. Er liebte die Worte dieser volkstümlichen Sprache, deren Ausdrucksweisen die Mode so schnell Bürgerrecht verliehen hat. Man hätte behaupten können, daß sich seine Sprechweise, wenn er sich gehenließ, sehr wenig den akademischen Formen anpaßte, doch verzichtete er auf diese nur, wenn er die Feder zur Hand nahm. Gleichzeitig war er ein emsiger Arbeiter, der gleich zehn Stunden lang vor dem Schreibtisch sitzen konnte und seine Seiten mit algebraischen Zeichen ebenso leicht bedeckte, wie andere etwa einen Brief schreiben. Seine liebste Erholung nach den Arbeiten in höherer Mathematik, denen er sich tagtäglich widmete, war ein Robber Whist, den er trotz ihm so geläufiger Berechnung aller Möglichkeiten doch nur mittelmäßig spielte. Und wenn er »den Strohmann hatte«, hätte man ihn nur in seinem Küchenlatein sollen ausrufen hören: *»Cadaveri pussandum est!«*

Diese eigentümliche Persönlichkeit nannte sich Pierdeux (Alcide), und in beliebter Abkürzung – der übrigens alle seine Kameraden huldigten – zeichnete er sich gewöhnlich APierd und selbst APı, ohne je einen Punkt auf das i zu setzen. Er war so beißend und scharf in seinen Diskussionen, daß man ihm den Beinamen »Schwefelsäure« gegeben hatte. Dabei war er nicht allein groß, sondern erschien auch »hoch«. Seine Kameraden sagten, er messe den fünfmillionsten Teil eines Erdquadranten, also etwa zwei Meter, und damit gingen sie nicht viel fehl. Zwar mochte sein Kopf für die mächtige Büste und die breiten Schultern etwas klein erscheinen, dafür bewegte er ihn mit kraftvoller Würde, und aus den blauen Augen zuckten Blitze durch die Gläser seines Klemmers. Was ihn charakterisierte, war ein gleichzeitig heiteres und doch ernstes Gesicht, trotz eines etwas blank durchscheinenden Schädeldaches, das er vorzeitig durch den übermäßigen Gebrauch algebraischer Zeichen unter dem Strahlenscheine der »Rosto-Gläser«, mit anderen Worten unter den Glasflammentellern der Studiensäle, erworben hatte. Dabei war er der beste Kerl, dessen sich irgend jemand von der Schulzeit her erinnern konnte, und jede Eingebildetheit lag ihm völlig fern. Trotz eines recht unabhängigen Charakters, hatte er sich doch stets den Vorschriften des »X-Codex« unterworfen, der den Polytechnikern für alles, was Kameradschaft und Achtung vor der Uniform anging, als Gesetzbuch galt. Man schätzte ihn ebenso unter den Bäumen des »Akas-Hofes«, so genannt, weil derselbe keine Akazien hatte, wie in den

»Casers« – den Schlafräumen, wo die abgemessene Stellung seiner Truhe, die Ordnung, welche in seinem »Coffin« herrschte, den allzeit methodischen Geist des Inhabers verrieten.

Zugegeben, daß der Kopf Alcide Pierdeux' auf dem Gipfel seines großen Körpers etwas sehr klein erschien, jedenfalls war er bis in in alle Hirnwindungen hinein angefüllt. Zunächst war er Mathematiker, wie es alle seine Kameraden sind oder doch einmal waren; er betrieb die Mathematik aber nur, um sie auf die experimentellen Wissenschaften anzuwenden, welche für ihn wiederum nur deshalb einen gewissen Reiz hatten, weil sie in der Industrie praktische Anwendung finden. Es lag das – er erkannte es recht wohl – in einer gewissen Inferiorität seiner Natur; doch ganz vollkommen ist ja kein Mensch. Kurz, seine Spezialität war das Studium derjenigen Wissenschaften, welche trotz ungeheuerer Fortschritte doch für ihre Jünger immer noch Geheimnisse verbergen und ewig verbergen werden.

Nebenbei finde hier Erwähnung, daß Alcide Pierdeux unbeweibt war. Wie er zu sagen pflegte, war er noch immer »gleich eins«, obwohl sein lebhaftester Wunsch gewesen wäre, sich zu verdoppeln. Seine Freunde hatten auch schon daran gedacht, ihn mit einem reizenden, heiteren, geistvollen jungen Mädchen, einer Provençalin aus Martigues, zu verheiraten. Leider hatte diese einen Vater, der gleich auf die ersten Andeutungen einer solchen Verbindung mit einer abweisenden Antwort zur Hand war.

»Nein, euer Alcide ist mir zu gelehrt. Er würde mein armes Mädel mit ihr völlig unverständlichen Gesprächen abquälen! . . .«

Als ob der echte Gelehrte nicht bescheiden und einfach wäre!

Unser Ingenieur entschloß sich also, eine gewisse Strecke Meer zwischen die Provence und seine Person zu bringen. Er bat um einen einjährigen Urlaub, erhielt diesen bewilligt und glaubte ihn nicht besser anwenden zu können als durch genaue Beobachtung des Unternehmens der *»North Polar Practical Association«*. Deshalb befand er sich also jener Zeit in den Vereinigten Staaten.

Seit Alcide Pierdeux' Eintreffen in Baltimore ließ ihm der kühne Plan Barbicanes & Cie. keinen Augenblick Ruhe. Ob und daß die Erde durch Veränderung der Achse mehr jupiterähnlich würde, kümmerte ihn blutwenig. Durch welches Mittel aber sie das werden sollte, diese Frage stachelte – und gewiß nicht ohne Grund – die Neugier des Gelehrten.

Und in seiner eigenartigen Sprache sagte er:

»Offenbar schickt sich der Präsident Barbicane an, unserer Kugel mit einem Rammbär erster Sorte zu Leibe zu gehen! ... Ja, aber wie und in welcher Richtung soll dieser wirken? ... Aha, ich hab's! ... Donnerwetter, ich glaube, er ›nimmt‹ die Erdkugel ›fein‹, wie einen Billardball, wenn man einen Seiteneffekt beabsichtigt. Nähme er sie ›voll‹, so würde sie über die Bande ihrer Kreisbahn gesprengt, und zum Teufel dann mit den jetzigen Jahren, welche in bester Form damit abgeändert wären. Nein, die verständigen Leute bezwecken offenbar nur die Ersetzung der alten Achse durch eine neue! ... Darüber gibt's keinen Zweifel! ... Ich durchschaue nur noch nicht, wo sie einen Stützpunkt für den Angriff hernehmen, noch welche Art Stoß sie von außen her einwirken lassen wollen ... O, wenn es keine tägliche Umdrehung gäbe, dann genügte wohl ein Nasenstüber ... Sie ist aber vorhanden, die tägliche Umdrehung! ... Man kann sie nicht unterdrücken, nicht aufhalten, diese vierundzwanzigstündige Rotation! ... Das ist offenbar der Canisdentum!«

Er wollte »Hundszahn«* sagen, der wunderliche Pierdeux.

»Wie sie auch zuwegegehen mögen«, setzte er hinzu, »ein allgemeines Kunterbunt gibt's allemal!«

Doch wenn unser Gelehrter auch »das ganze Salzfaß seiner Weisheit umschüttete«, durchschaute er immerhin nicht, welches Verfahren Barbicane und Maston wohl einzuschlagen gedächten. Das war um so bedauerlicher, als er, wenn deren Maßnahmen ihm bekannt gewesen wären, sofort die mechanischen Formeln dafür abgeleitet hätte.

Und so kam es, daß Alcide Pierdeux, Mitglied des nationalen Bergingenieurkorps von Frankreich, am 29. Dezember mit den weitoffenen Zirkelschenkeln seiner langen Beine die belebten Straßen von Baltimore durchmaß.

Zehntes Kapitel

In welchem nach und nach verschiedenerlei Beunruhigungen zutage treten

Ein Monat war verstrichen seit der denkwürdigen Generalversammlung, die in den Räumlichkeiten des Gun-Club abgehalten wurde. Während dieses Zeitraumes hatte sich in der öffentlichen Meinung ein merkbarer Umschwung vollzogen. Die durch Veränderung der Rotationsachse zu gewärtigenden Vorteile waren vergessen; dafür begann man die drohenden

*Entspricht etwa dem populären Ausdrucke: »Hier liegt der ›Hund‹ begraben.«

Nachteile schärfer ins Auge zu fassen. Es erschien ganz unmöglich, daß die Geschichte ohne Katastrophe ablief, denn jene Veränderung sollte höchstwahrscheinlich durch einen plötzlichen Stoß herbeigeführt werden. Welche Verwüstungen dieser zur Folge haben werde, das konnte freilich niemand voraussehen. Es blieb ja auch ungewiß, ob die Verbesserung der Klimate so besonders wünschenswert sei, denn von einer solchen konnten nur die Eskimos, die Lappen, Samojeden, Tschuktschen und ähnliche, welche nichts zu verlieren hatten, einen Vorteil ziehen.

Jetzt hätte man nur die europäischen Abgesandten sollen gegen das Werk Barbicanes losziehen sehen! Zunächst hatten sie ihren betreffenden Regierungen Bericht erstattet, hatten die unterseeischen Drähte zum ununterbrochenen Hin- und Hertragen ihrer Depeschen fast mit Beschlag belegt und Verhaltungsmaßregeln verlangt und entgegengenommen. Derlei Instruktionen kennt man schon. Immer verschanzen sie sich nach den Formeln der diplomatischen Kunst hinter die amüsante Reserve: »Zeigen Sie die möglichste Energie, doch kompromittieren Sie unsere Regierung in keiner Weise! – Handeln Sie entschlossen, nur rütteln Sie nicht an dem *Status quo.*«

Inzwischen hörten Major Donellan und seine Kollegen nicht auf, im Namen ihrer bedrohten Länder – überhaupt im Namen der gesamten Alten Welt – Einspruch zu erheben.

»Es ist ganz selbstverständlich«, erklärte der Oberst Boris Karkof, »daß die amerikanischen Ingenieure ihre Maßnahmen so getroffen haben, um von dem Gebiete der Vereinigten Staaten die Folgen des Stoßes möglichst fernzuhalten.«

»Doch könnten sie das wirklich?« wendete dagegen Jan Harald ein. »Erzittern nicht alle Zweige eines

Fruchtbaumes, wenn man diesen zur Zeit der Obsternte schüttelt?«

»Und wenn Sie einen Faustschlag auf die Brust bekommen«, fügte Jacob Jansen hinzu, »dröhnt dieser nicht durch Ihren ganzen Körper nach?«

»Darauf also zielte die berüchtigte Klausel des Dokuments!« rief Dean Toodrink. »Aus diesem Grunde faßte die gewisse geographische und meteorologische Veränderungen der Erdoberfläche schon vorher ins Auge!«

»Jawohl«, meinte Erik Baldenak, »und die erste, sich hierbei aufdrängende Befürchtung ist die, daß durch die Veränderung der Achse die Meere aus ihren natürlichen Becken geschleudert werden.«

»Und wenn der Wasserspiegel der Ozeane sich an verschiedenen Stellen erheblich senkt«, ließ Jacob Jansen sich weiter vernehmen, »wird es da nicht vorkommen, daß gewisse Erdbewohner sich plötzlich in einer Höhe sehen, welche jede Verbindung mit ihresgleichen zur Unmöglichkeit macht?...«

»Wenn sie nicht in atmosphärische Schichten von solcher Verdünnung versetzt werden«, fügte Jan Harald hinzu, »daß die Luft zur Atmung nicht mehr zureicht.«

»Sehen Sie etwa London auf der Höhe des Montblanc?« fragte Major Donellan.

Und mit gespreizten Beinen und zurückgeworfenem Kopfe starrte dieser Gentleman nach dem Zenit hinauf, als hätte sich die Hauptstadt des Vereinigten Königreichs bereits in den Wolken verloren.

Das bedeutete in der Tat eine öffentliche Gefahr, die um so beunruhigender erschien, als man schon vorausfühlte, welche Folgen diese Veränderung der Erdachse haben werde.

Wirklich handelte es sich ja um nichts geringeres

als um eine Verlegung derselben im Betrag von dreiundzwanzig Grad und achtundzwanzig Minuten, eine Veränderung, welche schon infolge der Abplattung der Erde an den alten Polen einen beträchtlichen Ortswechsel der Meere veranlassen mußte. War die Erde vielleicht also von ähnlichen Umwälzungen bedroht, wie man solche neuerdings an der Oberfläche des Planeten Mars beobachtet zu haben glaubt? – Daselbst scheinen ganze Kontinente, darunter Schiaparellis Libyen (unter dem Äquator des Planeten Mars zu suchen), ganz versunken zu sein, worauf die jetzt dunkelblaue Färbung anstelle der früheren rötlichen hinweist. Die Mörissee (nördlich von Libyen) ist völlig verschwunden. Ebenso hat eine Fläche von sechshunderttausend Quadratkilometern im Norden des genannten Planeten eine auffällige Veränderung erfahren, während im Süden die Meere weite Strecken, die sie früher einnahmen, verließen. Und wenn einzelne mitleidige Seelen sich schon für »die Überschwemmten auf dem Mars« erwärmten und die Eröffnung von Sammlungen für dieselben vorschlugen, wie mußten diese erst von Mitgefühl ergriffen werden, wenn es sich um die Überschwemmten auf der Erde handelte!

Von allen Seiten erhoben sich also die ernsthaftesten Einsprüche und wurde die Bundesregierung bestürmt, ein Machtwort zu sprechen. Alles in allem schien es doch besser, diesen Versuch zu unterlassen, statt sich den Verheerungen auszusetzen, die er offenbar herbeiführen mußte. Der Weltenschöpfer hat ja alles gut gemacht, und es lag keine Notwendigkeit vor, in sein Werk mit anmaßender Hand einzugreifen.

Doch sollte man's glauben? – Es fanden sich sogar so leichtsinnige Leute, daß sie selbst über so ernste Dinge scherzten.

»Seh' uns einer diese Yankees!« riefen sie. »Die Erde wollen sie auf eine andere Achse stellen! Wenn sich nur bei der Millionen von Jahrhunderten hindurch währenden Drehung etwa ihre Zapfen durch Reibung abgenutzt hätten, dann erschiene es vielleicht an der Zeit, diese auszuwechseln, wie man die Achse einer Rolle oder eines Rades erneuert. Doch ist jene nicht noch immer in gleich gutem Zustande wie in den ersten Schöpfungstagen?«

Wie konnte eine Antwort hierauf lauten?

Und inmitten aller jener Einsprüche suchte der Ingenieur Alcide Pierdeux nur zu erraten, welcher Art und Richtung der von I. T Maston ersonnene Stoß sein würde, und genau den Punkt der Erdkugel herauszufinden, an dem dieser angreifen sollte. Einmal im Besitz dieses Geheimnisses, würde es ihm ein Spiel sein, die dadurch bedrohten Teile des Erdsphäroids zu bestimmen.

Schon früher erwähnten wir, daß die Beängstigungen der Alten Welt von der Neuen nicht geteilt werden konnten, wenigstens nicht in dem Teile, welchen man unter Nordamerika versteht und der speziell der amerikanischen Konföderation angehört. Es war doch kaum anzunehmen, daß der Präsident Barbicane, der Kapitän Nicholl und I. T. Maston in ihrer Eigenschaft als Amerikaner nicht daran gedacht haben sollten, den Vereinigten Staaten plötzliche Trokkenlegungen und Überschwemmungen zu ersparen, wie sie die geplante Achsenverlegung in Europa, Asien, Afrika und Ozeanien herbeiführen mußte. Man ist entweder Yankee oder ist es nicht; sie waren es aber alle drei, und das in ausgesprochenstem Maße – Yankees »aus einem Guß«, wie man von Barbicane seinerzeit gesagt hatte, als dieser seinen Plan einer Reise nach dem Monde vorlegte.

Offenbar würde der ganze Teil der Neuen Welt zwischen den arktischen Ländern und dem Golf von Mexiko von dem zu erwartenden Stoße nichts zu befürchten haben; wahrscheinlich sollte Amerika dabei vielmehr noch einen beträchtlichen Zuwachs an Gebiet gewinnen, und in der Tat konnte doch niemand im voraus wissen, ob es nicht von den trockengelegten Becken der beiden, seine Küsten heutzutage bespülenden Ozeane noch einmal ebensoviele Provinzen sich aneignen konnte, wie sein Banner schon jetzt in den Falten des Flaggentuchs aufnimmt.

»Ei freilich! Indes« – wiederholten die ängstlicheren Seelen, die, welche immer nur die gefährliche Seite jeder Sache herausfinden – »kann man sich wirklich in solcher Sicherheit wiegen? Wenn sich I. T. Maston in seinen Berechnungen geirrt hätte? Und wenn Präsident Barbicane einen Fehler damit beging, daß er jene praktisch zu erproben wagte? So etwas kann auch dem geschicktesten Artilleristen widerfahren! Sie schießen auch nicht allemal die Kugel in die Zielscheibe oder die Bombe in die Tonne!«

Man begreift leicht, daß diese Befürchtungen von den Abgesandten der europäischen Mächte sorgsam genährt wurden. Der Sekretär Dean Toodrink veröffentlichte eine ganze Menge diesbezüglicher und heftigster Aufsätze im »Standard«, Jan Harald in der schwedischen Zeitung »Aftonbladet« und der Oberst Boris Karkof in dem sehr verbreiteten russischen Blatte »Novoie-Vremia«. Selbst in Amerika gingen die Meinungen auseinander. Wenn die Republikaner, welche liberal sind, der Partei des Präsidenten Barbicane treu blieben, so erklärten sich die Demokraten, d. s. in der Union die Konservativen, entschieden gegen ihn. Ein Teil der amerikanischen Presse, vorzüglich das »Boston Journal«, die New Yorker »Tribune« u.a.m. bliesen mit der europäischen Presse in ein und dasselbe Horn. In den Vereinigten Staaten ist übrigens, vorzüglich seit Organisierung der »Associated Press« und der »United Press«, jenes Journal zu einer sehr bedeutenden Informationsquelle geworden, denn der jährliche Aufwand für lokale und fremde Berichte übersteigt hier wesentlich den Betrag von zwanzig Millionen Dollars.

Vergeblich bemühten sich andere Blätter – und nicht etwa die mindestverbreiteten – zugunsten der *»North Polar Practical Association«* einzutreten. Vergeblich zahlte Mrs. Evangelina Scorbitt zehn Dollar für die Zeile streng fachlich gehaltener oder mehr fantastischer Artikel und geistvoller Plaudereien, in denen jene Gefahren, die man als Schimäre behandelte, abgekanzelt wurden. Vergeblich suchte die für diese Angelegenheit tief erwärmte Witwe zu beweisen, daß, wenn jemals eine Voraussetzung ungerechtfertigt war, es die sei, daß I. T. Maston in seinen Berechnungen hätte einen Fehler begehen können. Von Furcht ergriffen, neigte schließlich fast ganz Amerika dazu hin, sich den in Europa verbreiteten Anschauungen anzuschließen.

Übrigens nahmen sich weder der Präsident Barbicane noch der Schriftführer des Gun-Club und nicht einmal die Mitglieder des Verwaltungsrates die Mühe, eine Antwort zu geben. Sie ließen die Leute reden und sich dadurch nicht in ihren Gewohnheiten stören. Es schien sogar, als wären sie gar nicht besonders in Anspruch genommen von den umfassenden Vorbereitungen, welche ein solches Vorhaben doch nötig machen mußte. Ja, selbst davon gaben sie keine Beweise, daß sie sich von dem Umschlag der öffentlichen Meinung, von der allgemeinen Verurteilung, welche jetzt ein anfangs mit lichterloher Begeisterung aufgenommenes Unternehmen traf, irgendwie unangenehm berührt fühlten.

Trotz der Opferwilligkeit der Mrs. Evangelina Scorbitt und trotz der beträchtlichen Summen, welche sie für deren Verteidigung aufwandte, kamen der Präsident Barbicane, Kapitän Nicholl und I. T. Maston doch bald in den Geruch, die Sicherheit beider Welten gefährdende Individuen zu sein. Die Bundesregierung wurde von den europäischen Regierungen amtlich und dringend aufgefordert, sich dieser Angelegenheit anzunehmen und die Veranstalter der Unternehmung abzuhören. Diese sollten die von ihnen anzuwendenden Mittel offen darlegen und erklären, durch welche Maßnahmen sie anstelle der alten Erdachse eine neue zu setzen gedächten – und endlich angeben, welche die hierbei unmittelbar bedrohten Teile der Erdkugel sein würden – mit einem Worte, über alles Auskunft geben, was die öffentliche Beunruhigung, d. h. die Leute, die sich im voraus Angst machten, nicht wußte und was die Wißbegier zu erfahren verlangte.

Die Regierung zu Washington ließ sich nicht lange bitten. Die Aufregung, welche sich der nördlichen, der mittleren wie der südlichen Staaten der Republik bemächtigt hatte, gestattete ihr kein Zaudern. Durch Verordnung vom 19. Februar wurde eine Sachverständigenkommission, gebildet aus Mechanikern, Ingenieuren, Mathematikern, Hydrographen und Geographen – alles in allem fünfzig Mann – zusammengerufen und mit unbeschränkter Vollmacht ausgestattet, sich über das Unternehmen selbst zu unterrichten und über die etwaige Notwendigkeit einer staatlichen Unterdrückung desselben auszusprechen.

Zuerst erhielt der Präsident Barbicane eine Aufforderung, vor dieser Kommission zu erscheinen.

Der Präsident Barbicane stellte sich nicht.

Polizeibeamte suchten ihn in seiner Privatwohnung, 95, Cleveland-Street, Boston, auf.

Der Präsident Barbicane war nicht mehr hier.

Wo war er denn? . . .

Niemand wußte es.

Wann war er fortgegangen? . . .

Seit fünf Wochen, am 11. Januar, hatte er die Hauptstadt von Maryland und Maryland selbst in Begleitung des Kapitän Nicholl verlassen.

Wohin hatten sich die beiden gewendet? . . .

Kein Mensch konnte darüber Auskunft geben.

Offenbar befanden sich die beiden Mitglieder des Gun-Club auf dem Wege nach der geheimgehaltenen Gegend, wo die Vorarbeiten unter ihrer Leitung beginnen sollten.

Doch welcher Ort konnte das sein? . . .

Es liegt auf der Hand, welch großes Interesse man daran haben mußte, das zu erfahren, wenn es galt, den Plan dieser gefährlichen Ingenieure, jetzt, da es noch Zeit war, im Entstehen zu vernichten.

Die durch die Abreise des Präsidenten Barbicane und des Kapitän Nicholl hervorgerufene Enttäuschung war eine ungeheuere. Sehr bald erhob sich ein Sturm der Entrüstung, der wie eine Hochflut zur Zeit der Tag- und Nachtgleichen gegen die Verwaltung der *»North Polar Practical Association«* heranbrauste.

Ein Mann mußte jedoch wissen, wohin der Präsident Barbicane und sein Kollege gegangen waren. Ein Mann konnte peremptorisch Aufschluß geben über das gigantische Fragezeichen, welches sich auf der Oberfläche der Erdkugel erhob.

Dieser Mann war I. T. Maston.

Durch Vermittlung eines gewissen John Prestice wurde I. T. Maston vor die Sachverständigen-Kommission geladen.

I. T. Maston erschien nicht.

Sollte etwa auch er Baltimore verlassen haben? Wäre er seinen Kollegen nachgeeilt, um sie bei einem Werke zu unterstützen, dessen endliche Folgen die ganze Welt mit so begreiflichem Entsetzen erwartete?

Nein! I. T. Maston bewohnte nach wie vor das Ballistic-Cottage, Franklin-Street Nr. 109, wo er, unablässig arbeitend, schon wieder mit anderen verzwickten Berechnungen beschäftigt war, die er nur an einzelnen Abenden unterbrach, um einige Stunden in Gesellschaft Mrs. Evangelina Scorbitts in deren prächtigem Hotel im New-Park zuzubringen.

Da wurde ihm vom Präsidenten der Kommission ein Polizist mit dem Auftrage zugeschickt, ihn sofort mitzubringen.

Der Amtsdiener kam nach dem Cottage, klopfte an die Tür und wurde von dem Neger Fire-Fire sehr schlecht, noch schlechter aber von dem Herrn des Hauses empfangen.

I. T. Maston glaubte indes der Aufforderung Folge leisten zu müssen; doch als er sich vor der Versammlung von Sachverständigen befand, verhehlte er in keiner Weise seinen Ärger, bei der gewohnten Beschäftigung so unliebsam gestört worden zu sein.

Hier wurde ihm denn zuerst die Frage vorgelegt:

Wußte der Schriftführer des Gun-Club, wo sich der Präsident Barbicane und der Kapitän Nicholl derzeit befanden?

»Das weiß ich zwar«, antwortete I. T. Maston mit fester Stimme, »halte mich aber nicht für befugt, es zu sagen.«

Zweite Frage:

Beschäftigen sich seine beiden Kollegen mit den Vorbereitungen, welche der Plan einer Verlegung der

Erdachse notwendig machte?

»Das«, erwiderte I. T. Maston, »gehört zu unserem, von mir unbedingt zu bewahrenden Geheimnisse und ich lehne also eine Antwort hierauf ab.«

Wollte er vielleicht wenigstens seine durchgeführte Arbeit der Sachverständigen-Kommission unterbreiten, welche ein Urteil darüber ermöglichen würde, ob man die Projekte der Gesellschaft dürfe zur Ausführung kommen lassen?

»Nein, eine solche Mitteilung mache ich entschieden nicht! ... Lieber vernichte ich alles! ... Es ist mein Recht eines freien Bürgers des freien Amerika, niemanden über die Ergebnisse meiner Arbeiten aufzuklären!«

»Doch wenn das Ihr Recht ist, Herr Maston«, antwortete der Präsident Prestice mit so ernster Stimme, als spräche er hier im Namen der ganzen Welt, »so ist es vielleicht Ihre Pflicht, sich in Anbetracht der allgemein herrschenden Aufregung auszusprechen, um der Nasführung der Erdenbewohner ein Ende zu machen?«

I. T. Maston glaubte nicht dazu verpflichtet zu sein. Er kannte nur die Pflicht zu schweigen, und er wollte schweigen.

Trotz ihres Drängens und ihrer Bitten, selbst trotz nicht gesparter Drohungen konnten die Mitglieder der Sachverständigenkommission nichts aus dem Manne mit dem Eisenhaken herauslocken. Niemals, nein, niemals hätte jemand vermuten können, daß soviel unbeugsamer Starrsinn unter einem solchen Guttapercha-Schädel wohne.

I. T. Maston ging also wieder weg, wie er gekommen war, und wir brauchen wohl gar nicht zu erwähnen, daß er für seine tapfere Standhaftigkeit von Mrs. Evangelina Scorbitt herzlich beglückwünscht wurde.

Als das Ergebnis der Vorführung I. T. Mastons vor die Kommission der Sachverständigen bekannt wurde, nahm die allgemeine Entrüstung eine für die Sicherheit des in Ruhestand lebenden Artilleristen wirklich bedrohliche Gestalt an. Der auf die hohen Vertreter der Bundesregierung ausgeübte Druck wurde bald ein solcher, und die Einmischung der europäischen Abgesandten und der öffentlichen Meinung eine so heftige, daß der Staatsminister John S. Wright von seinen Kollegen die Ermächtigung verlangte, *manu militari,* mit Waffengewalt, einzuschreiten.

Am Abend des 13. März befand sich I. T. Maston im Arbeitszimmer des Ballistic-Cottage – vertieft in seine Zahlen, als die Klingel des Telefons wieder einmal fieberhaft anschlug.

»Hallo! . . . Hallo . . .« erklang es aus der Schallplatte, deren kräftige Schwingungen auf eine lebhafte Unruhe der sprechenden Person deuteten.

»Wer ruft mich?« fragte I. T. Maston.

»Mistreß Scorbitt.«

»Was wünschen Sie, Mistreß Scorbitt?«

»Sie zu warnen! . . . Eben erhalte ich die Nachricht, daß noch an diesem Abend . . .«

Der Satz war noch nicht zu I. T. Mastons Ohren gedrungen, als die Tür der Ballistic-Cottage plötzlich mit roher Gewalt gesprengt wurde.

Auf der nach dem Arbeitszimmer führenden Treppe entstand ein betäubender Lärm.

Zankend erscholl da eine Stimme; andere suchten diese verstummen zu machen. Dann hörte man den Fall eines schweren Körpers.

Es war der Neger Fire-Fire, der von Stufe zu Stufe hinabrollte, nachdem er vergeblich versucht hatte, das »Home« seines Herrn gegen die Eindringlinge zu verteidigen.

Einen Augenblick später ging die Tür des Kabinetts in Trümmer und in derselben erschien ein Konstabler in Begleitung einer Schar Polizisten.

Dieser Konstabler hatte Befehl, in dem Cottage eine Haussuchung vorzunehmen, die Papiere I. T. Mastons zu konfiszieren und sich der Person des letzteren zu bemächtigen.

Der heißblütige Schriftführer des Gun-Club ergriff einen Revolver und bedrohte die Angreifer mit einem sechsfachen Knalle.

Dank der Überzahl wurde er im ersten Augenblick entwaffnet und die Hand des Staates legte sich auf seine mit Formeln und Ziffern bedeckten Papiere, welche auf dem Schreibtische ganze Haufen bildeten.

Plötzlich gelang es I. T. Maston durch eine dreiste Bewegung, sich eines Notizbuches zu bemächtigen, das wahrscheinlich seine gesamten, hier in Frage kommenden Berechnungen enthielt.

Die Polizisten fielen über den Ärmsten her, um es ihm, nötigenfalls mit seinem Leben, wieder zu entreißen.

In aller Hast vermochte I. T. Maston jedoch das letzte Blatt desselben herauszureißen und dieses, zusammengerollt wie eine simple Pille, zu verschlingen.

»Jetzt nehmt mir's einmal!« rief er im Tone eines Leonidas bei den Thermopylen.

Eine Stunde später saß I. T. Maston schon im Gefängnis von Baltimore.

Das war jedenfalls ein großes Glück für ihn, denn die Bevölkerung der Stadt hätte sich gewiß noch zu den schlimmsten, für ihn beklagenswerten Ausschreitungen gegen den großen Rechenmeister hinreißen lassen, ohne daß die Polizei imstande gewesen wäre, diese zu verhindern.

Elftes Kapitel

Was sich in I. T. Mastons Notizbuch findet, und was sich nicht darin findet.

Das durch die Polizei von Baltimore beschlagnahmte Notizbuch enthielt einige dreißig, mit Formeln, Gleichungen und zuletzt mit Zahlenangaben bedeckte Seiten, welche das Gesamtergebnis der Berechnungen I. T. Mastons darstellten. Es war eine ins Gebiet der höheren Mechanik fallende Arbeit, welche nur Mathematiker richtig zu würdigen verstanden. Da fand sich unter anderen jene Gleichung der lebendigen Kraft

$$V^2 - V_0^2 = 2\,g r_0^2 \left(\frac{1}{r} - \frac{1}{r_0}\right),$$

welche schon in dem Probleme der beabsichtigten Reise nach dem Monde vorkam, wo sie übrigens den relativen Ausdruck der Anziehung des Mondes darstellte.

Kurz, die Laienwelt hätte von dieser Arbeit nicht das Geringste verstanden. Dennoch erschien es angezeigt, die Angaben und Endergebnisse, um derentwillen sich die ganze Welt schon seit einigen Wochen so ausnehmend beunruhigte, öffentlich bekanntzugeben.

Das überließ man denn auch den Tagesblättern zur Einsicht, gleich nachdem die Gelehrten der Sachverständigenkommission die Formeln des berühmten Rechners geprüft, und das brachten alle öffentlichen Blätter ohne Unterschied des Parteistandpunktes pflichtschuldigst zur Kenntnis der Allgemeinheit.

Über die Arbeit I. T. Mastons kam es zu gar keinem weiteren Meinungsaustausche. Ein richtig aufgestelltes ist schon ein zur Hälfte gelöstes Problem, sagte man, und das traf bezüglich des vorliegenden in hervorragendem Maße zu. Übrigens waren die Berechnungen mit so viel Genauigkeit und Verläßlichkeit ausgeführt, daß die Sachverständigenkommission gar nicht daran dachte, deren Ergebnisse und die dadurch bedingten Folgen in Zweifel zu ziehen. Wurde das Vorhaben mit Berücksichtigung dieser Unterlagen durchgeführt, so mußte die Erdachse unfehlbar eine Lagenveränderung erleiden und mußten die vorausgesehenen Umwälzungen in vollem Umfange eintreten.

Nota, redigiert durch die Sachverständigenkommission zu Baltimore, bestimmt zur Mitteilung an die Journale, Revuen und Magazine der Alten und der Neuen Welt.

»Die von dem Verwaltungsrate der *»North Polar Practical Association«* beabsichtigte Wirkung, dahingehend, die alte Rotationsachse der Erde durch eine neue zu ersetzen, soll erzielt werden, mittelst des Rückstoßes eines explodierenden, an einem bestimmten Punkte der Erde anzubringenden Apparats, oder einer riesenhaften Kanone. Ist die Seele des Rohres derselben unverrückbar mit dem Boden verbunden, so unterliegt es keinem Zweifel, daß ihr Rückstoß sich auf die ganze Masse unseres Planeten fortpflanzen muß.

Der von den Ingenieuren der Gesellschaft hierzu ausersehene Apparat entspricht nun wirklich einer Kanone von ungeheuerlichen Maßverhältnissen, deren Effekt immer gleich Null sein würde, wenn man sie in senkrechter Lage abfeuerte. Um eine Maximalwirkung zu erzielen, muß dieselbe horizontal nach Norden oder Süden gerichtet werden, und eben diese Richtung ist von Barbicane & Cie. auch ins Auge gefaßt worden. Unter diesen Verhältnissen übt der Rückprall einen Stoß auf die Erde nach Norden zu aus – einen Stoß, der etwa dem eines ›fein genommenen‹ Billardballes zu vergleichen wäre.«

Das hatte der scharfsichtige Alcide Pierdeux also richtig vorausgefühlt.

»Wird die Ladung abgefeuert, so verschiebt sich der Mittelpunkt der Erde parallel zu jenem Stoße, was die Ebene der Erdbahn und folglich die Dauer des Jahres verändern müßte, doch ist das nur in so geringem Maße zu erwarten, daß es füglich außer acht gelassen werden kann. Gleichzeitig nimmt die Erde eine Umdrehung um eine in der Ebene des Äquators gelegene Achse an, und ihre Rotation würde in alle Ewigkeit um diese neue Achse erfolgen, wenn die tägliche Bewegung nicht schon vor dem Stoße vorhanden gewesen wäre.

Diese Bewegung besteht aber um die, die Pole verbindende Linie, und, indem sie sich nun mit der akzessorischen, durch den Rückstoß erzeugten Bewegung verbindet, führt sie zur Entstehung einer neuen Achse, deren Pol sich von dem alten um die Größe X entfernt. Wird die Ladung nun in dem Augenblicke abgefeuert, wo der Frühlingspunkt – einer der beiden Durchschneidungspunkte des Äquators und der Ekliptik – gerade mit dem Zielpunkte zusammenfällt, und ist der Rückstoß kräftig genug, um den alten Pol um 23° 28′ zu verlegen, so wird die neue Erdachse sich senkrecht zur Bahnebene einstellen, wie das nahezu für den Planeten Jupiter zutrifft.

Man weiß aus dem Munde des Präsidenten Barbicane selbst, welche Veränderungen diese Perpendikularität mit sich bringen würde, denn der Genannte hat sie schon in einer Sitzung am 20. Dezember a. p. dargelegt.

Bedenkt man aber die Masse der Erde und die Quantität der Bewegung, welche ihr innewohnt, so entsteht die Frage, ob man überhaupt einen Feuerschlund herzustellen imstande ist, dessen Rückstoß eine Veränderung in der derzeitigen Lage des Pols, und vorzüglich eine solche im Werte von 23° 28′, zu bewirken vermöchte.

Gewiß, wenn eine Kanone oder eine Reihe von Kanonen mit den durch die Gesetze der Mechanik bedingten Ausmaßen konstruiert würde, oder, bei gezwungenem Verzicht auf diese Größenverhältnisse, wenn die Erfinder im Besitze eines Explosivstoffes von solcher Kraft wären, daß es dem fortgeschleuderten Projektile die für ein solches Deplacement notwendige Geschwindigkeit erteilte.

Nimmt man als Muster hierfür die 27-cm-Kanone der französischen Marine (Modell 1875) an, welche einem Geschosse von hundertachtzig Kilogramm eine Fluggeschwindigkeit von fünfhundert Metern in der Sekunde erteilt, und gibt man jenem Feuerrohre hundertmal, im Volumen also einmillionenmal größere Dimensionen, so würde dasselbe ein Geschoß von hundertachtzigtausend Tonnen fortschleudern. Hätte überdies das verwendete Pulver hinreichende Treibkraft, um dem Projektil eine fünftausendsechshundertmal größere Geschwindigkeit als das alte Geschützpulver zu erteilen, so wäre damit das gewünschte Resultat erzielt. Bei einer Geschwindigkeit von zweitausendachthundert Kilometer in der Sekunde* ist auch nicht zu befürchten, daß der Anprall des Geschosses durch eine Wiederbewegung mit der Erde die alten Verhältnisse aufs neue herstellen könnte.

---

*Eine hinreichende Geschwindigkeit, um in der Luftlinie genau von Madrid nach Konstantinopel zu gelangen.

Zum Unglück für die irdische Sicherheit, so unglaublich das auch erscheinen mag, sind nun I. T. Maston und seine Kollegen im Besitze dieses Explosivstoffes von nahezu unbegrenzter Gewalt, von der das Pulver, welches früher zur Forttreibung ihres Kolumbiadengeschosses nach dem Monde Verwendung fand, gar keine zureichende Vorstellung zu geben vermag. Der Kapitän Nicholl ist es, der dasselbe erfunden hat. Welcher Art die Substanzen sind, die seine Mischung bilden, dafür finden sich in I. T. Mastons Notizbuche nur unzulängliche Angaben, denn er begnügt sich, den betreffenden Explosivstoff als »Meli-Melonit« zu bezeichnen.

Alles, was man in Erfahrung gebracht, beschränkt sich darauf, daß derselbe durch die Aufeinanderwirkung von organischen Substanzen und Salpetersäure entstehen soll. Eine gewisse Anzahl einatomiger Radikale

$$-\mathrm{Az}\begin{array}{l} \lessdot 0 \\ \lessdot 0 \end{array}$$

tritt dabei an die Stelle gleich vieler Wasserstoffatome, und man erhält dadurch ein Pulver, welches – wie die Schießbaumwolle – aus einer wirklichen chemischen Verbindung, nicht aber aus einfacher Mischung der verbrennungsunterhaltenden und der verbrennlichen Grundstoffe hervorgeht.

Doch was dieser Explosivstoff auch sein mag, bei der ihm überreichlich innewohnenden Kraft, ein Geschoß von hundertachtzigtausend Tonnen bis über die Grenze der Anziehungskraft der Erde hinauszuschleudern, liegt es auf der Hand, daß die Wirkung, welche sein Rückstoß auf das Rohr ausübt, die unmittelbare Folge haben wird: die Erdachse zu verlegen und den Pol um 23° 28′ zu verschieben, so daß die neue Achse lotrecht zur Bahnebene, d. h. zur Ebene der Ekliptik, stehen wird. Hieraus entstehen dann alle mit Recht von den Bewohnern des Erdballs gefürchteten Katastrophen.

Ist es nun möglich, eine Kanone herzustellen, welche im Volumen einmillionenmal das jetzige-27cm-Geschütz übertrifft? Wie groß auch die Fortschritte der metallurgischen Industrie sein mögen, welche die Tay- und die Forthbrücke, den Viadukt von Garabit und einen Eiffelturm zustande brachten, ist es deshalb annehmbar, daß Ingenieure auch jenes überriesenmäßige Geschütz, ohne von dem in den Weltraum hinauszuschleudernden Geschoß von hundertachtzigtausend Tonnen Gewicht zu reden, herzustellen vermöchten?

Das darf man wohl bezweifeln, und hierin liegt offenbar ein Grund dafür, daß das Unternehmen von Barbicane & Cie. wenig Aussicht hat, wirklich zur Durchführung zu gelangen. Noch läßt dasselbe freilich ein offenes Feld für höchst beunruhigende Möglichkeiten, da es scheint, daß die Gesellschaft ihr Werk schon tatsächlich in Angriff genommen hat.

Es sei nämlich hiermit kundgegeben, daß Barbicane und Nicholl Baltimore und Amerika bereits verlassen haben. Seit zwei Monaten sind sie abgereist ... Über ihr Ziel weiß man nichts anderes, als daß sie sich wahrscheinlich nach demjenigen unbekannten Punkte des Erdballs begeben haben, wo alles zu ihrem Unternehmen Nötige vorbereitet werden muß.

Welches dieser Punkt sei, weiß man eben nicht, und deshalb ist es unmöglich, die tollkühnen ›Verbrecher‹ (sic!) zu verfolgen, welche sich unterfangen, die Welt umstürzen zu wollen in der Absicht, zum eigenen Vorteil neue Kohlenlager auszubeuten.

Daß dieser Punkt auf der letzten Seite von I. T. Mastons Notizbuche, welche Seite eine Übersicht seiner Rechnungsresultate enthalten mochte, aufgezeichnet gewesen sei, ist nur zu wahrscheinlich. Das letzte Blatt jenes Buches ist aber von den Zähnen des Komplizen Impey Barbicanes zerrissen und vernichtet worden, und dieser jetzt im Gefängnisse von Baltimore detinierte Komplize verweigert unbedingt jede Auskunft.

So ist die augenblickliche Sachlage. Wenn dem Präsidenten Barbicane die Herstellung seiner Monster-Kanone und des zugehörigen ungeheueren Geschosses gelingt, kurz, wenn sein Werk in den oben angeführten Verhältnissen vollbracht wird, so wird er die alte Erdachse verändern, und binnen sechs Monaten dürfte die Erde die Folgen dieses ›unverzeihlichen Versuchs‹ empfinden.

Es ist nämlich hierfür ein Datum ausgewählt worden, an dem der Schuß seine volle und umfassendste Wirkung zu äußern vermag, ein Datum, an welchem der dem Erdsphäroid erteilte Stoß das Maximum der Intensität erreichen muß.

Es ist das der 22. September, zwölf Stunden nach dem Durchgang der Sonne durch den Meridian des Ortes x.

Wenn nun einerseits die einschlägigen Verhältnisse bekannt sind, nämlich 1. daß der Schuß aus einer das 27-cm-Geschütz einmillionenmal übertreffenden Kanone abgegeben werden soll; 2. daß diese Kanone mit einem Projektil im Gewichte von hundertachtzigtausend Tonnen geladen sein wird; 3. daß für dieses Projektil eine Geschwindigkeit von zweitausendachthundert Kilometern in der Sekunde ins Auge gefaßt ist, und 4. daß der Schuß am 22. September, zwölf Stunden nach dem Durchgange der Sonne durch die Mittagslinie des betreffenden Ortes, abgefeuert werden soll – kann man dann andererseits aus diesen Verhältnissen den Ort x ableiten, an dem jenes Unternehmen ausgeführt werden dürfte?

Offenbar nein! . . . haben darauf die sachverständigen Mitglieder der Kommission geantwortet.

In der Tat liefert nichts die Unterlagen zur Berechnung, wo der Punkt x zu suchen sei, weil in der Arbeit I. T. Mastons nichts darauf hinweist, welche Stellen des Erdballs die neue Achse durchschneiden soll, mit anderen Worten, an welchen Orten die neuen Pole der Erde gelegen sein würden. Freilich, 23° 28′ entfernt von den alten; doch unter welchem Längengrade, das läßt sich in keiner Weise feststellen.

Ebensowenig ist also vorauszusehen, welche die in Folge der Niveauveränderungen der Ozeane tiefergesenkten oder höhergehobenen Landstrecken sein, welche Kontinente sich in Meere und welche Meere sich in Kontinente verwandeln werden.

Und doch muß, nach den Berechnungen I. T. Mastons, diese Niveauveränderung eine sehr beträchtliche sein. Nach dem furchtbaren Stoße wird die Oberfläche der Meere die Gestalt eines um die neue Polarachse sich drehenden Ellipsoids annehmen, und das Niveau der flüssigen Massen muß sich fast an jedem Punkte des Erdballs verändern.

In der Tat wird die Schnittlinie des Niveaus des alten Meeres und die des neuen Meeres – zwei gleiche Umdrehungsflächen, deren Achsen sich schneiden – aus zwei gebogenen Ebenen entstehen, deren Flächen eine zur Ebene der beiden Polachsen Lotrechte, respektive die beiden Nebenfaktoren des Winkels der beiden Polarachsen durchschneiden. *(Wörtlich nach dem Notizbuche des Berechners.)*

Hieraus folgt, daß die Maxima der Niveauveränderung eine Hebung oder Senkung von 8415 Metern gegenüber dem alten Niveau erreichen und gewisse Punkte der Erdkugel um diesen Betrag gehoben oder gesenkt werden können. Dieser Betrag wird sich verkleinern bis zu den Grenzlinien, welche den Erdball in vier Kugelabschnitte teilen, an deren Grenzen selbst die Niveauveränderung gleich Null sein wird. Es ist auch darauf hinzuweisen, daß der alte Pol selbst um 3000 Meter unter das Wasser versenkt werden dürfte, da er sich infolge der Abplattung der Erde dem Mittelpunkte derselben um ebenso viel näher befindet. Das von der *»North Polar Practical Association«* erworbene Gebiet dürfte also gänzlich überflutet und deshalb nicht ausnutzbar werden. Dieser Umstand ist aber von Barbicane & Cie. ebenfalls erwogen worden, da aus den neuesten Entdeckungen herzuleitende geographische Erwägungen die Annahme gestatten, daß sich am Nordpole noch ein Plateau befindet, dessen Höhe die von 3000 Metern übersteigt.

Was die Punkte des Erdballs angeht, an denen die Niveauveränderung bis 8415 Meter betragen wird, also diejenigen Gebiete, welche die schwerstwiegende Umgestaltung zu erleiden haben werden, so darf man sich gar nicht vermessen, diese bestimmen zu wollen. Das würde auch den erfahrensten Rechnern nicht gelingen. In dieser Gleichung gibt es eben eine unbekannte Größe, welche keine Formel aus derselben zu beseitigen gestattet. Es ist das die genaue Lage des Punktes x, wo der Schuß in den Weltraum hinausdonnern soll und von wo aus der Stoß erfolgen wird . . . Dieses x ist aber das Geheimnis der Veranstalter jenes beklagenswerten Unternehmens.

Fassen wir alles zusammen, so sind die Bewohner der Erde, unter welcher Breite sie auch leben mögen, gleichmäßig und direkt interessiert, dieses Geheimnis zu enthüllen, da sie ebenso direkt durch das Unternehmen von Barbicane & Cie. bedroht erscheinen.

Deshalb werden alle Bewohner Europas, Afrikas, Asiens, Amerikas, Australasiens und Ozeaniens darauf hingewiesen, alle ballistischen Arbeiten – wie das Gießen von Kanonen, die Herstellung von Pulver oder von Geschossen – strengstens zu überwachen, wann und wo solche auf ihrem Gebiete vorgenommen würden, ebenso auf die Anwesenheit jedes Fremden, dessen Erscheinen ihnen verdächtig vorkommt, ein Auge zu haben und die Mitglieder der Sachverständigenkommission in Baltimore, Maryland, USA, davon zu benachrichtigen.

Gebe der Himmel, daß die nötige Auskunft uns vor dem 22. September laufenden Jahres zuteil wird, vor jenem Tage, der die im Erdensystem bis jetzt bestehende Ordnung zu erschüttern droht.«

Zwölftes Kapitel

In welchem I. T. Maston fortfährt, heldenhaft zu schweigen

Also nach jener zur Entsendung eines Geschosses von der Erde zum Monde angewendeten Kanone, eine solche zu dem Zwecke, die Achse der Erde zu verändern! Die Kanone! Immer die Kanone! Sie haben aber auch gar nichts anderes im Kopfe, diese Artilleristen des Gun-Club! Sie sind eben von »intensivem Kanonismenwahn« befallen! Sie machen aus der Kanone die *ultima ratio* der Welt! Ist dieses Hilfsmittel der rohen Gewalt denn wirklich der Alleinherrscher über alles? Ist, wie das kanonische Recht der Theologie die Regeln aufdringt, die Königin Kanone die oberste Ordnerin der industriellen und der kosmologischen Gesetze? (Im Original ein leider deutsch nicht wiederzugebendes hübsches Wortspiel zwischen *canon* = Kanone, *(droit) canon* = Kanon(isches Recht) und *(roi) canon* = (König) Kanone. (D. Übers.)

Ja, man muß zugestehen, die Kanone allein war es, welche sich immer und überall in den Ideenkreis des Präsidenten Barbicane und seiner Kollegen eindrängte. Ungestraft kann eben keiner das ganze Leben der Ballistik widmen. Nach der Kolumbiade von Florida mußten diese Herren notwendigerweise auf die Monster-Kanone von ... nun, von x kommen. Und hört man sie nicht schon mit Donnerstimme rufen:

»Nach dem Monde zielen! ... Erstes Geschütz ... Feuer!

Die Erdachse verändern! ... Zweites Geschütz ... Feuer!« ...

so in Erwartung des Kommandos, welches die Welt so viel Lust hatte, ihnen zuzurufen:

»Nach (x, dem Irrenhause von) Charenton! ... Drittes Geschütz ... Feuer!« ...

In der Tat, ihr Unternehmen rechtfertigte sehr wohl den Titel dieses Werkes. Heißt derselbe nicht richtiger »Kein Durcheinander« (Sans [ohne] Durcheinander) wie »Köpfe, in denen alles durcheinander geht (Sens = Sinne, Köpfe. Wieder ein nicht zu verdeutschendes Wortspiel. D. Übers.), weil es dabei kein Oben und kein Unten (also ein richtiges Durcheinander) und, nach dem Ausdrucke Alcide Pierdeux', einen allgemeinen Mischmasch geben sollte?

Doch gleichviel; die Veröffentlichung der von der Sachverständigenkommission ausgearbeiteten Nota brachte eine Wirkung hervor, von der man sich kaum eine Vorstellung zu machen vermag, und man wird wohl zugestehen müssen, daß ihr Inhalt nicht besonders beruhigender Natur war. Aus den Berechnungen I. T. Mastons ging hervor, daß das mechanische Problem bezüglich aller notwendigen Unterlagen gelöst war. Die von Präsident Barbicane und Kapitän Nicholl in die Hand genommene Durchführung desselben mußte – das lag klar vor Augen – eine höchst beklagenswerte Veränderung in der täglichen Umdrehung der Erde herbeiführen. Eine neue Achse anstelle der alten . . . und der Leser weiß ja, welchen Einfluß diese Verlegung haben würde.

Das Werk von Barbicane & Cie. wurde also allseitig verurteilt, verdammt und dafür der allgemeinen Verwerfung anempfohlen. In der Alten wie in der Neuen Welt hatten die Mitglieder des Verwaltungsrates der *»North Polar Practical Association«* nichts mehr als Gegner. Wenn ihnen noch einige Anhänger unter den verbranntesten Gehirnen der Vereinigten Staaten blieben, so waren diese doch sehr wenig zahlreich.

Im Hinblick auf ihre persönliche Sicherheit hatten der Präsident Barbicane und der Kapitän Nicholl wirklich sehr wohlgetan, sich aus Baltimore und aus Amerika zu entfernen, denn man hat allen Grund zu der Annahme, daß ihnen sonst ein Unglück zugestoßen wäre. Ungestraft darf niemand eine Anzahl von vierzehnhundert Millionen Menschen bedrohen, ihre Gewohnheiten über den Haufen werfen durch eine, die Verhältnisse der Bewohnbarkeit der Erde herbeiführende Veränderung, und niemand darf durch eine allumfassende Katastrophe deren Existenz leichtsinnig aufs Spiel setzen.

Wie waren aber die beiden Kollegen des Gun-Club verschwunden, ohne auch nur eine Spur zu hinterlassen? Wie hatten sie Material und Arbeitskräfte, die ja bei ihrem Vorhaben unentbehrlich waren, fortschaffen können, ohne daß jemand etwas davon bemerkte? Hunderte von Waggons, wenn die Eisenbahn in Frage kam, und Hunderte von Schiffen, wenn jene den Wasserweg vorzogen, hätten doch nicht hingereicht, die nötigen Massen von Metall, Kohle und Meli-Melonit zu transportieren. Es blieb vollkommen unbegreiflich, wie sich diese Abreise hatte so inkognito vollziehen können. Dennoch war das der Fall. Nach sorgfältigster Erkundigung wußte man übrigens, daß weder an metallurgische Werke noch an chemische Fabriken der Alten wie der Neuen Welt irgendwelche Bestellungen erteilt worden waren. Das erschien unerklärlich – zugegeben! Jedenfalls wird es später noch an den Tag kommen.

Befanden sich nun der Präsident Barbicane und der Kapitän Nicholl infolge ihres rätselhaften Verschwindens vorläufig so gut wie außer Gefahr, so hatte doch ihr Kollege, der richtig hinter Schloß und Riegel sitzende I. T. Maston, die Wutausbrüche des Volkes zu fürchten. Bah, das kümmerte ihn blutwenig! Ein bewunderungswürdiger Trotzkopf, dieser Rechenmeister! Er war aus Eisen wie sein Vorderarm; er wich vor nichts zurück!

Im Grunde der Zelle, die er im Gefängnisse von Baltimore einnahm, versenkte sich der Schriftführer des Gun-Club mehr und mehr in Betrachtungen über seine weit entfernten Kollegen, denen er nicht hatte folgen können. Er zauberte sich das Bild des Präsidenten Barbicane und des Kapitän Nicholl vor Augen, wie diese ihr riesenhaftes Werk an dem unbekannten Punkte des Erdballs, wo niemand sie daran stören würde, mit Genugtuung vorbereiteten. Er sah sie bei der Herstellung des gewaltigen Feuerschlundes, bei der Bereitung des Meli-Melonits, beim Gießen jenes Projektils, welches die Sonne bald unter die Zahl ihrer kleinen Planeten aufnehmen sollte. Dem neuen Gestirne war der Name Scorbetta bestimmt, ein Beweis von Galanterie und Achtung gegen die reiche Kapitalistin im New-Park. Und I. T. Maston zählte die, seiner Meinung nach zu kurzen Tage, welche ihn dem für den Schuß festgesetzten Datum näher brachten.

Es war jetzt bereits Anfang April. Noch zweieinhalb Monate, und das Tagesgestirn mußte nach Erreichung des Wendekreises des Krebses sich wieder dem des Steinbocks zuwenden; drei Monate später mußte es dann die Linie des Äquators mit der Herbst-Tag- und Nachtgleiche überschreiten – und dann würde es zu Ende sein mit jenen Jahreszeiten, welche seit Äonen von Jahren so regelmäßig und so »dumm« hinieden stets abwechselten. Zum letzten Male im Jahre 189. sollte unser Sphäroid die Ungleichheit der Tage und Nächte aufweisen, und dann sollte immer dieselbe Anzahl von Stunden – wo immer auf der Erde – zwischen Auf- und Untergang der Sonne liegen.

Wahrhaftig, das war eine herrliche, übermenschliche, eine göttliche Aufgabe! I. T. Maston vergaß vollständig die arktischen Gebiete, sowie die Ausbeutung der Kohlenlager derselben, und sah nichts als die kosmographischen Folgen des geplanten Werkes. Das Hauptziel der neuen Gesellschaft verschwamm völlig unter den Umgestaltungen, welche das Aussehen der Welt treffen sollten.

Indessen die Welt mochte ihr Aussehen nicht verändert wissen. War es nicht noch immer ein jugendliches, wie es ein Gott ihr in den ersten Schöpfungstagen verliehen?

I. T. Maston, der allein und ohne Verteidigungsmittel in seiner Zelle hinbrütete, widerstand doch nach wie vor jedem Drucke, den man auf ihn auszuüben versuchte. Tagtäglich stellten sich Mitglieder der Sachverständigenkommission bei ihm ein, ohne etwas zu erzielen. Da kam John Prestice auf den Gedanken, einen Einfluß zu erproben, der vielleicht einen besseren Erfolg versprach als der ihrige – den der Mrs. Evangelina Scorbitt. Jedermann wußte ja, welcher Hingebung die ehrenwerte Witwe fähig war, wenn es sich um die Verantwortlichkeit I. T. Mastons handelte und welches unbegrenzte Interesse sie dem berühmten Rechner entgegenbrachte.

Nach einer Beratung der Kommissäre wurde denn auch der Mrs. Evangelina Scorbitt die Berechtigung erteilt, den Gefangenen zu besuchen, soviel sie wollte. War sie, sie selbst, nicht ebenso wie die übrigen Bewohner des Erdballs durch den fürchterlichen Rückprall der Monster-Kanone aufs höchste bedroht? Oder sollte ihr prächtiges Haus im New-Park bei der schließlichen Katastrophe mehr verschont bleiben als die Hütte des einfachsten Waldläufers oder der Wigwam des Indianers? Stand nicht ihr irdisches Leben gleichmäßig auf dem Spiele wie das des letzten Samojeden oder des geringsten Bewohners der pazifischen Inselwelt? Das suchte ihr der Vorsitzende der Sachverständigenkommission klar zu Gemüte zu führen, und deshalb bat er sie, ihren Einfluß auf das Verhalten I. T. Mastons geltend zu machen.

Entschloß sich dieser endlich zu einer Auskunft, wollte er gestehen, an welchem Orte der Präsident Barbicane und der Kapitän Nicholl – gewiß auch die zahlreichen Arbeiter, welche sie hatten anwerben müssen – mit ihren Vorbereitungen sich beschäftigten, so war es noch Zeit, dieselben auszukundschaften, ihre Spuren aufzufinden und der Furcht, der Angst, dem Entsetzen der Menschheit ein Ende zu machen.

Mrs. Evangelina Scorbitt erhielt also Zutritt in das Gefängnis. Vor allem sehnte sie sich freilich nur, I. T. Maston, den rauhe Polizistenhände seinem Stilleben in dem Cottage entrissen hatten, einmal wiederzusehen.

Man würde sie aber schlecht kennen, die zielbewußte, willensstarke Evangelina, wenn man sie etwa für die Sklavin kleiner menschlicher Schwächen ansähe, und wenn am 9. April ein indiskretes Ohr an der Tür der Gefängniszelle gelauscht hätte, als Mrs. Scorbitt deren Schwelle zum ersten Male überschritt, so würde dieses Ohr, nicht ohne einiges Erstaunen, folgendes vernommen haben:

»Endlich, lieber Maston, sehe ich Sie wieder!«

»Sie, Mistreß Scorbitt?«

»Ja, lieber Freund! Nach vier Wochen, vier langen Wochen der Trennung . . .«

»Genau achtundzwanzig Tage fünf Stunden und fünfundvierzig Minuten«, unterbrach sie I. T. Maston, nachdem er seine Uhr zu Rate gezogen.

»Endlich sind wir beisammen!« . . .

»Doch wie hat man Sie bis zu mir vordringen lassen, Mistreß Scorbitt?«

»Unter der Bedingung, eine Einwirkung zu versuchen, die aus der grenzenlosen Hinneigung für den, der das Ziel derselben ist, ihre Berechtigung nimmt.«

»Wie! . . . Evangelina!« rief I. T. Maston, »Sie hätten zugestimmt, mir einen solchen Rat zu erteilen . . . Sie haben den Gedanken gehabt, ich könne meine Kollegen verraten?«

»Ich? . . . Aber, liebster Maston, beurteilen Sie mich wirklich so falsch? . . . Ich? . . . Sie bitten, Ihre

Ehre für Ihre Sicherheit zu opfern! ... Ich? ... Sie zu einem Schritte verleiten, der als Schandfleck auf einem ganz und gar den höchsten Spekulationen der transzendentalen Mechanik geweihten Leben lasten würde! ...«

»Ah, das laß ich mir gefallen, Mrs. Scorbitt! Jetzt erkenne ich in Ihnen wieder die hochsinnige Aktionärin unserer Gesellschaft! ... Nein, ich habe auch noch nie an Ihrem edlen Herzen gezweifelt!«

»Ich danke Ihnen, lieber Maston!«

»Und was mich angeht, ich sollte unser Werk preisgeben, kundtun, an welchem Punkte der Erde unser so segenspendender Schuß abgebrannt werden wird; ich sollte sozusagen das Geheimnis verkaufen, das ich so glücklich war, noch in die Tiefe meiner selbst retten zu können, sollte jenen Barbaren Gelegenheit bieten, sich zur Verfolgung meiner Freunde aufzumachen, um ihre Arbeiten, die unser Vorteil, unser unauslöschlicher Ruhm sein werden, zu unterbrechen ... nimmermehr! ... Eher sterben!«

»Erhabener Maston!« hauchte Mrs. Evangelina Scorbitt voller Andacht.

In der Tat waren diese beiden, durch gleiche Begeisterung miteinander verbundenen – und übrigens gleich wahnwitzigen – Wesen dazu geschaffen, sich zu verstehen.

»Nein, niemals werden sie den Namen des Landes erfahren, welches meine Berechnungen für unseren Zweck bezeichnet haben und dessen Berühmtheit nie verblassen wird!« fuhr I. T. Maston fort. »Sie mögen mich töten, wenn ihnen das beliebt, – mein Geheimnis entreißen sie mir aber nicht!«

»Und dann sollen sie mich mit Ihnen töten!« rief Mrs. Evangelina Scorbitt. »Auch ich, ich werde schweigen ...«

»Zum Glück, liebe Evangelina, wissen jene nicht, daß Sie es kennen, dieses hochwichtige Geheimnis!«

»Glauben Sie etwa, liebster Maston, daß ich fähig wäre, es preiszugeben, vielleicht weil ich ein Weib bin? ... Unsere Kollegen und Sie schmählich verraten! ... Nein, mein Freund, nein! Mögen jene Philisterseelen die Bewohner aller Länder und Städte gegen Sie aufhetzen; mag die ganze Welt durch die Tür dieser Zelle hereinstürmen, es Ihnen zu entwinden, wohlan, ich werde jedenfalls dasein, und uns wird der Trost bleiben, zusammen zu sterben!«

Wenn so etwas überhaupt je ein Trost sein kann, hätte I. T. Maston ja gar keinen schöneren sich erträumen können als den, in den Armen der Mrs. Evangelina Scorbitt aus dieser Welt zu scheiden.

In ganz ähnlicher Weise endete allemal die Unterhaltung, wenn die vortreffliche Frau dem Gefangenen einen Besuch abgestattet hatte.

Und wenn die Sachverständigen der Kommission sie über das Ergebnis ihres wiederholten Zusammentreffens fragten, antwortete sie:

»Noch nichts! Vielleicht gelingt es mir noch mit der Zeit ...«

O, Frauenlist!

Mit der Zeit! sagte sie. Doch diese Zeit rückte schnellen Schrittes heran. Die Wochen flossen gleich Tagen, die Tage gleich Stunden, die Stunden gleich Minuten dahin.

Jetzt war bereits der Mai herangekommen. Mrs. Evangelina Scorbitt hatte von I. T. Maston keine Auskunft erlangt, und wo die so einflußreiche Frau nichts erreichte, da konnte kein anderer die Hoffnung hegen, bessere Erfolge zu erzielen. Es gewann also den Anschein, als müsse man resigniert den entsetzlichen Schlag erwarten, zu dessen Verhinderung sich keine

Möglichkeit bieten wollte.

Doch nein – unter solchen Verhältnissen kann von Resignation keine Rede sein! Die Abgesandten der europäischen Mächte wurden immer dringlicher. Zwischen ihnen und den Mitgliedern der Sachverständigenkommission, welche schonungslos verantwortlich gemacht wurden, kam es zu Streitereien aller Art. Selbst der so phlegmatische Jakob Jansen überhäufte, trotz seiner echt holländischen Friedfertigkeit, die Kommissäre mit täglich wiederholten Anklagen. Der Oberst Boris Karkof hatte sogar mit dem Schriftführer genannter Kommission ein Duell gehabt. Wenn sich Major Donellan weder mit Pistole noch mit der blanken Waffe schlug – was den britischen Gepflogenheiten widerstreitet – so wechselte er doch, sekundiert von seinem Sekretär Dean Toodrink, ein volles Dutzend regelrechter Boxerstöße mit William S. Forster, dem phlegmatischen Stockfischagenten und Strohmann der *»North Polar Practical Association«,* der übrigens gar nichts von der ganzen Geschichte wußte.

Mit einem Worte, die ganze Welt verschwor sich, die Amerikaner der Vereinigten Staaten verantwortlich zu machen für die Taten eines ihrer berühmtesten Söhne, jenes Impey Barbicane. Man sprach von nichts Geringerem als von Abberufung der Gesandten und bevollmächtigten Minister, welche bei der unklugen Regierung zu Washington beglaubigt waren, und davon, letzterer den Krieg zu erklären.

Arme Vereinigte Staaten! Sie wünschten ja gar nichts herzlicher, als ihre Hand auf Barbicane & Cie. legen zu können. Vergebens erteilten sie die Antwort, es solle den Mächten Europas, Asiens, Afrikas und Ozeaniens bedingungslos freistehen, jenen zu verhaften, wo sie ihn immer fänden – man schenkte ihnen gar kein Gehör, und bisher blieb es nach wie vor unmöglich, den Ort zu entdecken, wo der Präsident und sein Kollege sich mit der Vorbereitung ihres abscheulichen Werkes beschäftigten.

Die Antwort der europäischen Mächte lautete darauf ganz einfach:

»Ihr habt ja I. T. Maston, deren Spießgesellen. I. T. Maston weiß ganz bestimmt, woran er mit Barbicane ist! Zwingt diesen I. T. Maston zum Reden!«

I. T. Maston zum Reden zwingen! Da hätte man ebensogut ein Wort aus dem Munde Harpokrates, des Gottes des Schweigens, oder aus dem schlimmsten Taubstummen des Instituts von New York hervorlocken können.

Bei der mit der allgemeinen Beunruhigung wachsenden Erregung der Gemüter erinnerten verschiedene praktische Köpfe daran, daß die mittelalterliche Tortur doch ihr Gutes gehabt habe, der polnische Bock des Kerkermeisters, die Daumenschrauben, das geschmolzene Blei mit seiner vortrefflichen Eigenschaft, widerspenstige Zungen zu lösen, das siedende Öl, die Stachelhalskrause, die Wasserprobe, der Wippgalgen u. dgl. m. Warum sollte man sich nicht dieser Mittel bedienen, welche die einstmalige Rechtspflege bei weit geringfügigeren Veranlassungen und bei Fällen, welche die große Menge oft blutwenig interessierten, in Anwendung brachte?

Hiergegen erhebt sich jedoch der Einwand, daß diese, durch die Sitten vergangener Zeiten sozusagen gerechtfertigten Mittel nicht verwendet werden konnten gegen Ende eines Jahrhunderts der Milde und der Duldung – eines Jahrhunderts, das so von Menschlichkeit überfließt wie das neunzehnte, welches so herrlich gekennzeichnet ist durch die Erfindung des Repetiergewehres, des Siebenmillimetergeschosses und der unendlich rasanten Flugbahnen; – eines Jahrhunderts, welches in den internationalen Beziehungen die Anwendung von Sprengkugeln und Melinit, Roburit, Ballit, Panklastit, Meganit und anderen Stoffen auf »it« zuläßt, welche freilich neben dem Meli-Melonit völlig verschwinden.

I. T. Maston brauchte also nicht zu fürchten, der gewöhnlichen oder der außergewöhnlichen Folter unterworfen zu werden. Was man erhoffen konnte, lief darauf hinaus, daß er sich doch, in Erkennung der auf ihm lastenden Verantwortlichkeit, dazu verstehen würde zu reden, oder daß der Zufall noch für ihn reden werde.

Dreizehntes Kapitel

An dessen Ende I. T. Maston eine wahrhaft epische Antwort gibt

Die Zeit ging inzwischen vorwärts, und mit ihr höchstwahrscheinlich auch die heimliche Arbeit, der sich der Präsident Barbicane und der Kapitän Nicholl unter so außergewöhnlichen Verhältnissen – nur wußte keiner, wo – unterzogen.

Doch wie in aller Welt war es möglich, daß ein solches Vorhaben, welches die Errichtung ausgedehnter Werkstätten, die Herstellung von Hochöfen von solchen Dimensionen, um ein einmillionenmal größeres Rohr als das des 27-cm-Marinegeschützes und eines Projektils im Gewichte von hundertachtzigtausend Tonnen zu gießen, verlangte, – welches die Einstellung mehrerer Tausend Arbeiter, deren Transport und Verpflegung nötig machte, – wie, fragen wir nochmals, war es möglich, daß ein solches Vorhaben sich der Aufmerksamkeit der dabei Interessierten völlig entziehen konnte? In welchem Teile der Alten oder der Neuen Welt hatten sich Barbicane & Cie. so geheim eingerichtet, daß zu den benachbarten Völkerschaften niemals ein Weckruf gedrungen wäre? War es vielleicht auf einer menschenleeren Insel des Pazifischen oder des Indischen Weltmeeres? Heutzutage gibt es aber keine ganz öden Inseln mehr; die Engländer haben alle eingesteckt. Oder sollte die neue Gesellschaft speziell für ihre Zwecke eine solche erst entdeckt haben? Daran zu denken, daß es sich um einen Punkt der arktischen oder antarktischen Gegenden handelte, wo sie ihre Anlagen errichtet hätte ... nein, das wäre absurd; denn eben weil man jene hochnordischen Gebiete nicht zu erreichen vermag, ging ja das Bestreben der *»North Polar Practical Association«* dahin, diese zu verlegen.

Wollte man den Präsidenten Barbicane und den Kapitän Nicholl aber auf jenen Landvesten oder Inseln suchen, so konnten nur deren verhältnismäßig zugängliche in Frage kommen, und das wäre Zeitverschwendung gewesen. Das bei dem Schriftführer des Gun-Club beschlagnahmte Notizbuch ließ ja erkennen, daß der Schuß nahezu am Äquator abgebrannt werden mußte. Dort befinden sich aber bewohnbare, wenn nicht gar von zivilisierten Menschen bewohnte Länder. War es in der Nähe der Äquinoktialpunkte, wo die Experimentatoren sich niedergelassen hatten, so konnte das weder in Amerika, in dessen ganzer Ausdehnung von Peru und Brasilien, noch auf den Sunda-Inseln, auf Sumatra oder Borneo, auch nicht auf den Inseln des Meeres von Celebes und ebensowenig in Neu-Guinea sein, ohne daß die betreffenden Bewohner davon Kenntnis erhielten. Höchst unwahrscheinlich gestaltete sich auch dessen Verheimlichung im ganzen Innergebiete Afrikas, in der vom Äquator durchschnittenen Gegend der großen Seen. Nun erübrigten freilich immer noch die Malediven im Indischen Meere und die Inseln der Admiralität, die Gilbert-, Weihnachts- und Galapagos-Inseln im Stillen Ozean, sowie etwa San Pedro im Atlantischen Weltmeere. Alle von diesen verschiedenen Punkten eingezogenen Nachrichten gaben aber nicht den ersehnten Hinweis. So sah man sich denn auf sehr in der Luft schwebende Mutmaßungen beschränkt, welche natürlich die allgemeine Beängstigung nicht zu mildern vermochten.

Und was dachte wohl Alcide Perdieux von dem allen? »Schwefelsaurer« als je grübelte er unablässig über die verschiedenen Folgen dieses Problems. Daß der Kapitän Nicholl einen Explosivstoff von solcher Gewalt, daß er jenes Meli-Melonit erfunden, dessen Sprengkraft drei- oder viertausendmal größer war, als die der gewaltigsten, für den Krieg berechneten Stoffe, und das fünftausendsechshundertmal das alte brave Kanonenpulver unserer Ahnen übertraf, das war ja schon erstaunlich genug, indes wenigstens nicht unmöglich. Niemand weiß ja, welche diesbezüglichen Fortschritte noch im Schoße der Zukunft ruhen, so daß man dereinst vielleicht die Armeen gleich in jeder beliebigen Entfernung über den Haufen schießt. Die durch den Rückprall eines ungeheueren Feuerschlundes bewirkte Aufrichtung der Erdachse verwunderte den französischen Ingenieur also gar nicht so besonders. Er wendete sich demnach – vorläufig in petto – an den Urheber des Unternehmens.

»Es liegt auf der Hand, Präsident Barbicane«, sagte er, »daß die Erde tagtäglich den Gegenstoß aller auf ihre Oberfläche wirkenden Stöße wiedergibt. Ebenso gewiß ist es, daß, wenn Hunderttausende von Menschen sich den Spaß machen, Tausende von Geschossen im Gewichte einiger Kilogramm oder auch Millionen von einzelnen nur wenige Gramm wiegender Geschosse abzufeuern, selbst wenn ich einfach gehe oder springe, wenn ich die Arme ausstrecke oder wenn sich ein Blutkügelchen durch meine Adern wälzt, – daß, sage ich, unser Erdsphäroid davon beeinflußt werden muß. Nun, deine große Maschine ist imstande, die verlangte Erschütterung hervorzubringen. Doch, potz Wetter und Integralen, wird diese Erschütterung auch hinreichen, die Erde in Schwankung zu bringen? Immerhin ist nicht wegzuleugnen, daß die Gleichungen jenes Zahlentieres I. T. Maston das in Aussicht stellen.«

Alcide Pierdeux konnte wirklich nicht umhin, die geistreichen Berechnungen des Gun-Club-Schriftführers zu bewundern, welche die Mitglieder der Sachverständigenkommission allen Gelehrten, die Verständnis dafür besaßen, offen mitgeteilt hatten. Alcide Pierdeux aber, der algebraische Arbeiten weglas, wie andere ihre Zeitung, fand in jenen eine Lektüre von unbeschreiblichem Reiz.

Doch wenn jene plötzliche Veränderung vor sich ging, welch fast unfaßbare Katastrophen mußte dieselbe auf der Oberfläche unseres Sphäroids erzeugen! Welchc Schichtenumwälzungen, Zerstörung von Städten, Zcrtrümmerung von Bergen, Vernichtung von Millionen Menschenleben mußte das ergeben – welche unmeßbare Wassermassen mußten aus ihrem Bett geschleudert werden und unsägliche Verheerungen anrichten!

Das Ganze würde einem Erdbeben von bisher unbekannter Gewalt gleichkommen.

»Wenn wenigstens«, so grübelte Alcide Pierdeux weiter, »wenn wenigstens das verteufelte Pulver jenes Kapitän Nicholl geringere Treibkraft besäße, so könnte man die Hoffnung hegen, daß das Riesengeschoß entweder vor dem Zielpunkte des Schusses oder selbst hinter demselben, nachdem es eine Kreisbahn beschrieben, mit der Erde wieder zusammentreffen müßte. Damit würde nach verhältnismäßig kurzer Zeit alles wieder an den alten Platz versetzt – wenn inzwischen auch recht beklagenswerte Verwüstungen hätten statthaben müssen. Aber – gesegnete Mahlzeit – dank ihrem Meli-Melonit wird das Geschoß den halben Arm einer Hyperbel beschreiben und die Erde niemals um Entschuldigung bitten wegen der ihr verursachten Störung, indem es dieselbe etwa wieder in die frühere Achsenrichtung drängte!«

Und Alcide Pierdeux fuchtelte dabei mit den Armen herum wie ein Semaphor und auf die Gefahr hin, im Umkreise von zwei Metern alles kurz und klein zu schlagen.

Dann fuhr er fort:

»Wäre nur wenigstens die Örtlichkeit bekannt, wo der Schuß abgefeuert werden soll! Wie schnell wollte ich da diejenigen Kreise auf der Erde, an denen die Niveauveränderung gleich Null, und auch diejenigen Punkte herausgefunden haben, an denen sie ihr Maximum erreicht. Man könnte dann die Leute warnen, sich rechtzeitig in Sicherheit zu bringen, ehe ihnen ihre Häuser und ihre Städte auf den Schädel gestülpt werden. Wie soll einer das aber wissen?«

Dann strich er mit der Hand über den dünnen Haarpelz weg, der sein Schädeldach noch schmückte.

»Und mir scheint«, räsonierte er für sich weiter, »die Folgen jenes Stoßes werden sich noch viel verwickelter gestalten, als man das annimmt. Warum sollten z. B. die feuerspeienden Berge diese vortreffliche Gelegenheit nicht zu den tollsten Ausbrüchen benutzen, um, wie ein Passagier, der an Seekrankheit leidet, den durcheinandergeschüttelten Inhalt ihrer Eingeweide auszuspeien? Warum sollte ein Teil der emporgedrängten Ozeane sich nicht in deren Krater stürzen? . . . Daß mich der Gottseibeiuns . . .! . . . Das könnte Explosionen geben, bei der die ganze irdische Eierschale in Stücke geht! O, dieser verteufelte Maston, der sich auf sein Stillschweigen versteift! Seht nur, wie er mit unserem Balle spielt und seine Effektstöße auf dem Weltenbillard ausführt!«

So düstelte und grollte Alcide Pierdeux. Bald wurden seine schreckengebärenden Hypothesen von den Journalen beider Welten wiedergegeben und ausführlicher besprochen. Was bedeuteten denn neben dem allgemeinen Umsturz der Verhältnisse, den das Werk von Barbicane & Cie. herbeiführen mußte, jene Wasserhosen, Springfluten, jene Überschwemmungen, welche in größeren Zwischenräumen einen beschränkten Teil der Erde verwüsteten? Damit verschwanden vielleicht einige tausend Bewohner derselben, die unzähligen Überlebenden aber fanden sich dadurch wohl kaum in ihrer Gemütsruhe gestört. Je nachdem sich das schicksalsschwere Datum näherte, packte die bleiche Furcht allmählich auch den Beherztesten. Die Wahrsager hatten es schrecklich bequem, den nahen Weltuntergang zu prophezeihen. Man hätte sich fast in jene entsetzliche Periode des Jahres 1000 zurückversetzt glauben können, da die jetzt Lebenden sich einbildeten, ins Reich der Toten hinabgeschleudert zu werden.

Man erinnere sich gefälligst hierbei, was damals vor sich ging. Nach einem Satze in der Apokalypse (der Offenbarung Johannes) wurden die Völker zu dem Glauben verleitet, der Tag des Jüngsten Gerichts stehe vor der Tür. Sie erwarteten alle die durch die heilige Schrift verkündeten Zeichen des göttlichen Zornes und versahen sich des Auftretens des Antichrist, des Sohnes der Hölle.

»Im letzten Jahre des zehnten Jahrhunderts«, erzählt H. Martin, »war alles unterbrochen, Vergnügen, Geschäfte, jedes Interesse lahmgelegt, und das erstreckte sich sogar bis auf die Landarbeiten. Weshalb, sagten die Leute, sollte man für eine Zukunft sorgen, die es nicht geben würde? Sorgen wir für die morgen beginnende Ewigkeit! – Man begnügte sich daher, nur den notwendigsten Bedürfnissen Genüge zu tun, und vermachte seinen Landbesitz, seine Schlösser den Klöstern, um sich im Reiche derjenigen, zu denen man bald gelangen sollte, Fürsprecher zu erkaufen. Viele jener für Kirchen ausgestellten Schenkungsurkunden beginnen mit den Worten: ›Da das Ende der Welt herannaht und deren Zerstörung so nahe bevorsteht...‹ Als der schließliche Termin dann kam, drängten sich die Menschen in die Kirchen, die Kapellen, in alle dem Gottesdienst geweihten Gebäude und warteten, von Todesangst zermartert, daß die sieben Posaunen der sieben Engel des Gerichtes vom Himmel her ertönen sollten.«

Bekanntlich verlief aber der erste Tag des Jahres 1000 n. Chr. ohne die geringste Störung der herkömmlichen Naturgesetze. Diesmal freilich handelte es sich nicht um einen Umsturz, der nur auf Textworte von bibelhafter Dunkelheit begründet gewesen wäre. Es handelte sich vielmehr um eine Veränderung der Gleichgewichtslage der Erde, welche auf unbestrittenen und unbestreitbaren Rechnungen beruhte, um ein Unternehmen, das die unerhörten Fortschritte der ballistischen und mechanischen Wissenschaften recht wohl ausführbar erscheinen ließen. Jetzt war es nicht die Sache des Meeres, die Toten wieder herauszugeben, die Lebenden im Gegenteile sollten tief in den neu entstehenden Abgründen begraben werden.

Hieraus folgte, daß, trotz aller durch den Einfluß moderner Ideen mit den Geistern vorgegangenen Veränderungen, Furcht und Schrecken einen so hohen Grad erreichten, um zu ganz ähnlichen Torheiten zu verleiten, wie in jenem Jahre 1000 n. Chr. Niemals traf man mit so großem Eifer alle Vorbereitungen zur Fahrt aus dieser in eine bessere Welt. Niemals haspelten ängstliche Gläubige so erstaunliche Sündenregister herunter, und nie wurden so viele Absolutionen den zerknirschten, reuigen Seelen aufgepackt. Es war sogar davon die Rede, eine General-Absolution zu erflehen, welche ein Breve des Papstes allen Leuten von gutem Willen – und auch von guter, schöner Furcht – gleich auf der ganzen Erde erteilen sollte.

Unter diesen Umständen wurde die Lage I. T. Mastons mit jedem Tage bedenklicher. Mrs. Evangelina Scorbitt fürchtete, er könne der allgemeinen Verfolgung zum Opfer fallen. Vielleicht kam ihr da auch der Gedanke, ihm den Rat zu geben, jenes Wort auszusprechen, welches er mit so beispiellosem Trotze zu verschweigen sich versteifte. Doch das wagte sie nicht und tat wohl gut daran; sie hätte sich doch nur einer unglimpflichen Abweisung ausgesetzt.

Wie man sich leicht vorstellen kann, wurde es selbst in der Stadt Baltimore, jetzt eine Beute des Entsetzens, sehr schwierig, die große Menge im Zügel zu halten, da diese durch die meisten Zeitungen der Union, durch die Depeschen, welche »aus allen vier Winkeln der Erde« eintrafen – um die apokalyptische Ausdrucksweise beizubehalten, deren sich der Evangelist Johannes zur Zeit des Kaisers Domitian bediente – aufs höchste gereizt wurde. Wahrlich, hätte I. T. Maston zur Zeit jenes Christenverfolgers gelebt, so würde seine Angelegenheit sehr bald einen glatten Abschluß gefunden haben – er wäre einfach den Raubtieren vorgeworfen worden. Da hätte er sich aber doch begnügt zu antworten:

»Ist schon geschehen!«

Auf jeden Fall verweigerte der unerschütterliche I. T. Maston jede Auskunft über den Ort x, da er wohl einsah, daß nach der Kenntnisgabe desselben der Präsident Barbicane und der Kapitän Nicholl unbedingt an der Durchführung ihres Werkes gehindert werden würden.

Alles in allem hatte er doch etwas Schönes, Erhebendes an sich, dieser Kampf eines einzelnen Mannes gegen die ganze Welt. Das ließ I. T. Maston in den Augen der Mrs. Evangelina Scorbitt nur noch größer erscheinen und erhöhte womöglich noch sein Ansehen bei den Mitgliedern des Gun-Club. Diese wackeren, aber so trotzköpfigen Leute, wie das pensionierte Artilleristen einmal sind, waren nämlich nach wie vor Feuer und Flamme für die Projekte ihres Barbicane (und Cie.). Der Schriftführer des Gun-Club hatte schon eine so hohe Stufe der Berühmtheit erlangt, daß viele Personen an ihn schrieben, wie man an einen Staatsverbrecher ersten Ranges schreibt, um einige Zeilen von der Hand zu besitzen, welche die Welt aus ihren Angeln heben sollte.

Doch wenn das schön war, so wurde es daneben auch mehr und mehr gefährlich. Drohend umringte das Volk Tag und Nacht das Gefängnis von Baltimore. Da gab es Geschrei und heilloses Lärmen. Die Wütendsten wollten I. T. Maston kurzerhand und auf der Stelle lynchen. Die Polizei sah den Augenblick kommen, wo sie unfähig wurde, den Gefangenen zu verteidigen.

In dem Wunsche, der amerikanischen Volksmenge ebenso wie den fremden Völkern eine gewisse Genugtuung zu bieten, entschloß sich die Bundesregierung zu Washington endlich, I. T. Maston in Anklagezustand zu versetzen und ihn von den ordentlichen Gerichten aburteilen zu lassen.

Mit Geschworenen, die selbst schon unter dem Banne des Schreckens standen, wäre »seine Karre nicht ordentlich ins Rollen gekommen«, wie Alcide Pierdeux sagte, der für seine Person eine Art Sympathie für die widerhaarige Natur des Rechenmeisters empfand.

Am Morgen des 5. September begab sich also der Vorsitzende der Sachverständigenkommission persönlich nach der Zelle des Gefangenen.

Auf ihr dringendes Ansuchen war Mrs. Evangelina Scorbitt zugestanden worden, ihn zu begleiten. Vielleicht gelang es bei einem letzten Versuche dem Einflusse der liebenswürdigen Dame doch noch, den Trotzkopf anderen Sinnes zu machen. Jedenfalls sollte nichts unversucht gelassen werden, und alle Mittel wurden als erlaubt betrachtet, wenn sie nur die Lösung des schweren Rätsels versprachen. Erreichte man das nicht, so blieb weitere Entschließung vorbehalten.

»Weitere Entschließung vorbehalten!« wiederholten mehr scharfblickende Leute. »Wahrlich, eine schöne Aussicht, wenn man I. T. Maston gehenkt hat und das Unheil dann mit allen Schrecken herein bricht!«

Gegen elf Uhr sah sich I. T. Maston also Mrs. Evangelina Scorbitt und John Prestice, dem Vorsitzenden der Sachverständigenkommission, gegenüber.

Der Übergang zur Sache vollzog sich sehr einfach.

In dem bezüglichen Gespräche wurden die folgenden, von der einen Seite sehr schroffen, von der anderen sehr ruhigen Fragen und Antworten gewechselt.

Und wer hätte wohl glauben mögen, daß dabei Umstände zutage traten, unter denen die Ruhe auf seiten I. T. Mastons war!

»Zum letzten Male, wollen Sie Antwort geben? . . .« fragte John Prestice.

»Worüber? . . .« entgegnete ironisch der Schriftführer des Gun-Clubs.

»Über den Ort, wohin Ihr Kollege Barbicane sich begeben hat.«

»Das hab' ich Ihnen schon hundertmal gesagt.«

»So wiederholen Sie es zum hundertundersten Male.«

»Er ist da, wo der Schuß abgefeuert werden wird.«

»Und wo wird das geschehen?«

»Da, wo mein Kollege Barbicane sich befindet.«

»Nehmen Sie sich in acht, I. T. Maston!«

»Wovor?«

»Vor den Folgen Ihrer Verweigerung einer Auskunft, deren Resultat sein dürfte . . .«

»Daß Sie einfach nicht erfahren, was Sie nicht wissen sollen.«

»Und was zu erfahren wir doch das vollste Recht haben!«

»Das ist meine Meinung nicht gerade.«

»Sie werden vor die Gerichte geschleppt werden.«

»Schleppen Sie zu!«

»Das Gericht wird Sie verurteilen.«

»Das ist seine Sache.«

»Und das ergangene Urteil wird ohne Säumen vollstreckt werden.«

»Meinetwegen!«

»Lieber Maston! . . .« wagte da Mrs. Evangelina

Scorbitt in ihrer Herzensangst einzuflechten.

»Oh! ... Sie ... Mistreß!« erwiderte I. T. Maston.

Sie ließ den Kopf niedersinken und schwieg.

»Und wollen Sie vielleicht wissen, wie das Urteil lauten wird?« fuhr der Präsident John Prestice fort.

»Wenn das Ihnen Spaß macht, ja«, antwortete I. T. Maston.

»Sie werden zur Todesstrafe verurteilt werden, wie Sie es verdienen.«

»Wirklich? ...«

»Und Sie werden gehenkt werden, mein Herr, ebenso sicher, wie zweimal zwei vier gibt.«

»Ah, dann, mein Herr, dann hab' ich noch die schönsten Aussichten«, erwiderte I. T. Maston sehr phlegmatisch. »Wären Sie ein wenig Mathematiker, so würden Sie nicht sagen, ›so sicher, wie zweimal zwei vier gibt‹. Wer beweist Ihnen denn, daß nicht alle Mathematiker bis zum heutigen Tage in einem Irrtume befangen gewesen sind bezüglich der Behauptung, daß die Summe zweier Zahlen gleich sei der ihrer Teile, das heißt, daß zwei und zwei wirklich vier ergeben?«

»Mein Herr! ...« rief der Präsident völlig verblüfft.

»O«, fuhr I. T. Maston fort, »hätten Sie gesagt, ›so sicher wie eins und eins zwei ergibt‹, alle Achtung! ... Das liegt auf der Hand, denn das ist nicht mehr ein Theorem, sondern eine Definition!«

Nach dieser Lektion in Arithmetik zog der Präsident der Kommission sich zurück, während Mrs. Evangelina Scorbitt in ihren Blick gar nicht genug Feuer zu legen vermochte, um den unübertrefflichen Rechenmeister ihrer Träume zu bewundern.

Vierzehntes Kapitel

Sehr kurz, in dem jedoch das x einen geographischen Wert annimmt

Zum Glück für I. T. Maston erhielt die Bundesregierung ein Telegramm des jener Zeit in Sansibar residierenden amerikanischen Konsuls. Wir geben den Inhalt desselben in Folgendem wieder.

An den Staatsminister John S. Wright,
Washington, USA

Sansibar, am 13. September,
5 Uhr morgens (Ortszeit).

»Umfassende Arbeiten in Wamasai, im Süden der Kilimandscharo-Kette in Ausführung. Seit acht Monaten Präsident Barbicane und Kapitän Nicholl mit zahlreichem schwarzen Personal, unter Botmäßigkeit des Sultans Bali-Bali, daselbst angesiedelt. Zur Kenntnis seiner Regierung gebracht von deren ergebenem

›Richard W. Trust, Konsul‹.«

Auf diese Weise wurde das Geheimnis I. T. Mastons bekannt und deshalb entging der jetzt nur eingekerkerte Schriftführer des Gun-Club dem drohenden Galgen.

Und doch, wer weiß, ob er es später vielleicht nicht bedauerte, im vollen Glanze seines Ruhmes den Märtyrertod nicht gefunden zu haben.

Fünfzehntes Kapitel

Welches einige, für die Bewohner des Erdsphäroids sehr interessante Einzelheiten enthält

Die Regierung zu Washington war nun also davon unterrichtet, an welcher Stelle Barbicane & Cie. ihr Teufelswerk betrieben. Die Authentizität der betreffenden Depesche zu bezweifeln, war ja unmöglich. Der Konsul in Sansibar war ein zu verläßlicher Vertreter seines Heimatstaates, als daß man seine Kundgebung nicht hätte ohne Rückhalt aufnehmen sollen. Diese fand durch nachfolgende gleichlautende Telegramme auch weitere Bestätigung. In der Mitte des Kilimandscharo-Gebietes, im afrikanischen Wamasai, einige hundert Lieues westlich der Küste und ein wenig unterhalb der Linie des Äquators war es, wo die Ingenieure der *»North Polar Practical Association«* die Vollendung ihrer gigantischen Arbeiten betrieben.

Wie hatten sie sich aber heimlich in dieser weltverlorenen Gegend festsetzen können, am Fuße des 1849 von den Drn. Rebviani und Krapf entdeckten Bergriesen, den später die Reisenden Otto Ehlers und Abbot bestiegen? Wie war es ihnen gelungen, hier ihre Werkstätten einzurichten, eine gewaltige Gießerei zu erbauen und die nötigen Arbeitskräfte aufzufinden und daselbst zu vereinigen? Durch welche Mittel mochten sie sich in gute Beziehungen zu den gefährlichen Völkerschaften des Landes und zu deren ebenso arglistigen wie grausamen Königen gesetzt haben? Das wußte bis jetzt und erfuhr auch wohl in aller Zukunft keine Menschenseele, denn bis zu jenem ominösen Datum des 22. September hatten nur noch wenige Tage zu verrinnen.

Auch als I. T. Maston von Mrs. Evangelina Scorbitt gehört hatte, daß das Geheimnis des Kilimandscharo durch eine Depesche aus Sansibar enthüllt worden sei, sagte er nur:

»Ei was da« – er beschrieb dazu mit seinem eisernen Haken einen wunderbaren Zickzack in der Luft – »das Reisen mittelst Telegraf oder Telefon ist noch nicht erfunden, und binnen sechs Tagen ... Patarapatanbumbum! ... ist die ganze Geschichte abgemacht!«

Und wer dieses volltönende Onomatopoetikon des Schriftführers des Gun-Club hätte hervorpoltern hören, der würde sich nicht wenig verwundert haben, wieviel Energie doch zuweilen noch in solchen pensionierten Artilleristen steckt.

Offenbar hatte I. T. Maston ganz recht; es fehlte an der nötigen Zeit, um Beamte mit dem Auftrage zur Verhaftung des Präsidenten Barbicane bis Wamasei zu entsenden. Selbst angenommen, diese hätten sich von Algerien oder Ägypten, von Aden, Massanah oder sogar gleich von Sansibar aus schleunigst nach der Küste des schwarzen Erdteils begeben können, so hätten sie immer noch mit den jenen Ländern anhaftenden Schwierigkeiten, mit zufälligen Verzögerungen infolge von Hindernissen, welche die gebirgige Gegend einem solchen Zuge bereiten konnte, und vielleicht auch mit dem Widerstande rechnen müssen, der ihnen durch das, von einem bei der Sache beteiligten, gewiß ebenso trotzigen wie »negerhaften« Sultan unterstützte Personal wahrscheinlich drohte.

Die Operation also dadurch zu verhindern, daß man sich des Operateurs versicherte, daran war gar nicht mehr zu denken.

Diese Unmöglichkeit zugegeben, erschien jetzt aber nichts leichter, als die notwendigen Folgen jenes

Unternehmens klarzulegen, da man die Örtlichkeit, wo der Schuß losdonnern sollte, genau kannte. Das war einfach eine Sache der Berechnung – freilich einer sehr verwickelten Berechnung, welche jedoch die Leistungsfähigkeit der Algebristen im besonderen und der Mathematiker im allgemeinen nicht übersteigen konnte.

Die Depesche des Konsuls in Sansibar war, wie wir wissen – zunächst an die Adresse des genannten Staatsministers in Washington gelangt, und die Bundesregierung hielt sie vorläufig geheim. Sie wollte gleichzeitig mit deren Veröffentlichung auch bekanntgeben, welcher Art die Folgen der Erdachsenveränderung bezüglich der Niveauverhältnisse der Meere sein werde. Die Bewohner der Erde sollten in derselben Stunde erfahren, welches Schicksal ihrer wartete, je nachdem sie auf diesem oder jenem Fragment unseres Sphäroids siedelten.

Es liegt wohl klar vor Augen, daß diese sehnsüchtig zu wissen verlangten, woran sie gegenüber jener Eventualität sein würden.

Am 14. September wurde die bewußte Depesche dem Längenbüro zu Washington mit dem Auftrage überliefert, daraus von geographischem und ballistischem Gesichtspunkte die endlichen Folgerungen abzuleiten. Vor Ablauf von zwei Tagen war das vollständig geschehen. Das Ergebnis dieser Arbeit wurde den Staaten der Alten und der Neuen Welt dann unverzüglich durch das unterseeische Kabel übermittelt. Nach dessen Wiedergabe in Abertausenden von Zeitungen und Extrablättern wurde es auch in allen großen Städten durch die Kolporteure der beiden Welten unter den spannungserweckendsten Titeln ausgerufen.

»Nun, was wird denn geschehen?«

Das war die Frage, welche in der ganzen Welt auf all und jeder Zunge lag.

Die Antwort darauf, und zwar unter Garantie des Längenbüros, lautete aber folgendermaßen:

Dringlichste Nachricht!

»Das von dem Präsidenten Barbicane und dem Kapitän Nicholl ausgedachte Vorhaben geht darauf hinaus, am 22. September um Mitternacht (Ortszeit) einen Rückstoß zu erzielen mittelst eines, die gewöhnliche 27-cm-Kanone um einmillionenmal im Volumen übertreffenden Geschützrohres, welches ein Geschoß im Gewichte von hundertachtzigtausend Tonnen à zehn metrische Zentner durch eine ihm die Anfangsgeschwindigkeit von zweitausendachthundert Kilometer in der Sekunde verleihende Pulvermischung in den Weltraum hinausschleudert.

Wird dieser Schuß etwas unterhalb der Linie des Äquators, ungefähr auf dem 34. Grade der Länge östlich des Meridians von Paris und am Fuße der Kilimandscharokette abgefeuert und nach Süden zu gerichtet, so werden sich an der Oberfläche des Erdsphäroids folgende mechanische Wirkungen zeigen:

Augenblicklich muß sich infolge des Stoßes und der vorhandenen täglichen Drehbewegungen eine neue Achse bilden, und da sich die alte Achse um 23° 28′ verschiebt, wenn die von I. T. Maston berechneten Grundelemente der ganzen Sache richtig sind, so muß die neue Achse lotrecht auf die Ebene der Ekliptik zu stehen kommen.

Welche Punkte wird dann die neue Achse durchschneiden? Da die Örtlichkeit des Schusses bekannt ist, war das leicht zu berechnen, und das ist denn auch geschehen.

Im Norden wird der Endpunkt der neuen Achse

zwischen Grönland und dem Grinell-Lande liegen in dem Teile des Baffinsmeeres, den jetzt der Polarkreis durchschneidet; im Süden wird das ebenfalls auf der Grenze des dortigen Polarkreises, einige Grade östlich von Adelienland der Fall sein.

Unter diesen Verhältnissen wird ein neuer Meridian Null vom neuen Nordpol ausgehen, und dieser trifft dann ziemlich genau Dublin in Irland, Paris in Frankreich, Palermo in Sizilien, den Golf der Großen Syrte an der Küste von Tripolis, Obeid in Darfur, die Kette des Kilimandscharo, Madagaskar, die Kerguelen-Inseln im südlichen Stillen Ozeane, den neuen antarktischen Pol, die Antipoden von Paris, die Cook- und die Gesellschafts-Inseln in Ozeanien, die Inseln Quadra und Vancouver nahe der Küste von Englisch-Kolumbia, die Gebiete von Neu-England in Nordamerika und die Halbinsel Melville in dem nördlichen zirkumpolaren Gebiete.

Infolge der Entstehung einer neuen, vom Baffinsmeere im Norden nach dem Adelien-Lande im Süden verlaufenden Erdachse würde sich auch ein neuer Äquator bilden, über welchem die Sonne, ohne sich je davon zu entfernen, ihren Tagesbogen beschreibt. Diese Äquinoktiallinie durchschneidet dann den Kilimandscharo in Wamasai, den Indischen Ozean, Goa und Chicacola ein wenig unterhalb Kalkuttas in Ostindien, Mangala im Kaiserreiche Siam, Kesho in Tonking, Hongkong in China, die Insel Rasa, die Marschall-, Gaspar-Rico- und Walker-Inseln im Pazifischen Weltmeere, ferner die Kordilleren in der Republik Argentinien, Rio de Janeiro in Brasilien, die Trinitatis- und die St. Helena-Inseln im Atlantischen Ozean, St. Paul de Loanda am Kongo, und erreicht endlich wieder den Kilimandscharo in Wamasai von der entgegengesetzten Seite.

Da dieser neue Äquator durch Schaffung der neuen Erdachse bestimmt ist, vermag man auch der Frage nach der Niveauveränderung der Meere näherzutreten, einer Frage, welche für die Sicherheit der Erdbewohner ja von schwerstwiegender Bedeutung ist.

Vor allem verdient darauf hingewiesen zu werden, daß die Direktoren der ›*North Polar Practical Association*‹ bemüht gewesen sind, diese auf möglichst enge Grenzen zu beschränken. Würde der Schuß nämlich in der Richtung nach Norden abgefeuert, so müßten die Folgen für die zivilisierten Teile der Erdkugel weit verheerendere werden. Geschieht das im Gegenteil nach Süden zu, so werden sich jene nur in den dünnstbevölkerten und wildesten Teilen – wenigstens was die dabei der Überflutung ausgesetzten Gebiete betrifft – bemerkbar machen.

Wir verzeichnen im Nachfolgenden, wie die infolge der Abplattung des Erdsphäroids an den alten Polen aus ihrem Bett gedrängten Wassermassen sich verteilen werden.

Die Erdkugel wird zwei große Kreise aufweisen, die sich am Kilimandscharo und bei dessen Gegenfüßlern im äquinoktialen Ozean schneiden werden. Daraus folgt die Bildung von vier Segmenten, zwei auf der nördlichen und zwei auf der südlichen Halbkugel, getrennt durch die Linien, an denen die Niveauveränderung gleich Null sein wird.

1. Nördliche Halbkugel:

Das erste Segment, westlich des Kilimandscharo, umfaßt Afrika vom Kongo bis Ägypten, Europa von der Türkei bis Grönland, Amerika von Englisch-Kolumbien bis Peru und Brasilien in der Höhe von San Salvador – endlich den ganzen nördlichen und den größten Teil des äquinoktialen Atlantischen Ozeans.

Das zweite Segment, östlich des Kilimandscharo, umschließt den größeren Teil Europas vom Schwarzen Meere bis nach Schweden, das europäische und das asiatische Rußland, Arabien, fast ganz Ostindien, Persien, Beludschistan, Afghanistan, Turkestan, das Himmlische Reich, die Mongolei, Japan, Korea, das Schwarze und das Kaspische Meer, den oberen Teil des Stillen Ozeans und die Gebiete von Alaska im nördlichen Amerika – außerdem aber auch jenes, leider der unter dem Namen *›North Polar Practical Association‹* bekannten amerikanischen Gesellschaft überantwortete Polargebiet.

2. Südliche Halbkugel:

Das dritte Segment, östlich des Kilimandscharo, erstreckt sich über Madagaskar, die Mariannen-Inseln, Kerguelen-Gruppe, die Inseln Mauritius, Reunion, ferner über alle Inseln des Indischen Meeres und den antarktischen Ozean bis zum neuen Pole, wie über die Halbinsel Malacca, über Java, Sumatra, Borneo, die Philippinen und die Sunda-Inseln, über Australien, Neuseeland, Neu-Guinea, Neu-Kaledonien, und überhaupt über den ganzen südlichen Teil des Stillen Weltmeeres und seiner zahlreichen Inselgruppen, ungefähr bis zum dermaligen hundertsechzigsten Längengrade.

Das vierte Segment, westlich des Kilimandscharo, enthält endlich das südliche Afrika vom Kongo und der Mozambik-Straße bis zum Kap der Guten Hoffnung, den südlichen Atlantischen Ozean bis zum achtzigsten Breitengrade, ganz Südamerika von Pernambuko und Lima an, also Bolivien, Brasilien, Uruguay, die Republik Argentinien, Patagonien, Feuerland, die Maluinen, die Sandwich- und Shetland-Inseln und den südlichen Teil des Pazifischen Ozeans östlich vom hundertsechzigsten Längengrade.

Das wären die vier Abschnitte der Erdkugeloberfläche, welche durch die Linien ohne Niveauveränderung umgrenzt sind.

Es handelt sich nun um die Wirkungen, welche infolge der Ortslageverschiebung der Meere auf der Oberfläche der vier Segmente hervorgebracht werden.

Auf jedem der vier Segmente wird es einen Mittelpunkt mit dem Höchstbetrag der Wirkung geben, ob sich nun die Meere darüber stürzen oder davon zurückziehen.

Mit absoluter Sicherheit ist durch die Berechnungen I. T. Mastons nachgewiesen, daß dieser Höchstbetrag an den bezüglichen Punkten 8415 Meter erreichen und daß die Niveauveränderung von da aus bis zu den neutralen Linien an der Grenze der Segmente allmählich abnehmen wird. An jenen Punkten treten also in Hinblick auf die allgemeine Sicherheit die bedrohlichsten Folgen der von dem Präsidenten Barbicane geplanten Operation ein.

Wir haben nun jene beiden Wirkungen in ihren weiteren Konsequenzen ins Auge zu fassen.

Von zwei der einander auf der nördlichen und der südlichen Halbkugel gegenüberliegenden Segmente werden die Meere sich zurückziehen, um dadurch die beiden anderen, ebenfalls auf den beiden Hemisphären sich gegenüberliegenden Segmente zu überfluten.

Im ersten Segment wird der Atlantische Ozean sich fast gänzlich entfernen, und da der Maximalpunkt der Senkung nahezu in der Höhe der Bermuda-Inseln zu suchen ist, wird dort, wenn die Tiefe des Meeres daselbst unter 8415 Metern zurückbleibt, der Grund zutage treten müssen. Zwischen Amerika und Europa kommen dadurch also sehr ausgedehnte Landstrekken zur Freilegung, welche die Vereinigten Staaten,

England, Frankreich, Spanien und Portugal *pro rata* ihrer jetzigen Küstenlänge annektieren könnten, wenn diese Mächte das für wünschenswert erachten. Hierbei darf aber nicht vergessen werden, daß infolge der Senkung der Gewässer auch unser Luftmeer sich in gleichem Maße nachsenken wird. Das Küstengebiet Europas, wie das Amerikas, erreicht dadurch eine solche Höhenlage, daß selbst zwanzig bis dreißig Grade von den Maximalpunkten gelegene Städte nur noch eine Luftmenge zur Verfügung haben, wie sie sich in der jetzigen Atmosphäre in der Höhe von 4½ Kilometer vorfindet. Zu diesen z. B. – um nur die bedeutendsten zu nennen – New York, Philadelphia, Charleston, Panama, Lissabon, Madrid, Paris, Edinburgh, London, Dublin u.a. gehören. Nur Kairo, Danzig, Konstantinopel, Stockholm einerseits und die Städte an der Westküste Amerikas andererseits behielten in Beziehung zu dem allgemeinen Niveau die normale Lage. Was die Bermuda-Inseln angeht, so wird es hier ebenso an Luft fehlen, wie den Aeronauten, denen es gelang, sich bis zu einer Höhe von 8000 Metern zu erheben, und wie diese auf den höchsten Gipfeln der Grenzgebirge Tibets fehlt. Dort zu leben, wird also fernerhin unmöglich sein.

Dasselbe muß auf dem entgegengesetzten Segment eintreffen, das, wie erwähnt, den Indischen Ozean, Australien und etwa den vierten Teil des Stillen Ozeans umfaßt, der teilweise die Zentralgebiete Australiens überfluten wird. Dort zeigt sich das Maximum der Niveauveränderung bei den Klippenküsten von Nuyts-Land, und die Städte Adelaide und Melbourne werden die Oberfläche des Meeres bis acht Kilometer unter sich versinken sehen. Wohl unterliegt es keinem Zweifel, daß die sie dann umgebende Luft außerordentlich rein sein wird, leider dürfte sie aber nicht mehr dicht genug sein, um der menschlichen Atmung zu genügen.

Das sind in groben Zügen die Veränderungen, welche die Teile der Erdkugel in denjenigen Segmenten erleiden werden, wo neben den und in bezug auf die mehr oder weniger entleerten Meeresbecken eine Erhebung zu erwarten ist. Hier werden jedenfalls an den Stellen, an denen noch ein Teil der Wassermasse zurückbleibt, neue, aus den Gipfeln unterseeischer Berge gebildete Inseln auftauchen.

Doch wenn die Verminderung der Dichtheit des Luftmeeres für die in höhere Zonen der Atmosphäre emporgedrängten Teile der Kontinente unzweifelhaft ihre Unannehmlichkeiten hat, wie steht es dann gar mit denen, welche der Einbruch der Meere zu überfluten droht? Bei einer unter dem des Druckes der Atmosphäre um etwas zurückbleibenden Dichte der Luft kann man wohl noch atmen; unter einigen Metern Wasser kann man aber gar nicht mehr atmen, und dieser Fall wird auf den beiden anderen Segmenten eintreten.

In dem Segment nordöstlich vom Kilimandscharo fällt der Maximalpunkt nach Jakusk, mitten in Sibirien. Von dieser mit einer Wasserschicht von 8415 Metern Dicke – abzüglich der heutigen Höhenlage – bedeckten Stadt wird sich jene (sc. Wasserschichte) immer weiter abnehmend bis zu den neutralen Linien ausbreiten und dabei den größten Teil des asiatischen Rußland, Ostindien, China, Japan und das amerikanische Alaska jenseits der Behringstraße überfluten. Vielleicht ragen die Gipfel des Uralgebirges noch als Eilande über dem östlichen Teile Europas empor. Petersburg und Moskau einerseits, sowie Kalkutta, Bangkok, Saigon, Peking, Hongkong und Jeddo andererseits werden dagegen unter einer Wasserschicht von verschiedener Tiefe verschwinden, einer Wasserschicht, welche jedoch überall hinreicht, die Russen, Inder, Siamesen, Cochinchinesen und die Bewohner Chinas und Japans zu ertränken, wenn diese nicht die Zeit gewinnen, vor Eintritt der Katastrophe auszuwandern.

In dem Segment südwestlich vom Kilimandscharo werden die Verheerungen minder bedeutend sein, weil dieses Segment größtenteils vom Atlantischen und vom Stillen Ozean bedeckt ist, deren Niveau sich beim Archipel der Maluinen um 8415 Meter heben muß. Jedenfalls werden aber auch da noch ausgedehnte Landstrecken unter der künstlichen Sintflut verschwinden, unter anderen die Ecke Afrikas von Nieder-Guinea und dem Kilimandscharo an bis zum Kap der Guten Hoffnung, ebenso wie jenes Dreieck Südamerikas, das aus Peru, Mittel-Brasilien, Chile, der Republik Argentinien und dem Feuerlande bis zum Kap Hoorn gebildet wird. Die Patagonier werden trotz ihrer außerordentlichen Körperlänge unter dem Wasser verschwinden und nicht einmal Gelegenheit haben, sich auf die höchsten Spitzen der Kordilleren zu retten, da diese nicht in ihrem Lande aufragen.

Derart müssen die Resultate sein – also eine sehr bedeutende Senkung unter die derzeitige Meeresoberfläche oder eine ebensolche Erhebung über diese – welche durch die Niveauveränderung des Erdsphäroid herbeigeführt werden; derart sind die Umstände, gegen welche die davon Bedrohten sich sicherzustellen haben, wenn der Präsident Barbicane bei seinem verbrecherischen Vorhaben nicht rechtzeitig unterbrochen wird.«

Sechzehntes Kapitel

In welchem der Chor der Unzufriedenen crescendo *und* rinforzando *ertönt*

Nach Veröffentlichung dieser dringlichen Mitteilung, welche die Gefahren der Lage klarlegte, galt es nun diese zu vereiteln oder ihnen wenigstens durch schleunige Flucht nach den neutralen Linien, wo die Veränderungen gleich Null sein sollten, zu entgehen.

Die bedrohten Kinder der Erde zerfielen in zwei Kategorien: in die, welche erstickt, und die, welche ertränkt zu werden Aussicht hatten.

Die Wirkung jener Mitteilung gestaltete sich bei den Leute zwar sehr verschieden, jedenfalls zeigte sie sich aber in allseitigen heftigen Protesten.

Auf seiten der zu Erstickenden standen Amerikaner aus den Vereinigten Staaten, Europäer aus Frankreich, England, Spanien u.a.m. Die Aussicht, sich von dem bisherigen Meeresgrunde neue Gebietsteile angliedern zu können, war noch lange nicht verlockend genug, um die begleitenden Veränderungen ruhig hinzunehmen. Paris z. B., welches durch dieselben etwa in die nämliche Entfernung von dem neuen Pole zu liegen kam, die es von dem jetzigen trennt, erlangte dadurch keinerlei Vorteile. Wohl sollte es sich später eines ewigen Frühlings erfreuen, büßte aber gleichzeitig an verfügbarer Luftschicht ziemlich bedeutend ein. Das paßte natürlich den Parisern nicht, welche gewöhnt sind, Sauerstoff – aus Mangel an Ozon – ohne Beschränkung zu verzehren . . . und dann? . . .

Auf seiten der zu Überschwemmenden befanden sich die Bewohner von Südamerika, die Australier, Kanadier, Hindus, die Neuseeländer u.a. Großbritannien konnte doch unmöglich zugeben, daß Barbicane es seiner reichsten überseeischen Besitzungen beraubte, wo das sächsische Element schon mehr und mehr anstelle des eingebornen trat. Offenbar mußte sich der Golf von Mexiko entleeren, um etwa ein großes Reich zu bilden, dessen Besitz die Mexikaner und die Yankees aufgrund der Monroe-Doktrin beanpruchen konnten. Offenbar würde auch das Becken der Sunda-Inseln, die Philippinen und der Celebesgruppe durch seine Trockenlegung ungeheuere Territorien frei werden lassen, welche den Engländern und den Spaniern zufallen mußten.

Nutzlose Kompensation! – Alles das konnte den durch die schreckliche Überflutung herbeigeführten Verlust nicht aufwiegen.

Ja, wenn durch die Senkungsvorgänge nur etwa die Samojeden oder die sibirischen Lappen, die Feuerländer und Patagonier, oder selbst die Tataren, die Chinesen und so ein paar Argentinier unter den neuen Meeren verschwinden sollten, hätten die zivilisierten Staaten zu solchem Opfer wohl Ja und Amen gesagt; es waren aber zu viele Mächte in Mitleidenschaft gezogen, als daß es nicht Proteste gegen jenen Umschwung der Dinge hätte regnen sollen.

Was im besonderen Europa betrifft, so sollte dieses, trotz der ausbleibenden Veränderung der Verhältnisse in seinen mittleren Teilen, im Westen stark gehoben, im Osten um ebensoviel gesenkt, d. h. zur Hälfte auf der einen Seite erstickt und zur Hälfte auf der anderen ertränkt werden. Das war doch wahrlich nicht annehmbar! Außerdem sollte sich das Mittelländische Meer fast vollständig entleeren, was weder die Franzosen noch die Italiener, weder die Spanier noch die Griechen, und weder die Türken noch die Ägypter, deren Lage an den Küsten ihnen unbestreitbare Rechte auf dieses Meer verlieh, gutwillig zugeben konnten. Wozu hätte denn der durch seine Lage in der neutralen Linie verschont bleibende Suezkanal fernerhin dienen sollen? Wie hätte man die herrlichen Arbeiten eines Lesseps ausnutzen können, wenn es auf der einen Seite kein Mittelmeer und auf der anderen kein Rotes Meer – oder doch nur noch sehr wenig davon – gab, außer wenn man sich entschloß, jene vielleicht um tausend Kilometer weiter fortzusetzen? . . .

Endlich würde England ganz sicherlich niemals zustimmen, Gibraltar, Malta und Zypern sich in wolkenverlorene Bergspitzen verwandeln zu sehen, die dann keine Kriegsschiffe mehr anlaufen könnten. Nein, es würde sich unbedingt nicht für befriedigt erklären durch den Zuwachs an Landgebiet, der ihm aus dem früheren Atlantischen Becken anheimfallen konnte. Dennoch war der Major Donellan bereits im Begriffe, nach Europa zurückzudampfen, um die Rechte seines Landes auf die neuen Gebiete noch brühwarm geltend zu machen, im Fall das Unternehmen Barbicanes & Cie. wirklich gelänge.

Schon hieraus ergibt sich, daß Proteste von allen Ecken der Welt einlaufen mußten, selbst von denjenigen Staaten, welche auf den Linien lagen, wo die Niveauveränderung gleich Null sein sollte, denn auch diese wurden an anderen Punkten mehr oder weniger in Mitleidenschaft gezogen. Diese Proteste gestalteten sich vielleicht nur noch stürmischer seit dem Eingange jener Kabelnachricht von Sansibar, welche, unter Bekanntgabe des Ortes für den Riesenschuß, die eben wiedergegebene, wenig beruhigende »Dringliche Mitteilung« veranlaßt hatte.

Kurz, der Präsident Barbicane, der Kapitän Nicholl und I. T. Maston wurden von der gesamten Menschheit in den Bann getan.

Und doch, welche Ernte für die Journale ganz beliebiger Richtung! Welche Nachfrage um Einzelexemplare! Wie viele Wiederdrucke und Ergänzungsabzüge! Es war vielleicht zum allerersten Male, daß man Zeitungen, welche sonst in jeder anderen Frage auseinandergehende Ansichten vertraten, bezüglich desselben Protestes in herzinniger Übereinstimmung sah, wie z. B. die »Novisti«, die »Novoïe-Wremja«, den »Kronstädter Boten«, die »Moskauer Zeitung«, den »Ruskoje-Dielo«, den »Gradashin«, das »Journal von Karskrona«, das »Handelsblad«, »Vaderland«, »Fremdenblatt«, die »Neue Badische Landeszeitung«, die »Magdeburger Zeitung«, »Neue Freie Presse«, das »Berliner Tageblatt«, das »Extrablatt«, die »Post«, das »Volksblatt«, den »Börsencourier«, die »Sibirische Zeitung«, die »Kreuzzeitung«, die »Vossische Zeitung«, den »Reichsanzeiger«, die »Germania«, die »Epoca«, den »Correo«, »Imperial«, die »Correspondencia«, »Iberia«, die »Temps«, den »Figaro«, »Intransigeant« und »Gaulois«, das »Univers«, die »Justice«, »Republique Française«, »Autorité«, »Presse«, den »Matin«, das »XIX° Siècle«, die »Liberté«, »Illustration«, »Monde Illustré«, die »Revue des deux Mondes«, den »Cosmos«, die »Revue-Bleue«, »Nature«, »Tribuna«, den »Osservatore romano«, »Esercito romano«, die »Fanfulla«, den »Capitan Fracassa«, die »Rivorma«, den »Pester Lloyd«, die »Ephymeris«, »Akropolis«, »Palingenesia«, den »Courrier de Cuba«, »Pionnier d'Allahabad«, den »Srpska Nezavinost«, die »Indépendance roumaine«, den »Nord«, die »Independance belge«, den »Sydney-Morning-Herald«, die »Edinburgh-Review«, den »Manchester-Guardian«, »Scotsman«, »Standard«, die »Times«, den »Truth«, »Sun«, die »Central-News«, die

»Pressa Argentina«, den »Romanul de Bucharest«, »Courrier of San Francisco«, die »Commercial-Gazette«, den »San Diego of Calofornia«, »Manitoba«, das »Echo du Pacifique«, den »Scientific Americain«, den »Courrier der Vereinigten Staaten«, »New York Herald«, die »World« von New York, das »Daily-Chronicle«, den »Buenos Ayres Herald«, die »Reveil du Maroc«, den »Hu-Pao«, »Tsching Pao«, »Courrier von Hai-Phong«, den »Moniteur« der Republik Cunani u.a.m. – selbst das englische Journal »Mac Lane Expreß«, das sich nur mit Fragen der politischen Ökonomie befaßt und schon die schlimmste Hungersnot über die verwüsteten Länder hereinbrechen sah. Nicht das europäische Gleichgewicht drohte zerstört zu werden – obwohl das im buchstäblichen Sinne auch der Fall war – sondern das Gleichgewicht der ganzen Welt! Bedenke man nur die Wirkung auf die hocherregte Menschheit, welche ein Übermaß von Nervosität, diesem Hauptmerkzeichen des ausgehenden neunzehnten Jahrhunderts, zu jedem Wahnwitz und zu jeder epileptischen Zuckung prädisponierte! Das war eine Bombe ins Pulverfaß!

Was I. T. Maston angeht, so konnte man glauben, dessen letztes Stündlein habe schon geschlagen.

Wirklich drang am Abend des 17. September eine wutschnaubende Volksmenge in seinen Kerker mit der Absicht, den Armen zu lynchen, und man muß eingestehen, daß die Polizeimacht jene kaum zu hindern versuchte . . .

I. T. Mastons Zelle war leer. Mittelst eines dem Werte dieses würdigen Artilleristen entsprechenden Gewichtes an Gold war es Mrs. Evangelina Scorbitt gelungen, seine Flucht zu ermöglichen. Der Schließer hatte sich dafür um so leichter gewinnen lassen, als es ihm ein kleines Vermögen eintrug, dessen er sich bis in die spätesten Tage zu erfreuen hoffte. Baltimore, Washington, New York und andere wichtige Städte an der Küste Amerikas sollten zwar eine merkbare Erhöhung ihrer Lage erfahren, aber doch noch für den täglichen Verbrauch ihrer Einwohner hinreichende Luft behalten.

I. T. Maston hatte also ein sicheres Versteck finden und sich damit den Wutausbrüchen der Menge entziehen können. So wurde die Existenz des großen Weltenstörers durch die Ergebenheit eines liebenden Weibes gerettet. Übrigens hatte man noch vier Tage zu warten – vier lange Tage – ehe die Pläne von Barbicane & Cie. sich verwirklichen sollten.

Aus Obigem ergibt sich, daß die »Dringliche Mitteilung« die größtmögliche Verbreitung gefunden hatte. Hatte es anfänglich auch einzelne Zweifler an den vorausgesagten Katastrophen gegeben, so waren diese jetzt anderen Sinnes geworden. Die Regierungen hatten sich beeilt, diejenigen ihrer Untertanen – übrigens betraf das nur verhältnismäßig wenige – welche in stark verdünnte Luftschichten emporgehoben werden sollten, ausführlich zu benachrichtigen; nach und nach auch die weit zahlreicheren, deren Gebiet eine Überflutung durch die Meere drohte.

Infolge dieser durch Telegramme nach allen fünf Erdteilen vermittelten Aufklärung entstand eine Auswanderung ohnegleichen, welche selbst die in der arischen Periode stattgehabte Völkerwanderung von Osten nach Westen bei weitem übertraf. Es war ein »Exodus«, der teilweise die hottentottischen, melanesischen, die Negerstämme, aber auch die roten, gelben, braunen und weißen Völkerschaften einschloß.

Leider war ihnen die Frist dazu recht knapp bemessen, die Stunden sozusagen gezählt. Bei einem mehrmonatlichen Aufschub des Termins hätten die Chinesen wohl China, die Australier Australien, die Patagonier Patagonien, die Sibirier die sibirischen Provinzen usw. usw. verlassen können.

Da die Gefahr tatsächlich aber eine örtlich beschränkte war, seit man jetzt die verschont bleibenden Punkte der Erdkugel kannte, verminderte sich auch der früher ganz allgemeine Schrecken. Einzelne Provinzen, sogar ganze Staaten, fingen an, sich zu beruhigen. Kurz, außer in den direkt bedrohten Gegenden blieb nur jene so natürliche Spannung zurück, welche jedes menschliche Wesen in Erwartung eines an sich furchtbaren Ereignisses empfindet.

Währenddessen wiederholte sich Alcide Pierdeux, mit den Armen wie ein Telegraf vergangener Zeiten umherfuchtelnd:

»Doch wie zum Teufel wird es dem Präsidenten Barbicane gelingen, ein Kanonenrohr herzustellen, welches das Siebenundzwanzig-Zentimeter-Geschütz um das Millionenfache übertrifft? Verwünschter Maston! Wie gerne träf' ich den Kerl, um ihm deswegen auf den Kragen zu steigen! Nein, das paart sich nicht mit Sinn und Verstand, das ist gar zu katapultenmäßig!«

Wie dem auch sein mochte – ein etwaiger Mißerfolg der Operation blieb der einzige Hoffnungsanker, an den sich angesichts des allgemeinen Durcheinanders gewisse Teile des Erdballs klammerten.

Siebzehntes Kapitel

Was am Kilimandscharo während acht Monaten dieses denkwürdigen Jahres geschehen war

Das Reich Wamasai liegt im östlichen Teile Zentralafrikas zwischen der Küste von Sansibar und der Gegend der großen Seen, wo der Viktoria-Nyanza und der Tanganyika vollständige Binnenmeere darstellen. Man kennt dieses Reich ein wenig, seit es der Engländer Johnston, der Graf Tekeli und der Leipziger Dr. Meyer besucht haben. Das bergige Gebiet steht unter der Herrschaft des Sultans Bali-Bali, dessen Volk aus dreißig- bis vierzigtausend Negern besteht.

Drei Grade unterhalb des Äquators erhebt sich die Kette des Kilimandscharo, dessen höchste Gipfel – darunter der des Kibo – bis 5704 Meter* aufragen. Dieser gewaltige Gebirgsstock beherrscht nach Süden, Westen und Norden die ausgedehnten und fruchtbaren Ebenen von Wamasai, die sich durch die Gebiete von Mozambique dem Viktoria-Nyanza-See anschließen.

Wenig entfernt von den ersten Abhängen des Kilimandscharo befindet sich die Ortschaft Kisongo, die gewöhnliche Residenz des Sultans. Diese Hauptstadt ist eigentlich nichts als ein ziemlich großes Dorf. Sie wird von einer sehr ergebenen und intelligenten Bevölkerung bewohnt, welche unter dem eisernen, ihr von Bali-Bali aufgezwängtem Joche ebenso fleißig selbst wie mit Hilfe zahlreicher Sklaven arbeitet.

Dieser Sultan gilt mit Recht für einen der beachtenswertesten Souveräne jener zentralafrikanischen Stämme, welche sich dem Einflusse, oder richtiger gesagt, der Zwangherrschaft Englands zu entziehen

---

*1000 Meter mehr als der Montblanc.

streben.

In Kisongo war es nun, wo der Präsident Barbicane und der Kapitän Nicholl in Begleitung von nur zehn Mann für ihr Vorhaben völlig gewonnener Werkführer in der ersten Woche des Monats Januar im laufenden Jahre eintrafen.

Als sie die Vereinigten Staaten verließen, wo nur Mrs. Evangelina Scorbitt und I. T. Maston von ihrer Abreise wußten, schifften sie sich in New York nach dem Kap der Guten Hoffnung ein, von wo aus ein Schiff sie nach Sansibar auf der Insel gleichen Namens überführte. Von hier wieder brachte sie eine heimlich geheuerte Barke nach dem Hafen Mombas auf dem afrikanischen Ufer an der anderen Seite der dortigen Meeresstraße. In genanntem Hafen erwartete dieselben eine vom Sultan abgesendete Begleitmannschaft und nach beschwerlicher, über mehrere hundert Kilometer sich erstreckender Reise durch unebene, oft von halb undurchdringlichen Wäldern bedeckte, von Wasserläufen durchschnittene und von Sümpfen durchlöcherte Gebiete erreichten sie endlich den Wohnsitz des Negerfürsten.

Schon nach Kenntnisnahme der Berechnungen I. T. Mastons hatte der Präsident Barbicane durch Vermittlung eines in jenem Teile Afrikas seit mehreren Jahren aufhältlichen schwedischen Ingenieurs sich mit Bali-Bali ins Einvernehmen gesetzt. Einer der wärmsten Bewunderer und Anhänger des Präsidenten Barbicane seit jener berühmten Reise nach dem Monde – einer Reise, von der der Widerhall sich damals bis in die entlegensten Länder verbreitete – hatte der Sultan dem kühnen Yankee die innigste Freundschaft bewahrt. Ohne zu sagen, was er eigentlich bezweckte, von dem Herrscher von Wamasai Ermächtigung zur Vornahme seiner weitschichtigen Arbeiten am südlichen Fuße des Kilimandscharo zu erhalten. Auf das Angebot einer recht beträchtlichen Summe hin – man sprach von dreihunderttausend Dollar – verpflichtete sich Bali-Bali auch, ihm die nötigen Arbeitskräfte zur Verfügung zu stellen. Im übrigen gab er ihm freie Hand, am Kilimandscharo zu tun, was ihm beliebte. Er konnte also ganz nach Gutdünken über die ungeheuere Bergmasse verfügen, konnte sie abtragen, wenn er dazu Lust hatte, oder auch weiter fortschaffen, wenn er das vermochte. Aufgrund streng festgestellter Vertragsbedingungen, bei denen der Sultan natürlich seine Rechnung fand, war die *»North Polar Practical Association«* ebenso einwandfreier Eigentümer des afrikanischen Bergkolosses, wie des hocharktischen Gebietes.

Dem Präsidenten Barbicane und seinem Kollegen wurde in Kisongo der herzlichste Empfang zuteil. Bali-Bali empfand eine an wirkliche Anbetung grenzende Bewunderung für die beiden berühmten Reisenden, die sich in den freien Weltraum hinausgewagt hatten, um die zirkumlunaren Gegenden zu erreichen. Außerdem regte sich in ihm eine ungewöhnliche Teilnahme für die Unternehmer der geheimnisvollen Arbeiten, die in seinem Königreiche ausgeführt werden sollten. Dazu versicherte er die Amerikaner der strengsten Geheimhaltung – sowohl von seiner eigenen wie von der Seite seiner Untertanen, deren Mithilfe ihnen zugesagt war. Kein einziger der in den Werkstätten und Anlagen arbeitenden Neger durfte diese, bei grausamster Todesstrafe für die Übertretung dieser Vorschrift, auch nur einen Tag verlassen.

So kam es, daß die ganze Angelegenheit in einem dichten Schleier des Geheimnisses verhüllt blieb, den auch die scharfsichtigsten Spitzel Amerikas und Europas nicht zu durchschauen vermochten. Die schließliche Enthüllung des Geheimnisses rührte daher, daß der Sultan nach Vollendung der Arbeiten die Zügel etwas schlaffer werden ließ und daß es eben überall Plaudertaschen und Verräter gibt – selbst unter den Negern. So kam es, daß Richard W. Trust, der amerikanische Konsul in Sansibar, davon Wind bekam, was am Kilimandscharo vor sich ging. Zu jener Zeit, am 13. September, war es aber bereits zu spät, den Präsidenten Barbicane an der Ausführung seines Vorhabens zu hindern.

Der Grund, weshalb Barbicane und Cie. sich gerade Wamasai als Operationsfeld erwählten, lag darin, daß dieses Land, wegen seiner Lage in einem sehr wenig bekannten Teile Afrikas und seiner Entfernung von den bewohnteren und von Reisenden öfter besuchten Gegenden, ihnen hierzu am geeignetsten erschien. Der Gebirgsstock des Kilimandjaro bot außerdem jede für das Gelingen des großen Werkes nötige Sicherheit und eine bequeme Orientation obendrein. Weiter fanden sich in jenem Lande die Rohmaterialien, deren sie besonders bedurften, und unter Verhältnissen, welche deren Nutzbarmachung außerordentlich erleichterten.

Erst wenige Monate vor seinem Verlassen der Vereinigten Staaten hatte der Präsident Barbicane durch den genannten schwedischen Forschungsreisenden in Erfahrung gebracht, daß sich am Fuße des Kilimandscharo große Schätze an Eisen und Kohlen in oberflächlichen Bodenschichten vorfanden, so daß es daselbst nicht erst nötig wurde, tiefe Schächte anzulegen und Kohlenflöze vielleicht einige tausend Fuß unter der Erdoberfläche zu suchen. Um Eisen und Kohle zu haben, brauchte man sich dort nur zu bükken und gewann diese aller Voraussicht nach in einer für die vorliegenden Zwecke mehr als hinreichenden Menge. Endlich existierten in der Nachbarschaft des Bergriesen ungeheuere Lager von salpetersaurem Natron und Eisenkiesen, welche zur Darstellung des Meli-Melonits gebraucht wurden.

Der Präsident Barbicane und der Kapitän Nicholl hatten also auch kein Arbeiterpersonal mitgenommen, außer jenen zehn Werkführern, auf die sie sich vollständig verlassen konnten. Letztere sollten die Anleitung der zehntausend, von Bali-Bali ihnen zur Verfügung gestellten Neger übernehmen, denen es obliegen würde, die Monster-Kanone und das zugehörige, nicht minder monströse Geschoß herzustellen.

Vierzehn Tage nach der Ankunft des Präsidenten Barbicane und seines Kollegen in Wamasai waren am südlichen Abhange des Kilimandscharo schon drei ausgedehnte Werkstätten errichtet, die eine für den Guß des Kanonenrohres, die zweite für den des Geschosses und die dritte für die Bereitung des Meli-Melonits.

Wie der Präsident Barbicane die Aufgabe, nein, das Problem gelöst hatte, ein Rohr von so außerordentlichen Größenverhältnissen gießen zu können, wird der geneigte Leser sofort sehen und gleichzeitig begreifen, warum die letzte Aussicht auf Rettung, die man aus der enormen Schwierigkeit der Herstellung eines solchen Geschützes ableitete, den Bewohnern beider Welten entgehen mußte.

In der Tat hätte gewiß der Guß einer Kanone, welche das 27-cm-Geschütz bezüglich des Volumens einmillionenmal übertraf, die menschliche Leistungsfähigkeit weit übertroffen. Man hat schon sehr ernste Schwierigkeiten bei Herstellung von 42-cm-Geschützen, welche siebenhundertachtzig Kilogramm wiegende Geschosse mit einer Pulverladung von zweihundertvierundsiebzig Kilogramm wegzuschleudern vermögen. In dieser Weise hatten sich Barbicane und Nicholl die Ausführung der Sache auch gar nicht gedacht. Es war keine Kanone, nicht einmal ein Mörser, worauf sie ausgingen, sondern einfach nur eine in dem sehr widerstandsfähigen Gestein des Kilimandscharo anzulegende Galerie, ein runder Minenschacht, wenn man will.

Dieser Schacht, diese ungeheuere Flattermine konnte die Stelle einer metallenen Kanone, einer riesigen Kolumbiade ersetzen, deren Herstellung ebenso kostspielig wie schwierig gewesen wäre und der man eine unberechenbare Seelenwandstärke hätte geben müssen, um gegen die Explosion gesichert zu sein. Barbicane und Cie. hatten von Anfang an die Absicht gehabt, in dieser Weise zuwege zu gehen, und wenn das Notizbuch I. T. Mastons eine Kanone erwähnte, so war damit nur das gewöhnliche, seinen Berechnungen zugrunde gelegte 27-cm-Geschütz gemeint gewesen.

Von vornherein wurde also eine an der südlichen Böschung der Gebirgskette etwa hundert Fuß hochgelegene Stelle ausgewählt, unter der sich eine ununterbrochene Ebene bis über Sehweite hinaus ausdehnte. Nichts konnte also dem Projektile ein Hindernis bieten, wenn dieses aus der in die Felsmasse des Kilimandscharo gebohrten »Seele« hervordrang.

Mit peinlichster Genauigkeit, freilich nicht ohne große Mühsal, wurde jene Galerie ausgearbeitet. Barbicane hatte jedoch leicht große Gesteinsbohrer herzustellen vermocht, im ganzen ziemlich einfache Apparate, welche mittelst komprimierter, durch die mächtigen Wasserfälle des Berges gelieferter Luft in Tätigkeit gesetzt wurden. Die durch die Bohrkronen derselben erzeugten Löcher wurden dann mit Meli-Melonit geladen. Es bedurfte nichts geringerem als dieses mächtigen Explosivkörpers, um den Fels zu sprengen, denn dieser bestand aus einem sehr harten, von Orthoklas und Hornblende gebildeten Syenit. Das war übrigens ein günstiger Umstand, da dieser Fels dem durch die Expansion der Gase entwickelten ungeheueren Drucke Widerstand zu leisten hatte. Die Höhe und die Dicke des Kilimandscharo genügten aber jedenfalls, um vor jedem Risse oder Bruche im Innern gesichert zu sein.

Die Tausende unter Aufsicht der zehn Werkführer tätigen Arbeiter entwickelten unter der Oberleitung des Präsidenten Barbicane einen so löblichen Eifer und soviel Intelligenz, daß das Werk vor Ablauf von sechs Monaten glücklich zu Ende geführt war.

Bei sechshundert Meter Tiefe hatte die Galerie einen Durchmesser von siebenundzwanzig Metern. Da es darauf ankam, daß das Projektil an einer vollkommen glatten Wand vorüberstreichen konnte, ohne Verbrennungsgase entweichen zu lassen, so wurde das Innere durch eine Metallseele aus genau gerichteten Gußplatten abgeblendet.

Diese Arbeit war wesentlich umfänglicher als die zur Herstellung der berühmten Kolumbiade von Moon-City, welche das Aluminium-Projektil nach dem Monde und um diesen entsendet hatte. Doch was ist den Ingenieuren unserer Zeit überhaupt unmöglich?

Während nun die Bohrung in den Eingeweiden des Kilimandscharo vor sich ging, feierten die Arbeiter auch in der zweiten Werkstätte nicht. Gleichzeitig mit der Herstellung oben erwähnter Metallhülse war man mit der des ungeheueren Projektils beschäftigt.

Nur zu diesem Zwecke handelte es sich darum, ein

zylindro-konisches Gußstück zu erhalten, welches hundertachtzig Millionen Kilogramm oder hundertachtzigtausend Tonnen wog.

Niemals war übrigens daran gedacht worden, dieses Gigantengeschoß in einem Stücke zu gießen. Es sollte vielmehr aus Einzelteilen von je tausend Tonnen hergestellt werden, welche man dann mittelst Kran nach der Mündung der Galerie zu befördern und endlich vor deren, natürlich schon vorher mit dem nötigen Meli-Melonit gefüllten Kammer aneinanderzufügen gedachte. Nach deren Verbindung durch mächtige Bolzen bildeten sie dann eine kompakte Masse, die an den Wänden des Innenrohres hingleiten sollte.

Hierdurch entstand die Notwendigkeit, nach der zweiten Werkstätte etwa vierhunderttausend Tonnen Eisenerz, siebzig Millionen Tonnen Flußspath und vierhunderttausend Tonnen Fettkohlen zu schaffen, welch letztere man in den vorhandenen Schwelöfen zunächst in zweihundertachtzigtausend Tonnen Koks umwandelte. Da die Kohlenflöze sehr nahe am Kilimandscharo lagen, wurde jene Anfuhr einfach durch Karren bewerkstelligt.

Was die Konstruktion der Hochöfen anbelangte, in denen aus dem Erz das Roheisen erschmolzen werden sollte, so bot diese vielleicht die ernsthaftesten Schwierigkeiten. Dennoch waren schon nach Verlauf eines Monats zehn Hochöfen von je dreißig Meter Höhe imstande, zu funktionieren und jeder täglich hundertachtzig Tonnen Metall zu liefern. Das ergab achtzehnhundert Tonnen binnen vierundzwanzig Stunden oder hundertachtzigtausend Tonnen in hundert Arbeitstagen.

Die dritte, zur Erzeugung des Meli-Melonits bestimmte Werkstätte betreffend, ging die Arbeit in derselben ohne Beschwerde, aber unter so strenger Geheimhaltung vor sich, daß die Zusammensetzung dieses Explosivstoffes auch bis heute noch nicht verläßlich angegeben werden konnte.

Alles war nach Wunsch gegangen, und unmöglich konnte man mit mehr Erfolg in den Werkstätten von Creusot, Cail, Indret, la Seyne, Birkenhead, Wollwich oder Cockerill arbeiten. Kaum zählte man ein mißlungenes Stück auf je sechzigtausend Dollar Arbeitswerte.

Daß der Sultan ganz entzückt war, ist ja leicht zu glauben. Er folgte allen Vorgängen mit unermüdlichem Eifer, und es begreift sich sehr gut, daß die Anwesenheit Seiner furchtbaren Majestät deren treue Untertanen nur noch zu größeren Leistungen anspornen mußte.

Zuweilen fragte Bali-Bali wohl auch, was man denn eigentlich mit der ganzen Sache bezwecke.

»Es handelt sich um ein Werk, welches das Aussehen der Welt verändern soll«, antwortete dann der Präsident Barbicane.

»Ein Werk«, fügte der Kapitän Nicholl hinzu, »welches dem Sultan Bali-Bali den unverlöschlichsten Ruhm unter allen Königen Ostafrikas sichern wird!«

Daß der Sultan seinen Stolz als Selbstherrscher von Wamasai nur noch mehr angestachelt fühlte, ist ja begreiflich genug.

Am 29. August schon waren die Arbeiten vollkommen beendigt. Die in gewünschtem Kaliber ausgebohrte Galerie trug schon in der Länge von sechshundert Metern ihre Seelenwandbekleidung. Im Grunde derselben lagerten zweitausend Tonnen Meli-Melonit, der durch eine Kammer mit der Zündmasse in Verbindung stand. Dann folgte das hundertfünfzig

Meter lange Geschoß. Unter Abrechnung des von dem Pulver und dem Projektil eingenommenen Platzes, hatte letzteres bis zur Mündung noch vierhundertzweiundneunzig Meter zu durchlaufen, wodurch die erhoffte, von der Ausdehnung der Explosionsgase herrührende Endwirkung des Stoßes gesichert erschien.

Nun drängte sich eine erste, übrigens rein ballistische Frage auf, nämlich die, ob das Projektil aus der ihm nach den Berechnungen I. T. Mastons vorgezeichneten Flugbahn abweichen werde. Gewiß nicht. Jene Berechnungen waren ja richtig. Sie ergaben genau, in welchem Betrage das Projektil infolge der Drehung der Erde um ihre Achse östlich von der Mittagslinie des Kilimandscharo abweichen und welches die Form des hyperbolischen Bogens sein mußte, den dasselbe in Anbetracht seiner rasenden Anfangsgeschwindigkeit zu beschreiben gezwungen war.

Eine zweite Frage, ob es während des Fluges sichtbar sein werde, beantwortete sich verneinend, denn beim Austritte aus der in der Finsternis der Erdentiefe gelegenen Galerie konnte man jenes unmöglich wahrnehmen, überdies werde es, bei der geringen Höhe seiner Bahn, eine sehr beträchtliche Winkelgeschwindigkeit aufweisen. Nach Erreichung beleuchteter Atmosphärenschichten mußte es sich bei der im Vergleich zum Weltraume doch immerhin verschwindenden Größe seines Volumens auch den mächtigsten Fernrohren entziehen, und hatte es einmal die Grenzlinie der Anziehungskraft der Erde hinter sich, so mußte es zweifellos für immer mit den Planten um die Sonne kreisen.

Der Präsident Barbicane und der Kapitän Nicholl konnten also gewiß stolz sein auf das Werk, das sie jetzt bis zum glücklichen Ende geführt hatten.

Warum war denn aber I. T. Maston nicht mit hier, um die herrliche Vollendung der Arbeiten zu bewundern, die sich der Verläßlichkeit seiner durch und für dieselben veranlaßten Berechnungen so würdig zur Seite stellten? – Und vorzüglich, warum würde er fern, sehr fern, zu fern sein, wenn die gewaltige Detonation erst das Echo bis zum äußersten Horizonte Afrikas wachrief?

Wenn seine beiden Kollegen an ihn dachten, ahnten sie freilich kaum, daß der Schriftführer des Gun-Club nach seiner Flucht aus dem Gefängnisse von Baltimore das Ballistic-Cottage hatte verlassen und sich verstecken müssen, um seine kostbare Existenz sicherzustellen. Sie wußten ja nicht, bis zu welchem Grade die öffentliche Meinung gegen die Ingenieure der *»North Polar Practical Association«* erbittert war. Ihnen blieb es verborgen, daß sie niedergemetzelt, gevierteilt, bei schwachem Feuer geröstet worden wären, wenn man sich ihrer Personen nur hätte bemächtigen können. Wahrlich, in dem Augenblicke, da der Schuß hinausdonnerte, konnten sie sich glücklich schätzen, nur durch das Geschrei eines ostafrikanischen Negerstammes begrüßt zu werden.

»Endlich!« redete der Kapitän Nicholl den Präsidenten Barbicane an, als sich am Abend des 22. September beide angesichts ihres vollendeten Werkes in die Brust warfen.

»Ja! . . . Endlich! . . . Und auch: Uff!« erwiderte Barbicane wie mit einem Seufzer tief empfundener Erleichterung.

»Wenn wir noch einmal von vorne anfangen müßten . . .«

»Ach was, dann fingen wir eben noch einmal an!«

»Welch ein Glück«, sagte der Kapitän Nicholl, »diesen wunderbaren Meli-Melonit zur Verfügung zu haben!«

»Der zur Begründung Ihres Weltruhmes hinreichen wird, Nicholl!«

»Vielleicht, Barbicane«, erwiderte der Kapitän Nicholl bescheiden.

»Doch wissen Sie, Barbicane, wie viele solcher Galerien wir in die Weichen des Kilimandscharo hätten treiben müssen, um das nämliche Resultat zu erzielen, wenn uns nur Schießbaumwolle zur Verfügung stand gleich der, welche unser früheres Geschoß nach dem Monde beförderte?«

»Nein; so sagen Sie es, Nicholl.«

»Hundertachtzig Galerien, Barbicane!«

»Nun wohl, so hätten wir einfach so viele angelegt.«

»Und dazu hundertachtzig Geschosse von hundertachtzigtausend Tonnen.«

»Die hätten wir gegossen, Nicholl!«

Leuten aus solchem Stoffe soll einer nur versuchen Vernunft beizubringen! Doch wenn Artilleristen einmal eine Reise um den Mond fertiggebracht haben, wovor sollten sie dann auch zurückschrecken?

An demselben Abend, wenige Stunden vor der für den Schuß festgesetzten Minute, während der Präsident Barbicane und der Kapitän Nicholl sich in obiger Weise beglückwünschten, stieß Alcide Pierdeux, der sich in Baltimore in sein Zimmer zurückgezogen hatte, in reiner Verzückung den Kriegsschrei der Rothäute aus. Dann schnellte er von dem Tische empor, den lose, mit algebraischen Formeln bekritzelte Blätter bedeckten, und rief:

»Du Spitzbube von Maston! . . . Ei, du . . .! »(Er belehnte den Amerikaner mit einem nicht sehr schmeichelhaften Tiernamen.) . . . »Foppt mich der

Bursche mit seinem verzwickten Problem! ... Heiliger Cosinus, daß ich das auch nicht eher entdecken mußte! ... Wüßt' ich, wo er sich augenblicklich befindet, ich lüde ihn wahrlich zum Abendessen ein, und wir tränken miteinander ein Glas Champagner in dem Augenblicke, wo sein gewaltiger Feuerschlund losdonnert, um alles in große und kleine Stücke zu zerschmettern!«

Und mit jenem wilden Geheul, mit dem er gewöhnlich seine Whistpartien zu begleiten pflegte, wetterte er weiter:

»Der alte Schwachkopf! ... Unzweifelhaft hatte er bei der Berechnung der Kanone des Kilimandscharo etwas im Kopfe! ... Er hätte ja eine ganze Menge solcher Dingerchen gebraucht! ... Das war die *condito sine qua non* – oder *sine* Kanone, wie wir auf der Schule gesagt haben würden!«

Achtzehntes Kapitel

In dem die Bevölkerung von Wamasai erwartet, daß der Präsident Barbicane dem Kapitän Nicholl »Feuer!« zuruft

Der Abend des 22. September war endlich da – jenes denkwürdige Datum, von dem die öffentliche Meinung eine ebenso verheerende Wirkung erwartete, wie dereinst vom 1. Januar 1000.

Zwölf Stunden nach dem Durchgange der Sonne durch den Meridian des Kilimandscharo, d. h. um Mitternacht, sollte durch die Hand des Kapitän Nicholl an die schreckliche Erschütterungsmaschine Feuer gelegt werden.

Hier muß noch eingeschaltet werden, daß der Kilimandscharo unter fünfunddreißig Grad östlicher, Baltimore dagegen unter neunundsiebzig Grad westlicher Länge von Paris liegt, was einen Unterschied von hundertvierzehn Längengraden, oder, da jeder vier Zeitminuten entspricht, von vierhundertsechsundfünfzig Zeitminuten, gleich sieben Stunden sechsunddreißig Minuten ausmacht. In dem Augenblicke, wo der Schuß abgebrannt werden sollte, konnte es in der Hauptstadt von Maryland daher erst um fünf Uhr vierundzwanzig Minuten nachmittags sein.

Das Wetter war prächtig. Hinter einem wundervoll reinen Horizonte senkte sich über den Ebenen von Wamasai die Sonne dem Untergange entgegen. Man hätte sich keine schönere, stillere, sternenhellere Nacht wünschen können, um solch ein Geschoß in den Weltraum zu jagen. Kein Wölkchen sollte sich mit den künstlichen, durch die Verpuffung des Meli-Melonits entstehenden Dunstmassen vermischen.

Wer weiß, ob der Präsident Barbicane und der Kapitän Nicholl es nicht vielleicht gar bedauerten, in ihrem Projektile nicht Platz nehmen zu können! In der ersten Sekunde hätten sie damit ja eine Strecke von zweitausendachthundert Kilometern zurückgelegt! Nach kurzem Fluge durch die Geheimnisse der Mondwelt hätten sich ihnen die Geheimnisse der Sonnenwelt, und zwar unter weit interessanteren Verhältnissen entschleiert, als früher einmal dem Franzosen Hector Servadac, der auf dem Kometen »Gallia« durch dieselben geführt wurde.*

Der Sultan Bali-Bali, seine höchsten Würdenträger, d. h. der Finanzminister und der in Afrika niemals entbehrliche Scharfrichter, und dazu das ganze, bei dem großen Werk beteiligt gewesene Personal

*Siehe desselben Verfassers »Reise durch die Sonnenwelt«.

hatten sich zusammengefunden, um den verschiedenen Phasen des Schusses zu folgen. Aus Vorsicht hatte die gesamte Menge aber drei Kilometer von der in dem Kilimandscharo ausgehöhlten Galerie Aufstellung genommen, um nicht von dem gewiß ganz ungeheueren Luftdrucke bei der Detonation zu leiden.

Ringsumher drängten sich Tausende von Eingebornen aus Kisongo und den im Süden des Landes verstreuten Ortschaften, welche auf besonderen Befehl des Sultans herbeigeeilt waren, das erhabene Schauspiel mit anzusehen.

Ein Kupferdraht, der, von einer elektrischen Batterie ausgehend, mit der Zündmasse im Hintergrunde der Galerie in Verbindung stand, war bestimmt zur Fortleitung des Stromes, der die Zündpille in Brand setzen und die Verpuffung des Meli-Melonits herbeiführen sollte.

Als Vorspiel hatte eine treffliche Mahlzeit den Sultan, seine amerikanischen Gäste und die Großwürdenträger seines Reiches an ein und derselben Tafel vereinigt – alles auf Kosten Bali-Balis, der um so freigebiger auftrat, als ihm seine Auslagen aus der Kasse der Gesellschaft Barbicane & Cie. zurückerstattet werden sollten.

Es war um elf Uhr, als das um siebeneinhalb Uhr begonnene Festmahl mit einem Toast beendigt wurde, den der Sultan auf die Ingenieure der *»North Polar Practical Association«* und auf das glückliche Gelingen ihrer Unternehmung ausbrachte.

Noch eine Stunde, und die Veränderung der geographischen und klimatologischen Zustände der Erde sollte eine vollendete Tatsache geworden sein.

Der Präsident Barbicane, sein Kollege und die zehn Werkführer stellten sich nun um das Häuschen, in dessen Innerem die elektrische Batterie zurechtgemacht war.

Den Chronometer in der Hand, zählte Barbicane die Minuten, und nie mochten sie ihm wohl so lange vorgekommen sein – so wie jene Minuten, die uns zuweilen nicht wie Jahre, sondern wie Jahrhunderte erscheinen.

Zehn Minuten vor Mitternacht traten der Kapitän Nicholl und er an den Apparat, den der Kupferdraht mit der Galerie des Kilimandscharo in Verbindung setzte.

Der Sultan, sein Hofstaat und die Menge der Eingebornen bildeten einen ungeheueren Kreis um sie.

Es war von Wichtigkeit, daß der Schuß ganz genau in dem durch die Berechnungen I. T. Mastons bestimmten Augenblicke, d. h. gerade dann losgebrannt wurde, wenn die Sonne die äquinoktiale Linie durchschnitt, die sie bei ihrer scheinbaren Kreisbahn um das Erdsphäroid niemals wieder verlassen sollte.

»Noch fünf Minuten!« – »Noch vier Minuten!« – »Noch drei.« – »Noch zwei!« – »Nur noch eine Minute!«

Der Präsident Barbicane starrte wie gebannt auf den Sekundenzeiger seiner Uhr, welche eine von einem der Werkführer gehaltene Lampe beleuchtete, während der Kapitän Nicholl sich mit über dem Tasterknopf erhobenem Finger bereithielt, den elektrischen Strom zu schließen.

»Nur noch zwanzig Sekunden!« – »Nur noch zehn!« – »Noch fünf!« – »Nur noch eine Sekunde! . . .«

Man hätte auch nicht das leiseste Erzittern an der Hand dieses phlegmatischen Nicholl wahrnehmen können. Er und sein Kollege waren heute nicht mehr erregt als in jenem Augenblicke, wo sie, in dem Aluminiumgeschoß einquartiert, den Zeitpunkt erwarteten, in dem die Kolumbiade von Florida sie in den Bereich des Mondes befördern sollte.

»Feuer!« rief der Präsident Barbicane.

Der Zeigefinger des Kapitän Nicholl drückte auf den Knopf.

Eine furchtbare Explosion, deren donnerndes Echo sich bis zu den entferntesten Grenzen des Horizonts von Wamasai verbreitete. Ein scharfes Pfeifen einer Masse, welche die Luftschichten unter dem Drucke von Milliarden Milliarden Litern Gas durchsauste, das durch die urplötzliche Verpuffung von zwei Millionen Tonnen Meli-Melonit erzeugt worden war. Man hätte sagen mögen, eines jener Meteore, in denen alle Gewalt der Natur aufgespeichert ist, brause dicht über der Oberfläche der Erde hin. Und schrecklicher wäre die Wirkung auch nicht gewesen, wenn sich alle Artilleriekorps der Erde mit allen Blitzen des Himmels verbunden hätten.

Neunzehntes Kapitel

In dem I. T. Maston vielleicht die Zeit bedauert, wo das Volk ihn lynchen wollte

Die Hauptstädte der beiden Welten, aber auch alle einigermaßen wichtigeren Städte bis herab zu den kleinsten Flecken harrten in fürchterlichster Erwartung. Dank den in so großer Anzahl über den ganzen Erdball verbreiteten Zeitungen kannte jedermann den genauen Zeitpunkt, der mit Schlag Mitternacht an dem fünfunddreißig Grade östlich gelegenen Kilimandscharo – entsprechend dem Längenunterschiede jedes Ortes – zusammenfallen mußte.

Um nur die wichtigsten Städte anzuführen, war das – da, die Sonne einen Grad in vier Minuten zurücklegt:

In Paris	um 9 Uhr 40 Minuten abends
In Petersburg	um 11 Uhr 31 Minuten abends
In London	um 9 Uhr 30 Minuten abends
In Rom	um 10 Uhr 20 Minuten abends
In Madrid	um 9 Uhr 15 Minuten abends
In Berlin	um 10 Uhr 20 Minuten abends
In Konstantinopel . .	um 11 Uhr 26 Minuten abends
In Kalkutta	um 3 Uhr 4 Minuten morgens
In Nanking	um 5 Uhr 5 Minuten morgens

In Baltimore war es, wie erwähnt, zur Zeit des Sonnendurchganges durch den Meridian des Kilimandscharo um 5 Uhr 24 Minuten nachmittags.

Wir brauchen wohl nicht erst von dem tödlichen Entsetzen zu sprechen, das in diesem Augenblicke überall herrschte. Die mächtigsten Federn unserer Zeit hätten das nicht zu schildern, der Pinsel eines Makart hätte es nicht zu malen vermocht.

Daß die Bewohner von Baltimore keine Gefahr liefen, von der aufschäumenden Flutwelle der aus ihrem Becken gedrängten Meere weggespült zu werden – mag sein! Daß es für sie nicht in Frage kam, die Chesapeake-Bai sich entleeren und das dieselbe abschließende Kap Hatteras sich wie ein Gebirgskamm über den trockengelegten Atlantischen Ozean verlängern zu sehen – zugegeben! Doch würde auch die Stadt, gleich vielen anderen nicht von Überflutung oder plötzlicher Erhebung bedrohten Städten, nicht durch den Stoß durcheinandergewürfelt, würden die Denkmäler nicht zerstört oder Einzelteile derselben nicht von Abgründen verschlungen werden, die sich an der Oberfläche des Erdbodens auftun konnten? Und waren derartige Befürchtungen nicht gar zu gerechtfertigt für verschiedene andere Gebiete der Erde, welche die bezüglich ihres Niveaus veränderten Wassermassen nicht bedecken sollten?

Gewiß, das lag auf der Hand.

Das ganze Menschengeschlecht fühlte denn auch die Schauer des Entsetzens in dieser unglücksschwangeren Minute bis ins Mark der Gebeine ausstrahlen. Ja – alle erzitterten – nur einer ausgenommen: der Ingenieur Alcide Pierdeux zitterte nicht. Bei dem Mangel an Zeit zur öffentlichen Kenntnisgabe dessen, was eine letzte Arbeit ihm ergeben hatte, schlürfte er in einem der schönsten Bars der Stadt ein Glas Champagner auf das Wohlbefinden der Alten Welt.

Die vierundzwanzigste Minute nach fünf Uhr – genau entsprechend der Mitte der Nacht am Kilimandscharo – verrann . . .

In Baltimore . . . nichts!

In London, Paris, Rom, Konstantinopel, in Berlin . . . nichts! Nicht der geringste Stoß!

John Milne, der in einer Kohlengrube von Takoshima (Japan) den darin aufgestellten Tromometer* beobachtete, vermochte in jener Gegend nicht die geringste abnorme Bewegung der Erdkruste nachzuweisen.

In Baltimore hatte sich also gleichfalls nichts gezeigt. Übrigens war der Himmel gerade bewölkt, und als die Nacht kam, war es unmöglich zu erkennen, ob die Sterne etwa eine Veränderung ihrer Bewegung zeigten, was ja eine stattgefundene Verlegung der

*Der Tromometer ist eine Art Pendel, dessen Schwingungen die mikroseismischen Erschütterungen der Erde bequem beobachten lassen. Nach dem Vorgange Japans haben auch viele andere Staaten solche Apparate in ihren Bergwerksstollen anbringen lassen.

Erdachse bewiesen hätte.

Doch welche Nacht verbrachte I. T. Maston in seinem, aller Welt – natürlich mit Ausnahme der Mrs. Evangelina Scorbitt – unbekannten Verstecke! Er wütete geradezu, der heißblütige Artillerist. Er vermochte sich gar nicht mehr an einer Stelle zu halten! Wie verlangte es ihn danach, einige Tage älter zu sein, um eine Veränderung der Sonnenbahn wahrnehmen zu können als unbestreitbaren Beweis der gelungenen Operation. Diese Veränderung konnte sich ja erst am frühen Morgen des 23. September zeigen, weil das Tagesgestirn am laufenden Tage sich für alle Punkte der Erde sowieso im Osten erhob.

Am nächsten Morgen erschien die Sonne am Horizonte ganz in der gewöhnlichen Weise.

Die europäischen Abgesandten standen auf der Terrasse ihres Hotels beieinander. Sie hatten die feinsten Präzisions-Meßinstrumente zur Verfügung und vermochten genau nachzuweisen, ob die Sonne ihre Bahn wirklich in der Ebene des Äquators durchlaufe.

Damit war aber – nichts, denn wenige Minuten nach ihrem Aufgange neigte sich die Strahlenscheibe bereits ein wenig nach der südlichen Halbkugel zu.

Ihr scheinbarer Lauf hatte also keine Veränderung erlitten.

Der Major Donellan und seine Gefährten begrüßten die Himmelsfackel mit begeisterten Hurras und bereiteten ihr ein »Entrée«, wie man im Theaterjargon sagt. Der Himmel war jetzt von herrlicher Reinheit, der Horizont befreit von den Dünsten der Nacht, und niemals trat der große Akteur (sc. die Sonne) auf schönerer Bühne unter blendenderem Glanze vor einem entzückteren Zuschauerkreise auf.

»Aufs Haar genau an der Stelle, den die Gesetze der Astronomie vorschreiben!« rief Erik Baldenak.

»Unserer alten Astronomie«, bemerkte Boris Karkof, »welche jene Tollhäusler auf den Kopf stellen wollten.«

»Na, sie haben ja die Kosten davon und die Blamage obendrein!« setzte Jakob Jansen hinzu, durch dessen Mund ganz Holland zu sprechen schien.

»Und das arktische Gebiet wird in Ewigkeit unter dem Eispanzer verbleiben, der es jetzt bedeckt!« flocht der Professor Jan Harald ein.

»Hurra für die Sonne!« jubelte der sonst so steifleinene Major Donellan. »So wie sie ist, entspricht sie den Bedürfnissen der Erde!«

»Hurra! ... Hurra!« wiederholten wie aus einem Munde die Vertreter des alten Europa.

Da warf Dean Toodrink, der bis jetzt ganz stillgeschwiegen, eine sehr wichtige Bemerkung dazwischen.

»Doch, wenn sie nun noch gar nicht geschossen haben?« fragte er.

»Nicht geschossen? ...« entgegnete der Major. »Gebe der Himmel, daß sie geschossen, noch lieber, zweimal für einmal geschossen haben!«

Auf Toodrinks Gedanken kamen zunächst auch I. T. Maston und Mrs. Evangelina Scorbitt; dasselbe fragten sich alle Weisen und alle Schwachköpfe, für diesmal vereinigt durch die zwingende Logik der Sachlage.

Dasselbe wiederholte sich endlich Alcide Pierdeux, doch mit dem Zusatze:

»Mögen sie nun losgedonnert haben oder nicht ... einerlei! Die Erde hat deshalb nicht aufgehört, um ihre alte wohlgeölte Achse zu walzen und sich wie von Olims Zeiten her zu schaukeln!«

Bisher wußte man freilich nicht, was am Kilimandscharo geschehen war. Vor Ablauf des Tages kam indes noch eine Antwort auf diese der ganzen Menschheit am Herzen liegende Frage.

An die Vereinigten Staaten traf ein Kabel-Telegramm ein, gesendet von dem Konsulat in Sansibar durch Richard W. Trust und folgenden Wortlautes:

Sansibar, 23. September,
7 Uhr 25 Minuten morgens.

An den Staatsminister John S. Wright.

Schuß gestern nacht genau um zwölf Uhr abgefeuert aus dem in den südlichen Ausläufer des Kilimandscharo angelegten Rohre. Projektil mit entsetzlichem Pfeifen vorübergejagt. Furchtbare Detonation. Provinz durch Windhose zerstört. Meer aufgewühlt bis zum Kanal von Mozambique. Zahlreiche Schiffe gescheitert und an die Küste geworfen. Flecken und Dörfer vernichtet. Sonst geht alles gut.

Richard W. Trust.

Jawohl, es ging alles gut, weil sich nichts geändert hatte im Zustande der Dinge, abgesehen von den in Wamasai angerichteten Verheerungen, welche aufs Kerbholz jener künstlichen Windhose gehörten, und von den vielfachen Schiffbrüchen infolge der gewaltsamen Verschiebungen der Luftschicht. Doch das war ja ganz ähnlich gewesen, als die berühmte Kolumbiade damals ihr Projektil nach dem Monde entsendete, und der Rückstoß, den der Erdboden von Florida dabei aufnehmen mußte, hatte sich auch in einem Umkreis von hundert Meilen fühlbar gemacht. Diesmal erreichte die nämliche Wirkung einfach das Hundertfache, das war alles.

Doch das nebenbei; jedenfalls belehrte jene Depesche alle Beteiligten der Alten wie der Neuen Welt über zwei Dinge:

1. daß es gelungen war, den überriesigen Apparat gleich in die Flanken des Kilimandscharo einzubauen;

2. daß der Schuß zur festgesetzten Zeit abgefeuert worden war.

Da stieß die Welt einen ungeheueren Aufschrei der Befriedigung aus, dem ein noch fürchterlicheres Gelächter das Geleit gab.

Das Unternehmen von Barbicane & Cie. war kläglich ins Wasser gefallen! Die schönen Formeln I. T. Mastons waren reif für den Papierkorb! Die *»North Polar Practical Association«* hatte nichts weiter mehr zu tun, als ihren Bankrott anzumelden!

Doch, sapperment, sollte sich der Schriftführer des Gun-Club bei seinen Berechnungen wirklich geirrt haben?

»Nein, eher würde ich an der warmen Zuneigung zweifeln, die er mir eingeflößt hat!« sagte sich Mrs. Evangelina Scorbitt.

Das verzweifeltste menschliche Wesen unter allen, die auf unserem Erdsphäroid wandeln, war aber doch I. T. Maston. Bei der Wahrnehmung, daß sich noch nichts in den Verhältnissen geändert hatte, unter denen sich die alte Erde seit dem ersten Schöpfungstage bewegte, schmeichelte er sich zuerst mit der Hoffnung, daß irgendein Zwischenfall die Operation seiner Kollegen Barbicane und Nicholl verzögert haben werde ...

Seit Eingang der Depesche aus Sansibar mußte er sich leider zu der Anschauung bequemen, daß die Geschichte – – mißglückt war.

Mißglückt! ... Gescheitert! ... Und die Gleichungen, die Formeln, aus denen er das bedingungslose Gelingen des Vorhabens abgeleitet hatte! War also ein Feuerschlund von sechshundert Meter Länge, siebenundzwanzig Meter Durchmesser, der bei der Verpuffung von zwei Millionen Tonnen Meli-Melonit ein Geschoß von hundertachtzig Millionen Kilogramm mit einer Anfangsgeschwindigkeit von zweitausendachthundert Kilometern fortschleuderte, immer noch unzureichend, eine Lagenverschiebung der Pole zu erzeugen? ... Nein, das erschien doch kaum glaublich!

Und doch! ...

Gepackt von der heftigsten Aufregung, erklärte I. T. Maston, seinen Schlupfwinkel verlassen zu wollen. Mrs. Evangelina Scorbitt bemühte sich vergebens, ihn daran zu hindern. Jetzt, nach Vorübergang jeder Gefahr, hatte sie für sein Leben am Ende nicht mehr zu fürchten, die Witzeleien aber, die es auf den unglückseligen Rechenmeister niederhageln, das Gespött, das ihm nicht erspart bleiben, die Hanswurstiaden, durch die man sein schönes Werk entstellen würde, hätte sie so gerne von ihm abgewendet gesehen.

Noch weit ernster gestaltete sich die Frage, welchen Empfang ihm seine Kollegen vom Gun-Club bereiten möchten. Würden sie sich nicht an ihren Schriftführer halten wegen eines Mißerfolges, der sie mit dem Fluche der Lächerlichkeit belastete? War er es nicht, der Vater jener Berechnungen, dem die Verantwortlichkeit für dieses Fiasko allein zufiel?

I. T. Maston wollte auf nichts hören. Er widerstand den Bitten ebenso wie den Tränen der Mrs. Evangelina Scorbitt. So verließ er das Haus, in dem er sich so lange verborgen gehalten, und erschien wieder in den Straßen von Baltimore. Hier sofort erkannt, wurde er von denen, die er in ihrem Vermögen und ihrer Existenz bedroht, deren schauerliche Angst er durch sein starrköpfiges Schweigen so qualvoll verlängert, jetzt in der rücksichtslosesten Weise gehänselt und jämmerlich verspottet.

Da hätte einer nur die hoffnungsvolle amerikanische Jugend hören sollen, die sich mit dem waschechten Pariser Gassenjungen vollauf messen konnte.

»He, seht ihn nur, den Achsen-Richtmeister!«

»Hallo, der schiefgewickelte Uhren-Verdreher!«

»Hurra, der alte Schachteln-Verrenker!«

Kurz, der verzweifelte, abgezauste Schriftführer des Gun-Club mußte wieder nach dem Hotel im New-Park umkehren, wo Mrs. Evangelina Scorbitt das ganze Magazin ihrer Zärtlichkeiten erschöpfte, um ihn einigermaßen zu trösten. Vergeblich! ... I. T. Maston – nach dem Vorgange der Niobe – *noluit consolari* (wollte nicht getröstet sein), weil seine Kanone auf das Erdsphäroid nicht mehr Wirkung hervorgebracht hatte, als eine harmlose Feuerwerksrakete!

So verstrichen vierzehn Tage, und die Welt, die sich von ihrem früheren Schrecken wieder erholte, dachte gar nicht mehr an die Hirngespinste der *»North Polar Practical Association«*.

Vierzehn Tage und noch keine Nachricht von Präsident Barbicane oder von Kapitän Nicholl! Waren sie vielleicht bei dem Rückschlag der Expolosion, welche in ganz Wamasai so verheerend gewirkt hatte, mit umgekommen? Hatten sie die ungeheuerlichste Mystifikation unserer Zeit mit dem Leben bezahlen müssen?

Nein.

Nach dem gewaltigen Krach anfänglich beide über den Haufen geworfen, gleichzeitig mit dem Sultan, seinem Hofstaate und mehreren Tausend Eingebornen niedergestreckt, hatten sie sich doch bald heil und gesund wieder erhoben.

»Nun, ist die Sache geglückt?« fragte Bali-Bali,

sich die Schultern reibend.

»Zweifeln Euere Majestät daran?«

»Ich ... zweifeln! ... Doch wann werden Sie Gewißheit haben?«

»Binnen einigen Tagen«, antwortete der Präsident Barbicane.

Hatte er bereits durchschaut, daß das Vorhaben mißglückt war? ... Vielleicht! Doch nun und nimmermehr hätte er es dem Negerfürsten von Wamasai gegenüber eingestanden.

Achtundvierzig Stunden später nahmen die beiden Kollegen Abschied vom großen Bali-Bali, nicht ohne diesem eine recht erkleckliche Summe für die an der Oberfläche seines Königreichs angerichteten Verheerungen ausgezahlt zu haben. Da diese Summen in die Privatschatulle des Sultans flossen und seine Untertanen auch nicht einen einzigen Dollar davon abbekamen, hatte Seine Majestät nicht die leiseste Ursache, dieses so lukrative Geschäft zu bedauern.

Dann wandten sich die beiden Kollegen mit den zehn Werkführern nach Sansibar, wo eben ein Schiff nach Suez abzudampfen bereitlag. Von hier brachte sie – unter falschem Namen – das Paketboot »Möris« von den *Messageries maritimes* nach Marseille, die P.-L.-M. (die Paris-Lyon-Mittelmeer-Eisenbahn) – ohne Entgleisung oder Zusammenstoß – nach Paris, die Westbahn nach Havre und endlich der transatlantische Damper »La Bourgogne« nach Amerika.

In zweiundzwanzig Tagen waren sie von Wamasai nach New York, Staat New York, gelangt.

Am 15. Oktober um drei Uhr nachmittags klopften dann beide an die Tür des Hotels in New York ...

Eine Minute später standen sie Mrs. Evangelina Scorbitt und I. T. Maston Auge in Auge gegenüber.

Zwanzigstes Kapitel

Welches diese merkwürdige, ebenso wahrhafte wie unwahrscheinliche Geschichte abschließt

»Barbicane? ... Nicholl? ...«

»Maston!«

»Sie? ...«

»Wir!«

Und aus diesem ganz synchronisch von den beiden Kollegen mit eigentümlichem Tone hervorgestoßenen Fürworte hörte man die ganze Ironie und alle darin eingekapselten Vorwürfe deutlich heraus.

I. T. Maston fuhr sich mit dem Eisenhaken nach der Stirne. Dann sagte er mit einer Stimme, welche mehr durch seine Lippen pfiff – gleich der einer Natter, wie sich Ponson du Terrail ausgedrückt haben würde –:

»War denn euere Galerie im Kilimandscharo bei siebenundzwanzig Meter Durchmesser auch richtig sechshundert Meter lang?«

»Gewiß!«

»Wog euer Projektil genau hundertachtzig Millionen Kilogramm?«

»Ohne Zweifel!«

»Und ist der Schuß mit einer Ladung von zwei Millionen Tonnen Meli-Melonit abgefeuert worden?«

»Das versteht sich!«

Diese drei Bestätigungen fielen wie Keulenschläge auf das Hinterhaupt I. T. Mastons.

»Dann schließe ich ...« fuhr er fort.

»Was denn? ...« fragte der Präsident Barbicane.

»Nun, das Folgende«, erklärte I. T. Maston. »Da die Operation nicht gelungen ist, wird das daran liegen, daß das Pulver dem Projektil keine Anfangsgeschwindigkeit von zweitausendachthundert Kilometern erteilte!«

»Recht schön!...« warf Kapitän Nicholl dazwischen.

»Daran, daß euer Meli-Melonit sich nur dazu eignet, Kinderpistolen zu laden!«

Der Kapitän Nicholl schnellte bei diesem Worte, das sich für ihn zur blutigsten Beleidigung verwandelte, mit einem Satze in die Höhe.

»Maston!« stieß er hervor.

»Nicholl!«

»Wenn Sie sich mit mir auf Meli-Melonit schlagen wollen...«

»Nein!... Lieber auf Schießbaumwolle!... Das ist sicherer!«

Mrs. Evangelina Scorbitt mußte dazwischentreten, um die beiden jähzornigen Artilleristen zu besänftigen.

»Meine Herren... meine Herren!« sagte sie. »Unter Kollegen...!«

Da nahm der Präsident Barbicane mit sehr ruhiger Stimme das Wort.

»Wozu solche gegenseitige Schmähungen? Es ist ausgemacht, daß die Berechnungen unseres Freundes Maston richtig waren, ebenso wie es ausgemacht ist, daß der Explosivstoff unseres Freundes Nicholl ausreichen mußte. Ohne Zweifel haben wir auch die Ergebnisse der Wissenschaft peinlich genau in die Praxis übersetzt. Und doch schlug das Experiment fehl! Aus welchen Gründen... Das wird man wahrscheinlich nie erfahren!«

»Ei nun!« rief der Schriftführer des Gun-Club, »so fangen wir die Sache noch einmal von vorne an!«

»Und das Geld, welches bis jetzt schon zum Fenster hinausgeworfen ist!« bemerkte der Kapitän Nicholl.

»Und die öffentliche Meinung«, setzte Mrs. Evangelina Scorbitt hinzu, »die Ihnen niemals gestatten wird, das Schicksal der Welt wieder aufs Spiel zu setzen!«

»Ja, was wird dann aber aus unserem zirkumpolaren Gebiete werden?« versetzte der Kapitän Nicholl.

»Bis zu welchem Schleuderpreise werden damit die Aktien der ›*North Polar Practical Association*‹ herabsinken?« rief der Präsident Barbicane.

O, der »Krach« am Kilimandscharo war auch schon in diese gefahren und man bot die hübschen Scheine paketweise zum Preise alten Papieres an.

Das war der schließliche Ausgang des gigantischen Unternehmens, das denkwürdige Fiasko, in dem die übermenschlichen Pläne von Barbicane und Cie. untergingen.

Wenn sich jemals die öffentliche Lachlust freien Lauf gewährte, um wackere, nur aus Zufall verführte Ingenieure verächtlich zu machen, wenn je fantastische Zeitungsartikel, Karikaturen, Gassenhauer, Parodien fetten Nahrungsstoff fanden, so war das bei dieser Gelegenheit der Fall. Der Präsident Barbicane, die Verwaltungsräte der neuen Gesellschaft, deren Kollegen im Gun-Club, wurden alle ganz unglaublich verhöhnt. Man warf ihnen Titel an den Hals, welche nicht einmal in lateinischer Sprache, ja kaum durch das Volapük hier wiederzugeben sind. Vorzüglich Europa überließ sich einem solchen Stromschwalle von schlechten Witzen, daß es die Yankees schließlich verschnupfte. In Erwägung, daß Barbicane, Nicholl und Maston doch immer amerikanischer Herkunft waren, daß sie der weitberühmten Gesellschaft in Baltimore angehörten, fehlte gar nicht viel, daß die Leute ihre Bundesregierung gezwungen hätten, der Alten Welt den Krieg zu erklären.

Den härtesten Schlag erlitten sie durch ein französisches Lied, welches der berühmte Paulus – er lebte jener Zeit noch – in Schwung brachte. Das lustige Poem hielt sehr bald seinen Einzug in alle Cafés-chantants der Welt.

Eine der beifälligst aufgenommenen Strophen desselben lautete:

Von der Erdenschachtel so alt und fein,
Da sollte die Achse zum Kuckuck sein,
Schnell bau'n sie in Berg ein Kanonenrohr ein,
Um alles zu schießen gleich kurz und klein!
Nun Achtung, sonst schlägt euch der Teufel drein!
Zwar richten das Röhrchen in festem Gestein
Verrückte sehr sorgsam gleich zu drei'n – –
Los donnert der Schuß in den Weltraum hinein,
Doch ändert er nichts an dem fernern Gedeih'n
Der Erdenschachtel, so alt und fein!

Doch sollte man denn wirklich niemals erfahren, was den Fehlschlag dieses Unternehmens verschuldet hatte? Bewies dieses Mißlingen allein schon die Unausführbarkeit des ganzen Planes? Zeigte es bereits, daß die Kräfte, über welche Menschen verfügen können, nimmer hinreichen werden, um eine Änderung in der täglichen Bewegung der Erde hervorzubringen; daß die Nordpolgebiete niemals würden in der Breitenlage verschoben und nach Stellen versetzt werden können, wo deren Eismauern und Kristallpanzer unter den Strahlen der Sonne wegschmelzen müßten?

Auf diese Fragen wurde man wenige Tage nach der Rückkehr des Präsidenten Barbicane und seines Kollegen in die Vereinigten Staaten unwillkürlich hingewiesen.

Am 17. Oktober erschien nämlich eine einfache Notiz in den »Temps«, und diese Zeitungsnummer des Herrn Hébrard leistete der Welt den Dienst, sie über diesen, bezüglich ihrer Sicherheit so interessanten Punkt aufzuklären.

Die betreffende Notiz lautete folgendermaßen:

»Allgemein bekanntgeworden ist das negative Resultat jenes Unternehmens, welches die Schaffung einer neuen Erdachse zum Ziele hatte. Die Berechnungen I. T. Mastons hätten, da sie auf richtiger Grundlage beruhten, gewiß die geplante Folge gehabt, wenn sie nicht infolge einer unerklärlichen Zerstreutheit schon von Anfang an mit einem Fehler behaftet gewesen wären.

Als der mit Recht berühmte Schriftführer des Gun-Club nämlich den Umfang des Erdsphäroids als Basis nahm, hat er diesen in seine Rechnung mit *vierzigtausend Metern,* statt mit *vierzigtausend Kilometern* eingesetzt – was die Lösung des Problems von vornherein vereiteln mußte.

Wie konnte ein solcher Irrtum aufkommen?... Wer hatte denselben verschuldet?... Wie war es einem so hervorragenden Rechenmeister möglich, ihn zu begehen?... Hierüber verliert man sich in ganz unbegründbare Mutmaßungen.

Gewiß ist indes das eine, daß das Problem einer Veränderung der Erdachse, da es korrekt aufgestellt war, ebenso sicher hätte gelöst werden müssen. Die Auslassung von drei Nullen hat am schließlichen Resultat aber einen Fehler um *zwölf Nullen* zur Folge gehabt.

Nicht einer, das 27-cm-Geschütz um das einmillionenfache übertreffenden Kanone, sondern einer Trillion solcher Kanonen hätte es bedurft, und diese mußten eine Trillion Geschosse von je hundertachtzigtausend Tonnen Gewicht hinausschleudern, wenn der Pol um 23° 28′ verlegt werden sollte, immer noch vorausgesetzt, daß der Meli-Melonit die Explosivkraft wirklich besaß, welche der Kapitän Nicholl ihm zuschreibt.

In summa, der vereinzelte Schuß bei den Bedingungen und Verhältnissen, unter welchen derselbe am Kilimandscharo abgefeuert worden ist, hat den Pol nur um drei Mikrons (drei Tausendteile eines Millimeters) verschoben und das Niveau der Meere nur um einen Höchstbetrag von neun Tausendstel eines Mikrons verändert!

Was das Projektil angeht, so gehört dieses jetzt als ein neuer, ganz kleiner Nebenplanet unserem Systeme an, in welchem es durch die Anziehung der Sonne und der Erde selbst zurückgehalten wird.

Alcide Pierdeux.«

Es war also eine Zerstreutheit I. T. Mastons, ein Fehler von drei Nullen im Anfang seiner Berechnungen, welche jenes für die neue Gesellschaft so beschämende Resultat gezeitigt hatte.

Wenn seine Kollegen im Gun-Club aber gegen ihn wüteten, ihn mit ihren Verwünschungen überhäuften, so trat dafür in der öffentlichen Meinung ein Umschwung zugunsten des armen Mannes ein. Alles in allem war es jener Schnitzer, der soviel Unheil angerichtet oder vielmehr soviel Segen gebracht hatte, da er der Welt eine der entsetzlichsten Katastrophen ersparte. »Kein Durcheinander!« – – – –

Als Folge hiervon strömten von allen Seiten Glückwünsche auf ihn ein, mit Millionen von Briefen, welche I. T. Maston feierten, weil er sich – um drei Nullen geirrt hatte!

I. T. Maston selbst freilich, der jetzt knurriger und

sauertöpfiger als je war, wollte von dem gewaltigen Hurra, das die ganze Welt ihm zu Ehren ausbrachte, nichts wissen. Der Präsident Barbicane, der Kapitän Nicholl, Tom Hunter mit den Stelzbeinen, der Oberst Bloomberry, der immer hüpfende Bilsby und deren Kollegen würden ihm doch niemals verzeihen können ...

Zum Glück blieb ihm noch Mrs. Evangelina Scorbitt. Diese vortreffliche Dame konnte kein Hühnchen mit ihm zu rupfen haben.

Vor allem begann I. T. Maston seine Berechnungen noch einmal durchzusehen, überzeugt, daß er eines so groben Fehlers nicht fähig gewesen sei.

Und doch war es an dem! Der Ingenieur Alcide Pierdeux hatte sich nicht getäuscht. Daher kam es, daß dieser Originalbursche, als er im letzten Augenblicke jenen Fehler herausgefunden, wo ihm die Zeit mangelte, seine Mitmenschen zu beruhigen, inmitten der allgemeinen Todesangst eine so vollkommene Ruhe bewahrte. Daher kam es, daß er in der Stunde, wo der Riesenschuß vom Kilimandscharo hinausdonnerte, einen Toast auf die Alte Welt ausbrachte.

Ja! Drei Nullen vergessen bei der Messung des Erdumfangs! ...

Plötzlich dämmerte in I. T. Maston eine Erinnerung auf. Es war ganz zu Anfang seiner Arbeit, als er sich in sein Arbeitszimmer in dem Ballistic-Cottage eingeschlossen. Er hatte die Zahl 40 000 000 ganz richtig auf die schwarze Tafel niedergeschrieben.

In demselben Augenblicke rasselte die Rufglocke des Telefons. I. T. Maston begab sich nach der Schallplatte ... er wechselte einige Worte mit Mrs. Evangelina Scorbitt ... da streckt ihn ein Donnerschlag zu Boden und stürzt seine Tafel um ... Er erhebt sich wieder ... Er schreibt die beim Umsturz halb ausgelöschte Zahl aufs neue hin . . . kaum hat er die Ziffern 40 000 vollendet . . . da ertönt die Klingel zum zweiten Male . . . Und als er sich wieder an die Arbeit begibt, hat er die drei letzten Nullen der Zahl vergessen, welche den Umfang der Erde angibt!

Nun sieh an, an alledem trug Mrs. Evangelina Scorbitt die Schuld. Hätte sie ihn nicht gestört, so wäre er vielleicht auch von dem Rückschlage jener elektrischen Entladung verschont geblieben! Vielleicht hätte der Donner ihm dann nicht einen jener verwünschten Streiche gespielt, welche hinreichen, die ganze Existenz eines guten, ehrsamen Rechenmeisters in Frage zu stellen!

Wie tief erschüttert fühlte sich die unglückliche Dame, als I. T. Maston ihr nun mitteilen mußte, unter welchen Umständen sich jener Fehler eingeschlichen hatte! . . . Ja, sie, sie war die Ursache seines Unglükkes! . . . Durch ihr Verschulden sah I. T. Maston sich entehrt für die langen Jahre, die er noch zu leben hatte, denn in der ehrbaren Vereinigung des Gun-Club pflegte man erst mit hundert Jahren zu sterben.

Nach diesem Gespräch war I. T. Maston aus dem Hotel im New-Park entflohen und nach dem Ballistic-Cottage zurückgekehrt. Hier wanderte er in seinem Arbeitszimmer auf und ab und murmelte für sich:

»Jetzt bin ich zu nichts mehr nütze in dieser Welt!«

»Nicht einmal, sich endlich zu verheiraten? . . .« erklang da eine Stimme, welche die Aufregung der Sprechenden zu einer herzzerreißenden machte.

Mrs. Evangelina Scorbitt war es. Verweint, vernichtet, hatte sie doch nicht umhin gekonnt, I. T. Maston nachzugehen . . .

»Lieber Maston! . . .« sagte sie.

»Nun, meinetwegen, ja! . . . Aber unter der einen

Bedingung, daß ich mich niemals wieder mit der Mathematik abgebe!«

»Bester Freund, ich habe auch ein Härchen drin gefunden!« antwortete die vortreffliche Witwe.

Und der Schriftführer des Gun-Club machte aus Mrs. Evangelina Scorbitt endlich eine Mrs. I. T. Maston.

Was die Notiz Alcide Pierdeux' angeht, so brachte sie dem Ingenieur und in seiner Person auch der »Schule« ein Übermaß von Ehren und Berühmtheit ein. In alle Sprachen übersetzt, in alle Zeitungen aufgenommen, verbreitete diese einfache Notiz seinen Namen durch die ganze Welt. So traf es sich, daß der Vater der hübschen Provençalin, der ihm die Hand seiner Tochter verweigert hatte, »weil er zu gelehrt wäre«, genannte Notiz im »Petit Marseillais« zu lesen bekam. Nachdem er die hohe Bedeutung derselben dann, sogar ohne fremde Hilfe, begriffen, sendete er, von Gewissensbissen gefoltert und sich eines Besseren besinnend, an den Urheber derselben eine verbindliche Einladung zum Mittagessen.

Einundzwanzigstes Kapitel

Sehr kurz, dafür aber höchst beruhigend für die Zukunft dieser Welt

Für später können die Bewohner der Erde ruhig schlafen! Der Präsident Barbicane und der Kapitän Nicholl werden ihr so schmählich gescheitertes Unternehmen nicht wieder aufnehmen. I. T. Maston klügelt nicht wieder über Berechnungen, wenn sie gewiß auch fehlerlos ausfielen. Die Arbeit wäre nutzlos. Die

Notiz des Ingenieurs Pierdeux enthielt die Wahrheit. Die Mechanik lehrt, daß es, um eine Veränderung der Achsenlage im Betrage von 23° 28′ zu erzielen, einer ganzen Trillion solcher Riesenkanonen bedürfte, wie hier eine einzelne in der Gesteinsmasse des Kilimandscharo hergestellt worden war, – selbst wenn man sich des geheimnisvollen Meli-Melonits zur Ladung bedienen könnte. Zu Obigem wäre aber unser ganzes Sphäroid – seine Oberfläche überall als solid angenommen – noch zu klein.

Es scheint also, daß die Bewohner der Erdkugel in Frieden schlummern können. Die Bedingungen, unter denen die Erde sich bewegt, zu verändern, das übersteigt weit die menschlichen Kräfte, es kommt dem Menschen eben nicht zu, an der Ordnung der Dinge, die der Schöpfer für das Weltall festgestellt hat, etwas zu verändern.

COLLECTION JULES VERNE

1. Von der Erde zum Mond
   Direkte Fahrt in 97 Stunden 20 Minuten
2. Reise um den Mond
3. Reise um die Erde in 80 Tagen
4. Reise zum Mittelpunkt der Erde
5. Fünf Wochen im Ballon
6./7. Zwanzigtausend Meilen unter dem Meer
8. Abenteuer von drei Russen und drei Engländern in Süd-Afrika
9./10. Abenteuer des Kapitän Hatteras
11./12./13. Die Kinder des Kapitän Grant
14./15./16. Die geheimnisvolle Insel
17./18. Das Land der Pelze
19. Eine schwimmende Stadt
   Die Blockadebrecher
20. Eine Idee des Doktor Ox
   Meister Zacharius
   Ein Drama in den Lüften
   Eine Überwinterung im Eis
   Eine Mont-Blanc-Besteigung
21. Der Chancellor
   Tagebuch des Passagier J. R. Kazallon
22./23. Der Kurier des Zaren
   Michael Strogoff
24. Schwarz Indien
25./26. Reise durch die Sonnenwelt
27./28. Ein Kapitän von 15 Jahren
29./30./31. Die Entdeckung der Erde
32. Die fünfhundert Millionen der Begum
33. Die Leiden eines Chinesen in China
34./35. Die großen Seefahrer des 18. Jahrhunderts
36./37. Das Dampfhaus

38./39. Der Triumph des 19. Jahrhunderts
40./41. Die Jangada
42. Die Schule der Robinsons
43. Der grüne Strahl
44./45. Keraban der Starrkopf
46. Der Südstern oder das Land der Diamanten
47. Der Archipel in Flammen
48./49./50. Mathias Sandorf
51. Robur der Sieger
52. Ein Lotterie-Los
53./54. Nord gegen Süd
55./56. Zwei Jahre Ferien
57. Kein Durcheinander
58./59. Die Familie ohne Namen
60./61 Mistreß Branican
62. Das Karpatenschloß
63. Claudius Bombarnac
Notizbuch eines Reporters
64./65. Der Findling
66./67. Meister Antisers wunderbare Abenteuer
68./69. Die Propeller-Insel
70. Vor der Flagge des Vaterlandes
71. Clovis Dardentor
72./73. Die Eissphinx
74./75. Der stolze Orinoco
76./77. Das Testament eines Exzentrischen
78./79. Das zweite Vaterland
80. Das Dorf in den Lüften
81. Die Historien von Jean-Marie Cabidoulin
82./83. Die Gebrüder Kip
84./85. Reisestipendien
86. Ein Drama in Livland
87. Der Herr der Welt
88. Der Einbruch des Meeres
89. Der Leuchtturm am Ende der Welt
90./91. Der Goldvulkan
92./93. Reisebüro Thompson & Co.
94. Die Jagd nach dem Meteor
95. Der Pilot von der Donau
96./97. Die Schiffbrüchigen der Jonathan
98. Wilhelm Storitz' Geheimnis
99./100. Cäsar Cascabel